Roger Skagerlund

Särskilda Operationsgruppen
Döden i siktet

Förlag: BoD – Books on Demand, Stockholm, Sverige
Tryck: BoD – Books on Demand, Norderstedt, Tyskland
ISBN: 978-91-7699-597-6

Omslagsfoto: Pixabay
Omslagsbearbetning: Roger Skagerlund

Kapitel 1

Norra Irak
Daesh-kontrollerat område
2016

Solen hamrade skoningslöst från en klarblå himmel, vilket fick luften att dallra. Ingen vegetation fanns som kunde erbjuda det minsta lilla skugga från den mördande strålningen och han var tacksam över ryggblåsans vattenfyllda innehåll vars sugrör mynnade ut strax intill munnen. *Trigger* lutade huvudet en smula åt vänster och sög in plaströret mellan sina läppar. Inte för en sekund släppte han den lilla klungan av hus nere i dalen med blicken. Vattnet var varmt och smakade metall, men det gav hans kropp livsnödvändig vätska. Vätska som han svettades ut lika fort som han fick den i sig. Den enda skugga som erhölls kom från det sandfärgade kamouflagenätet som var uppspänt över de två figurerna på bergsplatån. *Trigger* kvävde en gäspning medan han i huvudet gick igenom uppdragets parametrar igen.

Han och hans spanare befann sig på ett berg som på den militära kartan endast benämndes som *Höjd 433*. Sjuhundra meter bort i det horisontala ledet och fyrtiotre meter ner i det lodräta, fanns ett tiotal hus i slutet på en åsnestig. I en hage intill husen stapplade några magra getter omkring och försökte hitta något ätbart i den förbrända marken, men *Trigger* var inte intresserad av getterna. Det han var intresserad av var det som gömde sig i ett av de tio husen.

Ibrahim Aban al-Basi var ledare för en av *Daesh* starkaste terrorgrenar och den troliga hjärnan bakom några av de blodigaste terrordåd som drabbat världen efter *nine-eleven*. Således var mannen också nummer ett på den amerikanska militärens dödslista, direkt utpekad av president Phipps som fritt vilt med en belöning på 20 000 US dollar till den som dödade eller tillfångatog honom – i den ordningen.

Mannen hade varit som ett spöke och undgått alla försök att spåra upp honom, men två dagar tidigare hade *Trigger* och *Jaden*, hans spanare, fått napp. En shiamuslimsk flykting hade berättat för de två svenska operatörerna var al-Basi höll till och nu var de här.

Att Ibrahim verkligen fanns i husen hade de fått konfirmerat en halvtimme tidigare då *Jaden* sett honom genom kikaren när han stått lite för nära ett fönster. En snabb kontroll i det digitala ansiktsigenkänningsregistret bekräftade att det var al-Basi de sett.

Dessvärre hade de även sett barn som lekte mellan husen vilket uteslöt varje anfall med någon av de amerikanska *Reaper*-drönarna som ständigt patrullerade på hög höjd. *Trigger* hade beslutat att al-Basi skulle möta sitt öde på det gamla hederliga viset – genom en 7,62 millimeters kula från *Triggers* brittiska L96A1 prickskyttegevär, i svenska försvaret benämnd som Psg-90.

"Inkommande", viskade *Jaden*. När han höjde blicken en smula såg han två dammiga lastbilar som kom skumpande på den undermåliga vägen. Ett dammoln revs upp och hängde i den dallrande luften likt ett moln av smog bakom lastbilarna.

"Jaha, vad kan det här vara då?" Han satte ögat mot Schmidt & Bender kikarsiktet med 12 gångers förstoring och såg två svartmuskiga personer i den främsta lastbilen. Den andra var så insvept i dammolnet att han bara kunde urskilja skuggor av två personer till.

"Aktivitet vid huset. Några kommer ut."

Sakta flyttade han över siktet mot en man i arabisk svepning som kom ut ur huset och ställde sig på gårdsplanen för att vänta.

"al-Basi?"

"Nej", svarade *Jaden*. "Det är inte målet. Jag upprepar: *inte* målet!"

Triggers finger gled ur varbygeln och vilade istället på dess utsida. När väl tillfället uppenbarade sig skulle han hinna minst ett skott, kanske tre. Sedan var deras position röjd och de måste skyndsamt avvika från platsen. Lite grann saknade han sin AG-90, men det geväret

6

var lite för stort och klumpigt för den här operationen där de måste vara lättrörliga. Det roliga med AG: n var att den gjorde mycket större hål med sina 12,7 millimeter jämfört med vad Psg:n gjorde, dessutom var räckvidden mycket längre.

Trigger var inte bara den svenska försvarsmaktens bästa prickskytt utan kvalade in som en av de tre bästa i hela världen. Under rätt förhållanden skulle han kunna knäppa en människa på två kilometers avstånd. Nu fick de nöja sig med sjuhundra meter.

Lastbilarna svängde in på planen framför det största huset där de stannade framför mannen som kommit för att möta dem. Männen i förarhytten hoppade ut och han misstänkte att någon sorts hälsningsfraser utbyttes innan både chauffören och hans passagerare tände var sin cigarett. Den andra lastbilen nådde fram sekunden därpå. Hela hälsningsceremonin upprepades innan mannen som tagit emot dem slog ut med armen och alla fem försvann in i huset.

Trigger sög i sig lite mer vatten och suckade.

"Kan inte den där djävla mördaren sticka ut huvudet någon gång så att vi får det här överstökat?"

Den blonda jätten var måhända en fantastisk skytt, men tålamodet var inte oändligt. Just nu kändes det som om fina dammet hade täppt till varenda por över hela kroppen. Det krasade mellan tänderna när han bet ihop dem och han började ledsna på det här.

"Lugn, bara lugn", manade Jaden med sin mjuka röst. Hennes svarta hår var samlat i en knut som gömdes under Bonnie-hattens breda brätten och hennes shemag var uppdragen över näsan, vilket gjorde att man inte såg mycket av hennes ansikte när ögonen täcktes av de mörka skyddsglasen. Trigger visste dock att hon var en vacker kvinna, även när hon svidade om från civilt till militärt. Hon hade den där sortens klassiska skönhet som inte behövde smink för att framhävas. Samtidigt var hon en av de tuffaste djävla operatörer som han någonsin tjänstgjort med.

Antalet kvinnor i SOG – Särskilda Operationsgruppen – var försvinnande få, men de tre som fanns var tuffa! Han hade till exempel sett Jaden spöa upp en amerikansk marinsoldat en vecka tidigare efter att han nupit henne i stjärten och undrat om hon inte ville dansa på

7

hans påle. Tandläkarräkningen och kostnaden för ansiktsrekonstruktion skulle förmodligen bli en dyr utgiftspost för marinkårssoldaten som trots det vägrat att anmäla henne eftersom vetskapen om att han fått spö av en kvinna sved djupt.

Trigger hade sagt åt hans kamrater att passa sig för vem de tafsade på och sedan bett dem ta kamraten till en läkare. Jaden hade bara fnyst åt det hela och gått därifrån.

Han drogs tillbaka till verkligheten när Jaden lågt påpekade att det åter igen hände något nere vid husen. De fem männen hade på nytt kommit ut och nu hade de sällskap av ytterligare fyra män, varav en kortare och spensligare än de andra – ett barn eller möjligen en ung tonåring, tänkte han. Samtliga män, inklusive den spensligare individen, var beväpnade med gamla ryska AK-47. Han tryckte ögat mot linsen.

"Är någon av dem målet?"

"Okänt. Vi avvaktar."

Männen gick fram till den första lastbilen, öppnade baklemmen och fällde ner den innan två man klättrade upp på det kapelltäckta flaket och försvann. Efter någon minut tumlade en människa ner från flaket och landade i sanden på gårdsplanen där han genast slets upp på fötter av de övriga. Sedan knuffades och ramlade ytterligare elva man av flaket innan alltihopa upprepades på nästa lastbil. Tillslut stod ett tjugotal bakbundna fångar på planen. Genom kikarsiktet kunde Trigger konstatera att flera av dem bar tydliga spår av tortyr och misshandel.

En av de som kommit ut ur huset, men som fram till nu hållit sig avvaktande, klev fram och började tala till fångarna. På det avstånd de befann sig kunde inga ord uppfattas, men armarna gestikulerade vilt medan kroppsspråket i övrigt vittnade om att mannen höll på att elda upp sig.

"Är det målet?"

"Vet inte. Avvakta."

Mannen hade slutat gestikulera. Istället hade han stannat framför en av fångarna som Trigger insåg var antingen Europé eller amerikan. Håret var mellanblont och ansiktet blodigt. Han spottade blod framför terroristens fötter innan mannen drog upp en automatpistol som gömt

8

sig innanför hans kaftan. Den okända terroristen satte mynningen mot fångens panna och tryckte av.

En plym av blod och benfragment slog ut från bakhuvudet innan kroppen föll till marken där den blev liggande. En mörk pöl snabbt bildades runt huvudet innan vätskan sögs upp av den knastertorra marken. *Trigger* svor tyst. Samtidigt vände sig mannen rakt mot dem och visade sitt ansikte.

"Det är målet. Repeterar: Mannen med pistolen är målet."

Kapitel 2

Camp Europé
Sabaa al-Bour, norr om Bagdad
2016

Överste Jörgen Kvartling lyfte vattenflaskan till munnen och sög i sig några munfulla klunkar. Den kalla vätskan rann ner genom en strupe som verkade lika kruttorr som innan efter bara några sekunder.

Han hade hatat Irak från dag ett, men det var fortfarande fyra månader kvar på hans halvårskontrakt så det var med andra ord bara att gilla läget. Sverige bidrog med totalt femtioen man, varav fyrtio soldater, plus han själv. De kvarvarande tio var specialister – tre allmänläkare, en kirurg samt fyra sköterskor, varav två med narkoskompetens. Till dessa tillkom även två dataspecialister med ansvar för lägrets elektroniska kommunikation och datahantering.

Den svenska campen var en viktig del i den av USA ledda koalitionen som nu var i krig med *Daesh*. Av de svenska soldaterna kom fyra från SOG och bestod av två prickskyttegrupper som gjorde de våta markjobben när det av någon anledning inte kunde skötas från luften.

Han undrade vad hemmaopinionen skulle säga om de visste vad svenska soldater gjorde på främmande jord. Visserligen, eller på grund av, President Vladimir Potemkins agerande i Europa, hade svenskarnas försvarsmedvetenhet ökat markant det senaste året, men därifrån till att inse att Sverige till viss del redan förde krig, var steget långt.

Under de två månader som han varit chef för den svenska bataljonen, om nu femtio man kunde kallas för en bataljon, hade svenskarna noterats för ett tiotal dödande skott. Han hade lärt sig att inte använda ordet *döda* när SOG-operatörerna hörde det. Av någon anledning använde de andra omskrivningar när det kom till det våta hantverket, men det betydde inget för honom. SOG var en elitenhet och det var ett sant nöje att få jobba med dem. Sedan kunde de få säga att de var ute och gick med hunden om de ville, bara de plockade bort så många av de föraktade *Daesh*-lössen som möjligt.

Han höjde blicken. *Sabaa al-Bour* låg precis vid gränsen mellan öknen i norr och den sparsamma grönska som fanns i Bagdadregionen. Strax norr om deras position gick den osynliga gränsen till det av *Daesh* kontrollerade området och deras självutnämnda kalifat som byggts på blod och terror. Koalitionen bombade så mycket de kunde och den sista tiden hade de amerikanska bombplanen hittat tacksamma mål i de av *Daesh* behärskade oljekällorna samt de livsviktiga transporterna av det svarta guldet.

Mycket av *Daesh* inkomster kom just från försäljning av olja och när de amerikanska bomberna började tugga i sig av de marginalerna tvingades *Daesh* till reträtt för att bättre kunna försvara sina inkomstbringande källor. Jörgen var av den uppfattningen att man skulle jaga dem ända ut till den yttersta kanten av öknen och sedan slakta dem till sista man.

Han drack mer vatten medan han skyndade över det vindpinade området. Den förbannade sanden letade sig in överallt och den ständiga blåsten underlättade inte direkt. Att SOG-operatörerna kunde ligga på lur en hel dag i solen för att vänta ut ett byte, det övergick hans förstånd.

Det var med lättnad som han slog upp dörren till baracken som var hans mål. En löjtnant tittade irriterat på honom när han exponerades för den stickande sanden, men sa inget innan Kvartling stängde dörren bakom sig.

"Något nytt?"

"Inte mycket. SOG 1 rapporterade nyss att två täckta lastbilar har rullat in från norr och parkerat utanför objektet. Lastbilarnas innehåll är för närvarande okänt. SOG 2 är under förflyttning efter fullbordat uppdrag."

Kvartling nickade. Av de kvarvarande trettiosex svenskarna var tre radiosignalister plus löjtnant Jonas Berg som var deras gruppchef. Det lämnade trettiotvå man kvar. Av dessa var sexton från arméns fältjägare och de ansvarade för närskyddet. Rent formellt löd de under Berg, men leddes i fält av en fänrik och en sergeant. Kvar på Camp Europé fanns tio svenska helikopterpiloter, samt två vagnbesättningar för stridsfordonen. Man hade tre CV-90 med ökenkamouflage, två aktiva plus en i reserv.

"När förväntas SOG 2 vara tillbaka?"

Löjtnanten tittade på klockan.

"Om exfiltreringen går som planerat är de tillbaka runt klockan arton ikväll."

Daesh hade sprängt fornlämningar i Raqqa och SOG 2 hade sänts ut för att spana av området för att se om det fanns fiender kvar där då man ville skicka in arkeologer för att säkra det som inte jämnats med marken. Iraks kulturministerium höll på att koka över, vilket var förståligt. Landets kulturarv höll bokstavligen på att gå upp i rök eftersom Daesh inte ville vara sämre än sina föregångare i Al-Qaida och Talibanerna som utplånat de femtonhundra år gamla Buddastatyerna som världen sörjt sedan de sprängdes år 2001 i Bamiyandalen.

Av den anledningen, eller vilken annan ideologisk orsak det nu kunde vara, sprängde och förstörde de allt som de ansåg vara icke muslimskt - något som omfattade det mesta som råkade komma i deras väg, inklusive shiitiska moskéer.

Just det var något som han brottades med att förstå. Sunni och Shia var två yttringar i det muslimska samhället, motsvarande protestanter och katoliker i det kristna. De trodde på samma Gud, men tolkade profeten Mohammeds ord olika. Detta var något som föranlett mycket hat och än fler våldsdåd genom århundradena. Det närmaste en liknelse som Kvartling kunde komma var Nordirland på 1970- och 80-talen, men han insåg samtidigt att det var en väldigt tam jämförelse. Dessutom en som förmodligen skulle få Sinn Féin att gå i taket och stämma honom för förtal.

Konflikten var i sin botten ganska enkel. Det handlade om makt! Makt var liktydigt med kontroll över mark och naturtillgångar, något som byggt nästan varje konflikt i planetens historia.

Det var sedan som det spårade ur.

Den ideologiska grundorsaken. Hatet mot allt i allmänhet och det som var västerländskt i synnerhet, övergick hans förstånd. Kvartling ansåg att människor borde leva ifred. Han skulle inget hellre önska än en värld där hans yrkesgrupp inte längre behövdes, men på vägen dit fick han och hans kollegor stå till tjänst som en sista bastion mellan kaos och ordning.

Varför hatade man allt och alla som inte tyckte som man själv gjorde? Borde inte parollen *leva och låta leva* vara den bästa och mest bekväma? Att slippa begå dessa meningslösa terrorhandlingar som bara eskalerade våldet hela tiden.

Precis som attacken mot WTC i USA hade blivit början till slutet för Al-Qaida, hade terrordåden i Paris och Bryssel blivit vändpunkten i kriget mot *Daesh*. Nu hade de hela världen emot sig och deras kalifat krympte för varje dag som gick.

Det de gjort när de anföll den franska huvudstaden var att de apterat en självmordsbomb på sin egen organisation och den höll just nu på att brisera långsamt.

Med en suck gick han genom rummet och öppnade dörren in till sitt kontor. Han hade några order att skriva under och en del pappersarbete av annan karaktär att slutföra. Just nu längtade han hem till Värmland, till älgjakten och de värmländska sjöarna. Där slapp man tugga sand och oroa sig för att kvinnan i det svarta hucklet kunde ha en bomb gömd under kläderna när man mötte henne på stadens gator.

Kapitel 3

"Det är målet. Repeterar: Mannen med pistolen är målet. Västlig vind, fyra sekundmeter"

Trigger fick in målet i kikarsiktets hårkors, siktade fyra knaster upp och sex åt vänster innan han lugnt kramade in avtryckaren. Geväret dånade till och belåtet kunde han konstatera att kulan träffade vid näsroten, mitt emellan ögonen och fortsatte genom kraniet, in i hjärnan, för att sedan slita med sig en stor del av bakhuvudet på sin väg ut. Ibrahim Aban al-Basi var död redan innan knäna vek sig och hans kropp föll ihop, men då hade *Trigger* redan matat in en ny kula i loppet och skjutit igen. Denna gång valde han mannen som stått till höger om måltavlan. Han satte en kula i övre delen av bröstkorgen och mannen föll bakåt.

Sista skottet satte han i en av chaufförerna som sällade sig till de redan döda som låg på marken, sedan var det över. De överlevande männen hade tagit skydd bakom lastbilarna där de sköt i vild panik åt ungefär det håll som de trodde skotten kom. Inte en enda kula var ens i närheten, men det var ändå dags att dra sig ur. Sakta kröp de bakåt, bort från bergskammen. När de inte längre syntes från byn reste de sig och *Jaden* tittade uppskattande på honom.

"Tre fullträffar", konstaterade hon nöjt.

"Tre terrorister mindre att oroa sig för i framtiden. Samtidigt får *Daesh* se sig om efter en ny ledare i Irak." *Triggers* röst var neutral när han snabbt vek ihop kamouflagenätet och stoppade det i ryggsäcken.

Nere vid husen hade skottlossningen upphört och en olycksbådande tystnad bredde ut sig. *Jaden* vred på huvudet och lyssnade innan hon tittade på honom.

"Hur lång tid innan de kommer efter oss?"

"Några av dem är förmodligen redan på väg. Vi vet ju att det fanns flera *Daesh*-krigare där än de som visade sig nu. Minst en av de där Toyota Hi-luxbilarna är nog halvvägs framme redan."

Jaden förstod vad han menade.

De från början vita Toyotorna hade stått parkerade bakom ett av husen i den lilla byn. De var fyra till antalet och hade utrustats med grova 12,7 millimeters kulsprutor i lavetter på bilflaken. I ett modernt krig mot en europeisk krigsmakt var de opansrade fordonen inget större hot, men i klanstrider mot getherdar och obeväpnade civila gav de ägarna ett övertag. Aven för *Jaden* och *Trigger* representerade Hi-luxbilarna ett reellt hot, men *Trigger* hade en plan.

De tog sig ner på baksidan av *Höjd 433* och kom för ett kort ögonblick att befinna sig i skuggan av ett stort klippblock som någon gång i tidens gryning hade brutits loss ur ett mycket större block för att sedan lämnas kvar på platsen.

Han gick lugnt fram till blocket där han fattade posto med geväret vid en redan avspanad plats som skulle ge honom maximalt skottfält. Samtidigt var han mycket svår att upptäcka i skuggan med sina kläder som gick i samma färg som omgivningen. *Jaden* ställde sig bakom honom och gjorde sin AK5D klar. De behövde bara vänta en knapp minut innan en skitig och bucklig Toyota Hi-lux rundade höjden i ett moln av damm. I hytten satt två man och på flaket, vid kulsprutan, stod en tredje.

Trigger lade lugnt hårkorset på skytten och sköt. Skottet tog rakt i pannan. Mannen föll bakåt och försvann. Han riktade om, tog sikte på föraren och sköt honom i ansiktet med ett skott rakt igenom vindrutan.

Bilen girade åt sidan och han såg hur passageraren försökte greppa tag i ratten, vilket var den sista medvetna handling som han kom att utföra i livet. Nu hade *Triggers* score-card utökats med ytterligare sex döda – tre vid huset och tre rörliga fiender.

Toyotan rullade ännu några meter innan den blev stående stilla. Eftersom det här var en manuellt växlad version fick bilen motorstopp när ingen längre gav gas. *Trigger* reste sig lugnt upp och krängde på sig ryggsäcken. "Transporten till hämtningszonen ordnad", sa han glatt och började jogga bort mot bilen. *Jaden* flinade åt hans ryggtavla innan hon skyndade efter honom.

***

Abdal Hadi al-Basi var femton år och hade följt fadern på hans många resor inom kalifatets gränser sedan det utropats 2014. Han hade varit med vid flera planläggningar gällande terrordåd och även blivit tillfrågad av äldre klanmedlemmar vad han hade för åsikter i olika frågor.

I mångt och mycket var han sin fars son, men de som kände både fadern och sonen hade redan konstaterat att av de två var det Abdal Hadi som hade den största intelligensen. Ibrahim Aban var en slaktare som saknade finess. Hans grymhet hade på bara några månader av kalifatets unga historia fört honom upp till den absoluta toppen och när al-Fadhli dödats av en amerikansk drönare i september 2014, hade al-Basi tagit över ledarskapet i Irak och genast målat upp den plan som han avsåg att man skulle sätta i verket. Kriget skulle föras till Europa. Alla de länder som stödde USA skulle få känna på terrorn och därefter hade planläggningen börjat.

Under dessa hemliga möten hade Abdal Hadi varit med. De övriga ledarna hade snabbt fått upp ögonen för den unga pojkens strategiska geni där han i mångt och mycket överglänste fadern, sin ungdom och brist på erfarenhet till trots.

När de nåtts av beskedet att ett antal europeiska hjälparbetare, samt ett flertal muslimska överlöpare infångats, hade Abdel Hadi yrkat på att de skulle transporteras till den avlägsna byn och avrättas. Bilderna skulle sedan kablas ut över världen för att visa hur det gick för alla som vågade sätta sig upp mot *Guds Utvalda Elit*. Han hade även yrkat på att själv få utföra avrättningarna med både kniv, machete och skjutvapen. Ibrahim Aban hade inte tvekat att efterkomma sonens begäran och de otrogna hade körts in till byn. Fadern valde att genast avrätta en av ledarna för att visa de övriga vad som väntade dem, men sedan hade allt gått åt helvete.

Ett skott hade ekat och faderns bakhuvud hade exploderat i en kaskad av blod, hjärnsubstans och benbitar som stänkt över Abdel Hadi.

När faderns kropp träffade marken hade Hadi förvirrat torkat blodet ur ögonen och insett vad som hänt, men då hade redan ytterligare två ur deras grupp stupat. Någon hade gripit tag i honom och släpat honom i skydd bakom den ena lastbilen. Skottlossning från AK-47:or hade ekat mellan husen, men krypskyttens vapen hade redan tystnat. Hadi förstod att skytten nu höll på att dra sig ur stridskänningen efter utfört uppdrag. Han hade därför vrålat åt männen att bemanna Toyotorna och jaga ikapp de otrogna för att släpa tillbaka dem så att han fick skära huvudena av dem.

Tre man som överlevt skottlossningen skyndade fram till den närmaste Toyotan. Nycklarna satt som alltid i och bilen hade försvunnit inhöljd i ett dammoln, men sedan var det tyst. Ingen svarade på radioanropen och Hadi förstod att männen var döda. De resterande tre Toyotabilarna bemannades för att försöka få fatt på skytten medan Hadi skummade av raseri. Hans far var död och det skulle de europeiska aporna få ångra. Han gick in i huset där han genast samlade faderns närmaste män omkring sig.

***

När de kom fram till bilen hade de utan vidare ceremonier slitit ut de döda ur kupén och stjälpt av dem på marken. Mannen på flaket gick samma öde till mötes innan *Jaden* satte sig bakom ratten. *Trigger* makade sig in på passagerarsätet med geväret vilande med kolven mot golvet.

Innan de åkte kontrollerade han att mellanfönstret ut till flaket gick att öppna. Om det hettade till var det hans avsikt att åla sig ut där och vända den tunga kulsprutan mot fienden, något han hoppades slippa.

När *Jaden* släppte upp kopplingen och bilen satte sig i rörelse, torkade *Trigger* bort blod från instrumentbrädan och lutade sig sedan bakåt.

"Tolv kilometer till landningszonen. Jag ringer upp taxin så får de hämta oss med en *Black Hawk*."

Han plockade fram sin EH2R radio ur stridspackningen och tog kontakt med Camp Europé. Fem minuter senare var en *Blackhawk* i luften, på väg mot extraktionsplatsen.

Kapitel 4

Sveriges överbefälhavare, amiral Carl Lettin, tittade upp när general Stefan Krimla knackade på den öppna dörren.

"Har chefen tid?"

"Självklart har jag det, gamle vän. Kom in, slå dig ner och berätta sedan vad du har på hjärtat." Lettin sken upp när Krimla klev över tröskeln. Här fanns en chans att slippa ifrån de dödligt tråkiga rapporterna som gällde det minst sagt usla beredskapsläget i det svenska försvaret. Att hålla koll på stridsdugliga förband var en sak, men när listorna från mobbförråden skulle gås igenom, då var måttet rågat. Men eftersom han själv hade beställt rapporterna fick han också finna sig i att gå igenom dem, fast Krimla brukade alltid ha spännande saker att berätta. Han lutade sig bakåt i den mjuka läderfåtöljen medan Krimla slog sig ner på andra sidan skrivbordet.

"Överste Kvartling, chef för Swebat, *Camp Europé* i Irak, meddelade oss nyss att en av SOG:s krypskyttar har sänkt *Daesh*-ledaren Ibrahim Aban al-Basi i Irak. Ett klassiskt krypskyttejobb som det verkar. Först ett tips, sedan spaning, väntan och action. SOG rapporterar sex döda fiender från det tillslaget."

ÖB slog ihop händerna likt ett upphetsat barn.

"Fan, vad härligt att höra. Har suttit ett par dagar nu med de här beredskapsrapporterna − för övrig en riktig skitläsning om jag får uttrycka mig milt. Lite medvind i kampen mot terrorn sitter bra att få höra."

19

"Jag håller med. Vi kanske ska skicka iväg den där SOG-krypskytten till Moskva och knäppa Potemkin också innan han hinner göra allvar av sina krigshot."

Lettin mörknade bakom skrivbordet när han blev påmind om hotet från öster. Gravallvarligt sa han.

"Jag ska ta det förslaget under övervägande. Har velat plocka bort honom sedan incidenten när de djävlarna övade anfall mot Sverige och vi blev fredade av Natoplan istället för vår egen jakt."

"En dag kanske vi hamnar i ett läge då det är nödvändigt. Har vi någon plan för ett sådant läge förresten, att mörda utländska statschefer menar jag då?"

"Inte vad jag vet", suckade ÖB, "men jag kan be överste John Ekroth i Karlsborg att ta fram en sådan - i all hemlighet förstås." Han blinkade mot Krimla som log till svar. "Skämt åsido. Vad är statusen på SOG-skytten och hans spanare?"

"En av våra Blackhawk lyfte just från Camp Europé och är på väg mot extraktionspunkten för att hämta upp vår personal som har ... rekvirerat en Toyota Hi-lux från Daesh. Tydligen lämnade de inte över den fullt frivilligt."

"Tror fan det!" ÖB skrattade rakt ut åt Krimlas formulering. "Det är nog lite svårt att säga nej när en SOG-operatör ber om att få låna något."

"Jag tänkte på", fortsatte Krimla, "att vi kanske måste tillföra mer trupp för att skydda Camp Europé efter det här. Daesh lär inte sitta med armarna i kors efter att deras högsta ledare i Irak har avrättats av en av de våra."

"Jag är rädd för att ni har rätt där min kära general. Be generalmajor Tysk titta på om vi kan tillföra män och materiel snarast. Det skulle se synnerligen illa ut om vi inte kunde freda oss vid ett angrepp."

"Ska ske, chefen. Jag skyndar över till Tysk med en gång. Något mer?"

Lettin tittade fundersamt ut i luften några sekunder innan han nickade och sa.

"Skicka en förfrågan till Karlsborg och be dem att ta fram några möjliga alternativ till hur man eventuellt, i ett skymningsläge, skulle kunna plocka bort Potemkin. Den begäran är *off the record!* Gå utanför de vanliga kanalerna. Om vår högt vördade statsminister får höra att vi inom det militära håller på att planera lönnmord på andra staters statschefer så lär han få en hjärtinfarkt. Onödigt, eller vad säger ni, general?"

"Uppfattat. *Off the record* för att spara på sossehjärtat."

Stefan Krimla vände om och lämnade rummet. Kvar satt en fundersam ÖB som hade svårt att samla tankarna på en återgång till inventarielistorna. Det var bra att svenska soldater kunde visa att de höll internationell klass, samtidigt som det drog på sig oönskad uppmärksamhet från Jihadisterna ute i världen. Efter 2001 hade spelplanen för krigföringen ändrats markant och nu var inte terror något som hände på avlägsna platser i tredje världen, vilket hade visat sig med all fruktansvärd tydlighet i Paris och Bryssel. Han fruktade för när något liknande skulle ske i Sverige.

"Om inte ryssarna hinner först", muttrade han sedan irriterat för sig själv innan han resignerade och insåg att han inte längre hade några giltiga skäl kvar att skjuta upp rapportläsningen.

***

Tysks kontorsdörr var stängd och den röda lampan för *upptaget* lös på panelen bredvid dörren, men Krimla tänkte inte låta sig avskräckas utan knackade på och väntade sedan på att någon skulle be honom komma in.

Överste Hård öppnade dörren och tittade förvånat på honom. Krimla kunde inte hålla tillbaka ett kort skratt åt det förvånade ansiktsuttrycket.

"Lugn du, din gamla skogsharv. Jag vill dig inget illa."

Hård flinade, klev åt sidan och släppte in honom i det ljusa rummet.

"Vi talar om utvecklingen i Estland."

"Ja fy fan", muttrade Krimla. "Esterna har ryssen i knät och Nato kan inte göra ett skit. Det är Ukraina om igen. Det värsta är att Potemkin kommer allt närmare Sverige för varje intervention. Snart har vi de här och vad gör vår regering? Jo, de härmar strutsens beteende och stoppar huvudet i sanden."

"Ska man se till fakta stoppar faktiskt inte alls strutsen huvudet i sanden. Det är bara en seglivad myt som bitit sig fast tack vare ett antal tecknade Disneyfilmer." Tysk reste sig från stolen och kom runt skrivbordet för att hälsa på Krimla. "Vad kan vi göra för dig general?"

"Vi har en situation i Irak där svenska soldaters liv kan vara i fara." Snabbt drog han fakta och avslutade med ÖB:s order. Tysk kliade sig på hakan innan han gick tillbaka till skrivbordet och började skriva in några kommandon på tangentbordet.

"Jag tror, med arméchefens goda minne, att vi har delar av 141:a insatsgruppen på I 19 som kan åka med kort varsel. Jag ska kolla med Burén."

"Bra, gör så. Meddela mig när de är i luften och vad som eventuellt måste till i form av övrig logistik. Nu kan herrarna återgå till Estland."

Han lämnade rummet och gick tillbaka till sitt eget. Inom sig funderade han på hur mycket mer den hårt ansträngda, svenska försvarsmakten skulle klara av. De extra miljarder som utlovats höll visserligen på att rinna ut i organisationen, men det gick enerverande långsamt att bygga upp det som trettio år av nedskärningar hade sopat undan, samtidigt som alltför mycket pengar gick till forskning och utveckling av egna vapensystem, såsom den nya ubåten A26 för att ta ett exempel. Det var för mycket prestige. I vissa lägen var det nog ändå bättre att köpa in redan befintliga system och utveckla dessa, såsom man exempelvis gjort med stridsvagn 122. Det sparade både tid och pengar, pengar som kunde läggas på materiel, utbildning och godtagbara löner till de kontraktsanställda soldaterna. Då kanske man även skulle kunna fylla manskapsluckorna ute i förbanden.

Han släppte tankarna när han nådde fram till sitt rum där han sedan ägnade sig åt att författa ett kort, men koncist mejl till överste Kvartling: *Förstärkning på G – håll ut.*

Kapitel 5

Jadens fot hade varit blytung på gaspedalen och Toyotan hade på hårt slitna stötdämpare dundrat söderut mot extraktionspunkten. I backspegeln kunde både hon och *Trigger* ana dammolnet som revs upp av deras förföljare. Förföljare som lika tydligt kunde se deras eget dammoln och därför inte hade några problem med att spåra dem. Den enda trösten var att förföljarna inte kunde köra fortare än vad de själva gjorde och därför krympte inte avståndet, men det ökade inte heller vilket skulle bli ett problem när de nådde fram till slutstationen och måste stanna. *Daesh*-krigarna låg max fem minuter efter och om inte helikoptern stod på marken och väntade på dem med rotorbladen snurrande skulle de bli en strid på kniven. *Trigger* var också medveten om att piloten inte skulle landa i en het zon. I ett sådant fall skulle de få fortsätta söderut till dess att antingen deras bensin tog slut, eller förföljarnas.

"SOG 1 till *Spider*. ETA tio minuter till extraktion. Er position? Över."

Det knastrade till i radion när pilotens röst kom in.

"*Spider* till SOG 1. ETA tolv minuter. Över."

"Det kan bli ett hett plock. Vi har banditer i hälarna."

"Det är uppfattat SOG 1. Avvakta."

Linjen tystnade och *Trigger* lade tillfälligt ifrån sig EH2R radion och slängde en blick på *Jaden*. Kvinnan satt djupt koncentrerad och försökte se groparna och stenarna i vägen innan hjulen hittade dem, men skakningarna i bilen visade att hon missade ett flertal. Utan att säga något vände han sig om och spanade bakåt. Dammolnet vid horisonten hängde kvar, envist och utan pardon.

"Försök ställa bilen så att vi får ett gynnsamt läge för kulsprutan."

Hon grymtade bara till svar när hon vred om ratten och missade en djup grop i vägbanan med minsta möjliga marginal.

"Vi ska ta oss dit utan att slås i spillror först, sedan kan vi börja prata om gynnsamma lägen. Hjulupphängningen på den här kärran kommer behöva en grundlig genomgång när vi är klara med den."

Han svarade inte på det utan tittade med sammanbitna käkar ut på den omgivande terrängen som flög förbi utanför kupén. Allt gick i olika nyanser av beige-gult och ökenterrängen genomfors av klippor, sten, sand och några enstaka buskar med taggiga utskott som han inte hade en aning om vad de hette, men som han av erfarenhet visste var otäckt vassa och något man helst skulle gå omvägar runt.

Från att ha kört i en ganska flack terräng kom de nu in i ett område där hårdare berg inte hade eroderat lika snabbt som den omkringliggande slätten. Resultatet blev klippor som sköt upp som mest runt åtta meter över marken, men oftast bara tre till fem meter. Genom klipporna skar en Canyon, kanske resultatet av en sedan länge uttorkad flodbädd. Vägen hade av praktiska skäl anlagts på Canyonens botten där den smalnade av och krökte åt både höger och vänster för att följa skrevan. Detta lämnade ofta inte mer än max hundra meter av fri sikt framåt – eller bakåt.

Enligt GPS: en hade de tre kilometer kvar när det small till i underredet och hela bilen skakade. *Trigger* drog efter andan och spände sig omedvetet när *Jaden* svor till. I ett utsiktslöst försök att parera sladden hävde hon sig på ratten.

"Satan, där gick bromsarna", svor hon när pedalen trycktes ända ner till golvet. Bilen kanade på tvären över vägen och han såg var det skulle gå illa. Farten var fortfarande alldeles för hög när hjulen gled ner i en avlång grop som effektivt satte stopp för färden över vägbanan.

Dessvärre ville den döda kraften i sladden fortsätta i färdriktningen, med följd att bilen välte över på sidan och började rulla. Världen snurrade runt framför *Triggers* blick. Han var glad att bilen varit utrustad med säkerhetsbälten och att han som svensk per automatik hade satt detta på sig.

Det kändes som en evighet innan bilen stannade. De blev liggande på taket och kom således att hänga upp och ner i sina säten. Han insåg att han hade hållit ett krampaktigt tag om geväret genom hela bilolyckan, men *Jadens* AK5D, som legat på golvet nedanför sätet, hade farit runt. Hon blödde från ett djupt jack på sidan av huvudet.

"Lever du?"

Jaden svor som svar och han kände sig lugnt. Hade hon kraft att svära, då hade hon kraft att slåss. Han knäppte loss sig, rullade runt och kom upp på knä. *Jadens* bälte hade fastnat så han skar ner henne med sin kniv. Efter att ha letat rätt på sitt vapen, kröp hon ut ur bilen och han följde efter. Dammolnet vid horisonten närmade sig hastigt.

"Tre kilometer kvar till zonen."

"Kom då."

Hon började springa i det taktfasta lunk som de båda kunde hålla i flera timmar, i alla fall hemma i Sverige där man inte förlorade en liter vätska för varje hundra meter man sprang. *Trigger* förstod att det skulle bli en strid mot klockan att hinna fram för att kunna bli upplockade.

"Vad är inte en joggingtur på landet?" *Jaden* flinade mellan hårt sammanpressade käkar och han noterade – utan att påpeka – att hon haltade lätt på vänster ben. Ryggsäcken satt som gjuten på ryggen och dess arton kilo i stridsvikt bevärade honom inte nämnvärt, men han var rädd för att samma packning skulle sinka *Jaden* om hon var skadad. Däremot ville han inte nämna detta för henne, för då skulle hon kalla honom mansgris och vara sur en vecka. *Trigger* såg därför till att hålla käften, men släppte henne knappt med blicken, beredd att rycka in om skadan skulle bli värre. Bakom dem växte dammolnet.

***

Abdal Jabir El-Batal såg den kraschade Toyotan som blockerade nästan hela vägen framför dem och han jublade av glädje. De otrogna hundarna var nu till fots eller kanske till och med hade dödats i kraschen vilket gjorde att de skulle bli ett lätt byte för honom och hans tre män. Abdal Hadi al-Basi skulle bli nöjd när han återvände med de avskurna huvudena på hans fars mördare.

Jabir manade på chauffören att om möjligt öka farten, men denna påpekade att om de inte själva skulle krascha var det bäst att hålla tillbaka en smula på den oförskämt dåliga vägen.

Det tog inte många sekunder att nå fram till vraket där de snabbt kunde konstatera att de otrogna hade klarat sig och tagit sig ut ur fordonet. De var nu sannorlikt var på flykt till fots undan Guds Heliga Krigare. Jabir sände en tacksamhetens tanke till Allah innan han slog igen bildörren och gav order om att de skulle fortsätta framåt.

De hade hunnit någon kilometer när kulsprutan på flaket sköt en kort eldskur för att sedan tystna. När Jabir vände sig om såg han inte deras skytt. Han hade försvunnit och ett bylte längre bort på vägen visade var han tagit vägen. Jabir skulle just ropa ut en varning till chauffören när ett runt hål uppenbarade sig i vindrutan och något kladdigt och blött stänkte mot hans kind.

Bilen gjorde en gir åt sidan och Jabir kastade sig i skydd under instrumentbrädan sekunden innan ett nytt hål skapades i rutan när en kula slog in i sätet där han nyss suttit. Jabir svor svavelosande. Krypskytten var snabb och skicklig och därför en dödlig motståndare. Någonstans bakom deras fordon öppnade minst en tung kulspruta eld, men han misstänkte att det enda som de kulorna gjorde hål i var luften som de passerade igenom. Krypskytten var väl dold och hade vid det här laget redan omgrupperat.

Försiktigt öppnade han bildörren, kastade sig ut och smet bakom bilen där han tog skydd. När han lyfte blicken såg han de två kvarvarande Toyotabilarna stå snett parkerade över vägen där de sköt mot fiendens förmodade skydd. Han vinkade med armen för att få dem att sluta skjuta.

Den ena Toyotan körde närmare. Han slet ut passageraren och sa åt honom att hoppa upp på flaket, sedan satte han sig själv på sätet innan de två ekipagen på nytt satte sig i rörelse.

Abdal Jabir var plågsamt medveten om att det på ytan såg ut som att de jagade de kristna hundarna, men djupt inom sig funderade han på om det inte var hundarna som jagade dem i en omvänd katt-och-råtta-lek. Varje sekund som gick väntade han sig att nya hål skulle uppträda i vindrutan.

***

Tre skott – det var alltid tre skott och sedan lämna grupperingen. *Trigger* hade redan hängt geväret över axeln och börjat jogga efter *Jaden* när hans tre skott hade slagit ut det främsta av de förföljande fordonen. När de tunga kulsprutorna började hacka var han redan i skydd av klipporna, men såg inte till *Jaden* eftersom vägen krökte och han inte hade någon fri sikteslinje. Han hade beordrat henne att fortsätta medan han jämnade ut oddsen en smula. Som den goda soldat hon var hade hon lytt order och fortsatt pinna på – i alla fall hoppades han det.

Bakom honom tystnade kulsprutorna och han förstod att Guds Krigare åter hade tagit upp jakten. De hade en och en halv kilometer kvar till extraktionspunkten och rörde sig nu genom det kuperade landskapet där själva landningszonen låg avskild från vägen på botten av en grund dal som skyddade en landande helikopter från markeld från icke terränggående fordon.

Bakom sig hörde han brummandet från motorer och snodde runt samtidigt som han gick ner på knä. En av Hi-lux-bilarna kom dånande bara knappt hundra meter bakom honom och han tyckte sig titta rakt in i den svarta mynningen på kulsprutan på flaket. *Trigger* fick in grillen i siktet och kramade iväg skottet. Sedan matade han snabbt fram nästa patron och sköt igen inom en sekund.

Två ilskna kulor borrade sig in i fronten på Toyotan, slog sönder kylaren och spräckte motorblocket. Sedan höjde han siktet just som kulsprutan öppnade eld mot honom.

Kapitel 6

Norra Irak
Daesh-kontrollerat område
2016

När bilen slagit runt hade hon fått ett hårt slag mot vänstra låret – av vad visste hon inte, men det saknade betydelse. Det som betydde något var att lårmuskeln fått sig en rejäl smäll och smärtan sköt upp genom kroppen för varje steg hon sprang.

Jaden bet ihop tänderna och försökte att mentalt tänka bort smärtan. Hon hade sårats i strid och skadats under övning tidigare. Hon visste därför av erfarenhet att icke dödliga skador kunde blockeras mentalt i hjärnans smärtcentra genom att kapsla in smärtan med positiva tankar och blockeringar. På så vis kunde smärtan bli en trigger, en förlösare som drev henne framåt istället för att sinka henne.

Problemet var bara att det var svårt att under flykt skaffa sig den mentala barriär som krävdes och när hon hörde det dova dunkandet från en tung kulspruta bakom sig stannade hon upp. När hon snodde runt såg hon inte till *Trigger*, men däremot såg hon fienden i Toyotan som kom farande drygt hundra meter bort längs vägen.

Jaden svor svavelosande, gick ner på knä, slängde upp sin AK5 och tittade genom rödpunktsiktet innan hon lugnt kramade in avtryckaren – en, två, tre – kulorna slog in genom vindrutan och bilen krängde till. Kulsprutan på flaket riktades om mot henne och hon höjde siktet. Kulsprutan öppnade eld, men mannen på flaket siktade som en kratta och elden gick högt. Det gjorde inte *Jadens* svarseld. Hon såg träffarna i bröstkorgen och mannen försvann ur synhåll.

28

Var, var *Trigger*? Försiktigt gick hon tillbaka längs vägen. Klipporna på bägge sidor stod där som forntida väktare, tysta och mäktiga. När hon nådde fram till det utslagna fordonet såg hon resultatet av sina kulor. Tre hål i vindrutan. Chauffören hade träffats i huvudet och en stor del av hans hjärna hade skvätt ut på skiljeväggen bakom sätet. Passageraren hade träffats högt upp i högra delen av bröstkorgen. Rosa bubblor i såret skvallrade om att kulan penetrerat lungan. Han levde fortfarande och tittade på henne med dimmig blick.

Jaden fnös och drog upp sin *Glock*. Mannen tittade in i den svarta mynningen och slöt ögonen sekunden innan hon lugnt kramade in avtyckaren. Niomillimeterskulan träffade i höger öga och trängde via ögonhålan in i kraniet där den slog sönder hjärnan.

"En mycket skonsammare död än du egentligen förtjänade."

Hon gick runt bilen och konstaterade att skytten också var död. Han hade fallit baklänges över kanten på flaket och låg på rygg vid bakdäcket med ena benet rakt upp, vilandes mot bilens kaross, medan det andra benet låg böjt ut åt sidan. Hålen i bröstkorgen visade träffbilden.

När hon försäkrat sig om att fienden var utslagen slet hon ut kropparna från hytten och hoppade in bakom ratten innan hon åkte tillbaka. Det tog inte många sekunder att komma fram till Toyotan som stod med rykande motor tvärs över vägen. Kulsprutan på flaket pekade rakt upp mot himlen då den tyngdes ned av kroppen från skytten som livlös hängde över den. Ännu en kropp låg på marken bredvid bilen. Förarhytten var tom och *Triggers* gevär låg på marken, men han själv fanns ingenstans att se.

Jaden vände bilen så att den stod med grillen pekandes åt rätt håll innan hon stängde av motorn och stoppade nyckeln i fickan. Sedan hoppade hon ut och gick fram till geväret. Kolven hade splittrats och ett spår av blod ledde bort från vägen. Hon kände en klump av is i magen när hon började följa blodspåret upp bland klipporna.

En knappt skönjbar stig ledde in i ett smalt bergspass. I dammet såg hon tre uppsättningar spår. Först *Triggers* grovsulade kängor som sedan följdes av två andra par med mindre markerade mönster. Hon tog ett nytt tag om vapnet och kontrollerade att magasinet inte var tömt.

Passet var bara knappa metern brett och de svagt sluttande klipporna på bägge sidor strävade upp mot toppen som låg ungefär fyra meter över marken. Det var inte direkt Grand Canyon, men tillräckligt för att det vid en eldstrid skulle vara svårt att få skydd. Genom årtusendenas gång hade de mjuka klipporna slipats av vinden och eroderat och alla skarpa kanter hade för länge sedan försvunnit. Hon misstänkte att detta en gång varit ett biflöde till den större floden som runnit genom terrängen, på den tiden som det fortfarande fanns vatten här. Nu var det torrt som fnöske och någon flod hade det inte runnit här på århundraden.

Ett par buskar kämpade mot himlen från en spricka i bergsidan och en vindil drev sand mot hennes ansikte. Tystnaden i sänkan var kompakt. Det var som att naturen stannat upp och nu höll andan i avvaktan på vad den mänskliga inblandningen skulle leda till. Blod på klippan visade att *Trigger* fortfarande fanns någonstans framför henne och hon skyndade på stegen. Tio meter längre fram krökte fåran åt höger och precis innan hon kom fram till kröken bröts tystnaden av det ilskna knattrandet från en AK-47.

***

När han höjde geväret för att få in skytten i siktet öppnade denna eld mot honom, men mannen var kanske inte van vid den tunga rekylen från vapnet, eller så var han helt enkelt bara en usel skytt, för kulorna piskade upp marken och slet loss bitar ur klippan långt ifrån *Trigger* som lugnt kunde sätta två kulor i mannens bröstkorg, vilket effektivt tystade vapnet. En annan man hoppade ner från flaket och försökte ta skydd bakom bilen, men *Trigger* satte en kula i ryggen på honom. Mannen föll och blev liggande. Innan han hunnit rikta om, öppnades passagerardörren i Toyotan och en svartklädd gestalt kastade sig ut och sköt med sin AK-47.

Trigger kände hur minst en kula träffade kolven på hans prickskyttegevär och slet det ur handen på honom. En annan kula träffade honom i axeln, utanför skyddsvästen, medan en tredje och sista kula träffade mitt i själva västen och fick honom att vackla bakåt.

Mannen vid bilen fick eldavbrott, eller möjligen slut på ammunition, vilket gav *Trigger* en möjlighet att fly undan. Samtidigt svängde den sista Toyotan runt den stillastående bilen. Kulsprutan öppnade eld. En skreva i klippan vid sidan om vägen erbjöd en lämplig flyktrutt och med högra handen tryckt mot skadan i axeln, i ett försök att stilla blodflödet, skyndade han i skydd samtidigt som kulorna vispade genom luften bakom honom.

Skrevan var smal och han insåg att han var fast i den. De tämligen släta, eroderade klippväggarna erbjöd ingen möjlighet till att snabbt klättra upp. Hans enda möjlighet var att fortsätta framåt och hoppas på att det skulle dyka upp en möjlighet där han kunde använda sin *Glock.* Det sved i stoltheten att han blivit av med geväret, men det var inte så mycket att göra något åt. Nu gällde det istället att överleva och samtidigt se till att de som förföljde honom *inte* gjorde det.

En ojämnhet i marken fick *Trigger* att snubbla till och stöta emot klippan med den skadade armen. En smärtstöt sköt igenom kroppen, vilket fick honom att svära ilsket. Att vara stor och muskulös var i det här läget inte en fördel när passagen som han tog sig igenom inte ens var en meter bred och marken var att full av stenar, ojämnheter och bråte som vinden släppt av. Han tittade nedåt och sparkade undan en knytnävsstor sten innan han fortsatte framåt.

Skrevan böjde av åt höger. Efter kröken vidgade den sig till en tre meter bred dalgång. Ett ras hade inträffat på ena sidan för kanske hundra år sedan och där erbjöds en enkel väg uppför de fyra meter höga klippsidorna.

Med snabba steg skyndade han fram till raset och började försiktigt klättra uppåt. Det gjorde förbannat ont i armen, men han bet bistert ihop käkarna och kämpade sig upp på platån. Just som han drog sig upp hördes ljudet från fiendens vapen. Ett sting av smärta sköt igenom högra vaden när han träffades ännu en gång.

Med blodet droppande från benet drog han sig upp i säkerhet och hörde hur fienden redan var på väg efter honom. Med ett sardoniskt

31

flin drog han sin *Glock* från sidohölstret och tittade försiktigt ut över kanten. En svartklädd man befann sig bara två meter under honom medan hans kamrat stod kvar på marken med vapnet lyft. *Trigger* drog snabbt tillbaka huvudet när en automatsalva bröt genom tystnaden.

***

När *Jaden* passerat kröken vidgade sig klyftan och hon såg de två svartklädda *Daesh*-krigarna. En klättrade uppför ett gammalt ras medan den andre stod nedanför och vaktade. Ett huvud tittade ut över kanten och hon kände igen *Triggers* blonda hår. Nu visste hon att han levde. *Jaden* höjde vapnet, fick in vakten i sin rödpunkt och sköt tre skott.

Mannen ryckte till och föll framstupa som en trasdocka. Den andra krigaren snodde runt och *Jaden* placerade lugnt två kulor i bröstet på honom innan vapnet låste sig i sista skottläget. Snabbt drog hon ur det tomma magasinet och tryckte i ett nytt, men då hade redan den döda kroppen tumlat ner från branten och låg i en dammig hög på skrevans botten. *Trigger* stack fram huvudet över klippkanten. *Jaden* mötte lugnt hans blick.

"Jag lämnar dig i fem minuter och du hamnar genast i trubbel. Är jag din morsa, eller?"

Han flinade mot henne när hon gick fram till kropparna och satte en kula i varje huvud för att försäkra sig om att de verkligen var döda innan hon fortsatte, nu vänd mot honom.

"Ska du sitta och häcka däruppe hela dagen? Vi har ett flyg som väntar."

"Lugn för fan. Måste hejda blodflödet. Jag har några hål som läcker."

Hon kände ett styng av oro och började klättra upp. På platån hade *Trigger* redan tagit fram sitt första förband ur stridspackningen och höll på att lägga om en skada i benet. Hon hjälpte honom med det sista innan hon tittade på hans axel. Där fanns ett tydligt ingångshål, men inget utgångshål, vilket betydde att kulan träffat ben och befann sig kvar i kroppen.

Dessutom förlorade han mycket blod.

Oroad av blodflödet slet hon fram blodstillande vadd som hon täckte såret med innan hon förband det. Därefter gav hon honom en morfinspruta.

"Jag har lånat en ny bil så om du orkar ta dig ut till vägen så åker vi härifrån snabbare än de där turbanerna hinner skrika *Jihad*."

Han nickade och tillsammans tog de sig ner för klippan. *Jaden* såg hur hårt sammanpressade *Triggers* käkar var, men han sa inte ett ord innan de stod på botten av skrevan. Då suckade han och mumlade att han borde vara van vid smärta nu. Hon skrattade.

"Ja ni karlar bara gnäller. Ni vet fan inte hur det är att föda barn. *Det* är smärta det."

Han tittade upp på henne.

"Va' fan *Jaden*. Du vet väl inte heller hur det är att föda barn. Du har ju inga."

"Jag är kvinna. Vi har ett gemensamt medvetande. Precis som ni karlar har ett gemensamt ölsinne."

De skrattade tillsammans och stödda mot varandra började de linka tillbaka samma väg som de kommit. När väl *Trigger* satt på plats i bilen tog *Jaden* radion och anropade *Spider*.

"SOG 1 till *Spider*. Er status."

"*Spider* här till SOG 1. Vi är vid extraktionspunkt ett. Var är ni?"

"Vi blev uppehållna av lokalbefolkningen. Vi är på väg nu. En sårad. Jag repeterar – en sårad."

"Det är uppfattat SOG 1. En sårad."

Hon vred om nyckeln och slängde i en växel innan hon trampade ner gasen. Bilen sköt fart längs den miserabla vägen. Nu var de nästan hemma.

Kapitel 7

Camp Europé
Sabaa al-Bour, norr om Bagdad
2016

Camp Europé var till ytan stort som tre fotbollsplaner och omgärdades med en mur av cementblock, två meter höga betongsuggor, formade som stora T:n som grep tag i varandra som ett jättelikt Meccano. De stora suggorna tjänade två syften: Dels hindrade de självmordsbombare från att köra in i lägret och detonera sina bilbomber, dels var de en modern ringmur bakom vilken soldaterna kunde ta skydd i händelse av eldöverfall.

Infarten till lägret skyddades av en sluss. T-blocken hade byggts ut i en fyra meter lång och tre meter bred, skyddad infart som ytterst spärrades av en bom. Den inre öppningen i sin tur spärrades av en decimetertjock stålport som gled åt sidan på en räls för att släppa in markfordon som tillhörde lägret.

Det som de inte kunde göra så mycket åt var om fienden beslutade sig för att på tryggt avstånd ställa upp ett par granatkastare för att sedan lugnt börja skjuta in granater i lägret. Detta hade hittills inte hänt, men möjligheten fanns och därför hade även fyra helgjutna betongvärn med metertjocka väggar och tak placerats utspridda på området.

Svenskarna hade, förutom de tre ökenmålade CV-90:orna, även två stycken Patria XA-360, pansarterrängbilar med vapenstation 01 för tung kulspruta. För enklare, mindre riskfyllda patrulluppdrag i närområdet, hade man den svenska försvarsmaktens terrängbil 16.

Den från Sydafrika inköpta BAE Systems OMC RG32M kallades i Sverige populärt för *Galten*.

Helikopterdivisionen hade fyra *Blackhawk*-helikoptrar som ständigt stod startberedda och när en av dessa nu landade på campen, stod ett traumateam redo att ta emot *Trigger*. Man hade satt dropp redan i helikoptern och lagt honom på en bår. När traumateamet tog över fördes han snabbt bort till sjukvårdstältet. *Jaden* klev haltande ur helikoptern och följde efter. Överste Kvartling mötte henne halvvägs. Med en menande blick mot hennes ben och såret i tinningen, sa han: "Skadad?"

"Vi hade en incident med en bil som inte ville som jag ville och jag fick en smäll där. Lårmuskeln har förmodligen fått en bristning, men jag ska för säkerhetsskull låta någon titta på det."

"Okej. Jag följer dig. Kan du ge en snabbrapport om uppdraget?"

Hon tänkte efter. Det hade varit fyra bilar och tre man per bil. Det var tolv kombattanter totalt och sedan ytterligare tre vid lägret. Hon tittade upp på sin chef.

"Femton utslagna *Daesh*-krigare, en av dem Måltavlan, samt fyra förstörda fordon."

"Ett bra facit."

De nådde fram till tältet där *Jaden* möttes upp av en kamouflageklädd soldat från Jägarplutonen som bar en armbindel med det röda korset. Innan han ledde henne vidare in i tältet vände hon sig mot Kvartling med orden.

"Vi har ju hört rykten om att Måltavlan ska ha haft sin son med som sin högra hand."

Kvartling nickade och väntade på fortsättningen.

"Jag tror att sonen var med när vi slog ut Måltavlan och han vill nog gärna ha hämnd. Jag skulle förbereda lägret på att vi kan få besök."

Med de orden vände hon sig om och följde sjukvårdaren, vilket lämnade översten kvar ensam ute i solen. Fundersamt strök han svetten ur pannan och drack lite vatten. *Daesh* hade haft fullt upp de senaste månaderna och inte gjort några framstötar mot Bagdad. Om *Jaden* hade rätt kunde detta nu komma att ändras. Han bestämde sig för att kontrollera med sina Natokontakter om de hade mer information.

***

Hon satt utan byxor på britsen medan sjukvårdaren undersökte låret och varligt klämde på det innan han tittade upp och mötte hennes blick med ett svagt leende. "Som du trodde. Du har en muskelbristning i lårmuskeln orsakad av slag och sträckning, något som sedan förvärrats av att du var ute och sprang direkt efter skadan."

"Som om jag hade något val. Det var springa eller dansa som gällde."

"Jag förstår det. Det jag ska göra nu är att jag lägger tryckförband över skadan. Sedan kyler vi ner den och du får ligga kvar här över natten. Du är undantagen från vakt- och patrulltjänst under den kommande veckan så att muskeln får en chans att återhämta sig. Hur låter det?"

"Det låter toppen. Kan du fixa ett par manliga strippor också?"

"Jag sa att du skulle vila, dig, eller hur." Sjukvårdaren flinade mot henne medan han plockade fram bandage och började linda detta hårt om låret. Hon bet ihop tänderna och suckade. Aldrig fick man ha något roligt.

När bandaget var på plats reste sig mannen för att hämta is i frysen, men *Jaden* stoppade honom med en fråga innan han hann iväg.

"Kan du se hör löjtnant Manner, *Trigger*, mår?"

Han nickade och hon släppte iväg honom. *Jaden* tittade på ryggtavlan som försvann bort genom tältet innan hon vände blicken upp mot taket. Krigssjukhuset kom från Danmark. I Sverige var allt sådant utrangerat när ansvaret lämpats över på det civila samhället, men det gjorde inte så stor nytta här nere. Ibland undrade hon över vad mänskligheten egentligen höll på med. Det var ett under att människan överlevt och utvecklats på planeten under mer än tre miljoner år med tanke på hur destruktiv hon var. Det var en kontext av denna destruktivitet som lett till att hon fyra år tidigare ansökt till och klarat alla prov för tjänstgöring inom *Särskilda Operationsgruppen* −

den hemligaste och mest vältränade elitenhet som försvarsmakten förfogade över. De var inte många, endast ett hundratal operatörer totalt, och det var alla handplockade från försvarsmaktens samtliga grenar.

Själv hade hon varit attackdykare innan hon ansökte, en av försvinnande få kvinnor inom den försvarsgrenen. Faktum var att hon varit den *enda* kvinnliga attackdykaren, något som bara det fått antagningsnämnden att höja på ögonbrynen när de läst hennes ansökan. Att sedan *Trigger*, som redan var inom kåren, hade rekommenderat henne, gjorde ju inte saken sämre.

Antagningsproven hade varit mördande och nittioprocent av de sökande hade gallrats ut, men när röken skingrades hade hon och ytterligare en soldat stått kvar som segrare och hon kunde med stolthet ta emot förtjänsttecknet.

Nu hade alltså fyra år förflutit och hennes syn på krig hade skiftat en smula i sitt perspektiv. *Daesh* krig var smutsigt och styrdes inte av någon annan regel än att de starkaste tog det de ville ha. Direktsända halshuggningar och summariska shariarättegångar var vardagsmat och sedan var det terrorn. Terror mot civila, icke vapenbärande människor där hormonstinna idioter som längtade till de 72 oskulderna i paradiset, sprängde sina bomber på marknader i mellanöstern och nu senast – i Europa.

Det här kriget hade ingen tydlig frontlinje, ingen markerad fiende och styrdes inte av några Genevekonventioner. Det här kriget var en slakt på obeväpnade – en slakt som båda sidor gjorde sig skyldiga till. *Daesh* mördade civila och koalitionen sprängde *Daesh* och deras sympatisörer i luften från fjärrstyrda drönare som inte helt sällan även tog med sig civila i så kallade *collateral damage* skador.

Jaden hade absolut inga samvetsbetänkligheter med att utföra kirurgiska tillslag på marken mot fienden. På så sätt slapp man *collateral damage* och kunde tillfoga fienden skada som kanske till viss del var mer skrämmande än om en *Reaper* skickade en missil från flera tusen meters höjd. Hon hade hört att *Daesh* trodde att de inte kom till paradiset om de dödades av en kvinna, något som en pluton kvinnor tagit fasta på i sin kamp för att slå tillbaka. När fienden insåg att de slogs mot kvinnor brukade de dra sig undan med svansen mellan benen.

Det var rätt åt dem.

För Guds Heliga Krigare var kvinnan bara en handelsvara som de kunde köpa och sälja hur de ville. De som vägrade bli sexslavar brändes levande till döds och mot de här odjuren kände hon inga tvivel när det kom till att döda. Hon önskade bara att hon skulle kunna döda fler av dem innan det var dags att åka hem.

Tankarna vandrade tillbaka till Sverige, hennes fosterland. Grannen i öster hade mullrat olycksbådande i flera år nu. Både ÖB och arméchefen ansåg tydligen att ett krig mot Ryssland var oundvikligt. Tyvärr var det svårt att få regeringen att lyssna på det örat. Den där miljöpartisten, som hon aldrig kom ihåg namnet på, menade att kriget aldrig skulle bli verklighet och att ÖB bara försökte klämma Staten på mer pengar till sina leksaker. Partiordförande i FI, Feministiskt Initiativ, den före detta Vänsterledaren, hade till och med sagt att försvarsmakten borde avvecklas helt, något som Miljöpartiet ivrigt hade hejat på.

Den stackars sossen som satt som regeringschef var tvungen att värja sig mot både regeringskamrater, en fientlig vänster och en bestämd ÖB. Mer pengar till försvaret *hade* utlovats, men från ord till handling var vägen lång, även om en ny brigad faktiskt höll på att ställas upp.

Gotlandsbrigaden – 5600 man som redan i fred skulle sättas på ön för att tydligt markera att Östersjöns hangarfartyg minsann inte låg oförsvarat. Problemet var att det tog tid att utbilda en brigad och få den stridsduglig, för att inte tala om att förse den med materiel. Förrådsställda CV-90 hade plockats fram och uppgraderats till 9040C standard och Bofors/Hägglund hade fått en order på femtio nytillverkade stridsfordon för att fylla brigadens luckor.

Problemet var rekryteringen av soldater.

Efter värnpliktens upphörande hade det nästan blivit fult att prata om militärtjänstgöring. Folk utbildade sig hellre i civila yrken och försvarsmakten hade svårt att attrahera unga, trots landsomfattande reklamkampanjer. När man väl lyckades få soldaten i uniform var det nästan lika svårt att behålla dem där som det var att få dit dem. Det fanns mycket kvar att göra och om det inte inträffade en allvarlig incident snart som fick människor att förstå vad som var på gång, var hon rädd för att det skulle förbli på detta sätt. Två århundraden av fred hade sitt pris.

Sjukvårdaren kom tillbaka. I handen höll han ett par blå ispåsar som han la på hennes skadade lår, utanpå bandaget.

"Låt de här ligga här nu och kyla ner skadan. Under tiden ska jag se till att du får en avskild sängplats. Okej?"

"Hur var det med löjtnant Manner?"

"Han opereras just nu. Han hade två skottskador samt en träff i västen. Inget livshotande, men det är en del blodkärl, muskler och ben som behöver lappas ihop. Han kommer att bli ordentligt återställd, även om det kan ta lite tid." Mannen log mot henne. *Jaden* nickade ett tack innan hon slöt ögonen och somnade.

Kapitel 8

Kapten Lennart Stålnacke granskade insatsgruppen som stod med fältpackning framför honom på kaserngården. Trettiosex man allt som allt och han kände stolthet över att de nu skulle få bistå med ett hastigt hopplockat utlandsuppdrag. Ovanligt hastig för att vara i Sverige, påminde han sig själv. Ordern hade kommit en timma tidigare och hade i korthet lytt: *Order – en pluton med stridspackning klar för avresa Irak. Hämtas på Arvidsjaurs flygplats klockan 16:00 lokal tid av försvarets C130. Order slut.*

Klockan var nu 14:30 och den sista soldaten hade inställt sig tio minuter tidigare. Det var med andra ord hög tid för uppdragsredovisning. Han ställde sig med händerna på ryggen och sa med hög röst.

"God middag, soldater."

"God middag, kapten."

"Vårt förband har fått en smickrande order. Vi ska bistå den svenska kontingenten vid *Camp Europé* i Irak där strider förväntas inom de närmaste dygnen. Detaljer är för närvarande okända, men vi kommer att briefas mer i luften. Försvaret bistår med en C130 för transport till Fjollträsk där annan transport väntar. Full stridsutrustning är anbefalld. Frågor på det?"

"Nej, kapten."

"Det är gott soldater. Uppstigning i kompanibussen för transport till Arvidsjaurs flygplats. Höger, vänster om – marsch!"

Soldaterna lyfte upp sina stridspackningar och vapen innan de gick fram till den väntande bussen. Stålnacke var sista man ombord och gav en kort nick till chauffören som genast startade motorn innan bussen började rulla ut från AJB: s område och vidare ut på Västlundavägen med riktning mot flygplatsen. Han undrade stilla om han någonsin skulle se Arvidsjaur igen eftersom de nu skulle ut i en skarp situation. I strid dog som bekant människor. Han hoppades att hans utbildning skulle hjälpa honom att inte bli en av dem.

När de klev ut på plattan på flygplatsen stod redan en C130 med stjärtnummer 84006 och väntade på dem. Soldaterna marscherade in genom den öppna bakporten där de möttes av en löjtnant som hälsade dem välkomna. Sedan uppmanade han dem att ta på sig sina hörselkåpor då ljudet i lastrummet blev enerverande högt och ett par timmar där kunde driva en människa till sammanbrott. Det sista sa han med ett flin, men Stålnacke höll med. Det var inte första gången han åkte i denna armétaxi där ljud och vibrationer gjorde att flygningen sällan var särskilt avkopplande. Han var glad att de bara skulle till Stockholm.

***

En timma och femtio minuter senare klev de av på Bromma flyg, mitt inne i Stockholm där de möttes upp av en kapten med flygvapnets insignier på uniformen. Efter sedvanlig honnör och hälsning sa kaptenen att man rekvirerat en Boeing 737 från Ryanair som skulle flygas av honom och en flygvapenlöjtnant som båda hade vana av Boeings maskiner. Ingen civil personal skulle medfölja eftersom det var en riskflygning och landningen på Bagdads Internationella Flygplats var en smula speciell eftersom planen som landade kom in på hög höjd och sedan gjorde en mycket dramatisk nedstigning. Detta för att om möjligt försvåra för terrorister som låg och väntade på att få skjuta ner ankommande flyg. Detta hade hänt efter *Operation Iraqi Freedom* 2003 och sedan hade flera incidenter inträffat genom åren. Därför vidtog man all försiktighet som man kunde.

Med de orden visades de fram till en bagagekärra som stod redo vid lastintaget och en efter en fick soldaterna lämna ifrån sig vapen och stridspackning innan de gick ombord på 737:an. Stålnacke stod kvar och förvissade sig om att allt lastades som det skulle och att inget "kom bort" som det så fint hette. När han var nöjd stegade han uppför trappan och tog plats i planets främre del. Tio minuter senare taxade de ut på startbanan där de accelererade innan hjulen släppte marken. De var nu på väg mot Irak, en av världens farligaste platser.

***

Landningen på Iraks Internationella Flygplats hade påmint Stålnacke om varför han i sitt tidigare liv hade hatat att flyga. Deras 737:a hade kommit in från tiotusen meter och sedan näst intill fallit som en gråsten den sista biten fram till landningsbanan. Han var glad över att vingarna fortfarande satt fast på flygplanskroppen när landningshjulen träffade den varma betongen. Någonstans längre bak i planet hade en av soldaterna spytt ljudligt i en för ändamålet avsedd påse, men den fräna stanken av spyor spred sig ändå genom kabinen, vilket inte direkt ökade trivseln.

När de slutligen stod stilla, efter att ha taxat in mot några låga byggnader, var han mycket tacksam över att få resa sig upp och sträcka på benen. Resan hade varit enformig och även om en Boeing 737 var tusen gånger bättre än en *Hercules,* var det fortfarande en turistbuss med vingar där det gällde att maxa antalet platser i kabinen för att få ut så mycket som möjligt av varje flygning.

Stålnacke klev ut genom den främre dörren där han träffades av Iraks värme som slog emot honom likt en knytnäve, trots att det var mörkt och solen redan gått ned. Att färdas från Arvidsjaur i norra Sverige till Irak i mellanöstern var ett rejält klimatbyte och han var inte direkt beredd, trots att man förvarnat honom om hettan.

Värme, i kombination med doften av flygbränsle och bränt gummi, var inte heller något var särskilt angenämnt att andas in. Med långsamma steg klev han ner för trappan och tittade på en bagagevagn som kom körande för att lasta ur. Ingen personal, bortsett från chauffören och förklaringen kom när deras pilot sällade sig till honom. "De lokalanställda får aldrig hantera andra länders militära bagage. Risken för oönskade händelser är för stor. Vi får sköta urlastningen själva."

Det tog en halvtimme att tömma bagagerummet och för soldaterna att hitta sina personliga stridspackningar. När det var gjort klev de ombord på en flygplatsbuss och transporterades vidare till ankomstterminalen. Inne i byggnaden möttes de av en Irakisk man som hälsade på dem på god svenska.

"Kapten Stålnacke?"

"Ja, det är jag." Stålnacke spände ögonen i mannen och mönstrade honom uppifrån och ner. En billig kostym, skjorta utan slips, tunnhårig och med Saddammustasch. Åldern var obestämbar. Han kunde vara någonstans mellan fyrtio eller femtio år. När handen sträcktes ut mot honom tvekade Stålnacke en kort sekund innan han fattade den framsträckta näven. Greppet var löst och Stålnackes handslag skulle ha kunnat krossa benen i handen om han inte anpassat trycket när han kände den andres veliga grepp.

"Jag heter Tariq. Jag jobbar som guide och tolk för den nordiska beskickningen här i Irak. Jag ska hjälpa er från flygplatsen och in till Gröna Zonen. Under den färden kommer vi att åka längs *Qadisaya Expy* som är att betrakta som en av de farligaste vägsträckorna i världen. Här förekommer skjutningar och bombdåd – i huvudsak IED-laddningar - i stort sett dagligen. Vi kommer därför att använda oss av hårda fordon."

Han tystnade och gav därmed Stålnacke tid för frågor, men när inga sådana kom slog han ut med handen och visade dem genom ankomsthallen. De passerade den och kom ut till stora hallen innanför de enorma glasväggarna som ledde till genomfarten utanför flygplatsbyggnaden. Stålnacke noterade att det nästan fanns mer beväpnad vaktpersonal än vad det fanns resenärer. Han noterade också att det inte rörde sig om reguljära soldater utan om kontraktsanställd säkerhetspersonal från någon av de otaliga privata säkerhetsföretag som vuxit upp och skaffat sitt livsbröd ur askan av det som Saddam lämnade efter sig efter *Operation Iraqi Freedom.*

Tariq, som aldrig gav sitt efternamn, ledde dem ut genom glasdörrarna. Utanför den sandfärgade byggnaden med sin vita front växte några palmer, men intrycket dominerades av den bågformade infarten där bussar och illa medfarna personbilar normalt trängdes, men nu när mörkret lägrat sig rådde ett stilla lugn.

Tariq ledde dem mot en låg buss som var större än en taxi, men mindre än en vanlig svensk stadsbuss. Den bepansrade karossen var ärrad av kulor och splitter som blästrat den vid mer än ett tillfälle. Fönstren var bara decimeterhöga glipor i pansaret och under dessa fanns luckor som kunde fällas ner eller dras åt sidan för att kunna besvara eld inifrån fordonet utan att behöva exponera sig mer än nödvändigt.

Tariq lät blicken glida över fordonet innan han vände sig till Stålnacke.

"När amerikanerna var här och säkerhetsläget var som värst, var de här bussarna det enda någorlunda säkra sättet att ta sig från flygplatsen och in till Gröna Zonen. Nu används de inte i samma omfattning längre, men ni är främmande makts militära personal och att utsätta er för ett eldöverfall är frestande. Därför jag har beställt denna transport. De skyddar också mot IED: er vid sidan av vägen."

Med de orden klev Tariq ombord, tätt följd av de svenska jägarsoldaterna. Bussen hade fyrtio platser, men med all packning blev det ändå trångt och Tariq, som nu tagit på sig en skottsäker väst och en kevlarhjälm, bad dem att göra detsamma.

Soldaterna grymtade medan de plockade upp sina hjälmar och skyddsvästar, men snart var alla påklädda och Tariq kom med en sista uppmaning.

"Använd skottgluggarna om vi blir anfallna. Det laminerade glaset är skottsäkert." Med dessa ord satte han sig tillrätta i sätet och bussen började skakigt röra sig framåt i ett blått moln av dieselavgaser.

Kapitel 9

Camp Europé
Sabaa al-Bour, norr om Bagdad
2016

Det var inte första gången som *Trigger* hade blivit skjuten och han misstänkte starkt att det heller inte skulle vara den sista. De två skadorna var bara ytterligare ärr på en redan ärrad kropp. När *Jaden* slog undan draperiet som avskilde hans säng från de övriga fem platserna i sjuktältet, satt han upp. Vänsterarmen var fixerad mot kroppen i en mitella och hårt bandagerad medan högra benet var omlindat och uppallat med kuddar. Hon tittade på honom och försökte se bister ut.

"Som jag sa. Jag lämnar dig fem minuter och du passar på att bli skjuten – inte *en* gång, utan *två*! Sen får jag komma och rädda dig ur situationen. Vad ska vi göra åt det här egentligen? Jag kan inte alltid finnas vid din sida och skydda dig mot världens ondska."

Trigger skrattade. Det hade nu gått ett och ett halvt dygn sedan läkarna opererat honom. Skadan i benet var ren – kulan hade gått rakt igenom vadmuskeln och missat benet. Axeln däremot hade tagit en värre smäll. Där hade de under en sex timmar lång operation rensat övre delen av bröstkorgen från kulsplitter och benrester från en ramponerad axelled. Nu var det tack och lov inte själva kulleden i axeln som tagit skada, utan benet som kulleden satt fästad på.

Skadan skulle läka, men han skulle behöva en del sjukgymnastik för att få tillbaka sin fulla rörlighet i vänstra armen. *Jaden* drog fram en stol och satte sig med en grimas – låret gjorde fortfarande ont, men

45

hon vägrade använda kryckan som sjukvårdaren försökt tvinga på henne.

"Du vet verkligen vad en kille vill höra du."

"Japp, det är därför jag inte säger det."

Hon böjde sig fram och kysste honom lätt på kinden innan hon fortsatte, nu betydligt mer allvarlig.

"Vet du hur rädd jag blev när jag hittade ditt vapen och sedan blodet? Jag trodde de fått dig och att du bara släpat dig undan för att dra ut på det."

"Ett tag var jag rädd för samma sak. Den där *wadin* hade ingen utgång och att klättra upp för fyra meter lodrät klippvägg var jag inte riktigt i stånd till. Det var tur att det där raset dök upp som en räddande ängel. Utan det hade jag kanske slutat mina dagar där."

"Kanske, men nu är det svinen från *Daesh* vars knotor kommer att vittra i solen efter att det lokala djurlivet har gjort sitt."

De tystnade, väl medvetna om att det denna gång hade varit alltför nära för dem båda. Till slut flinade *Trigger* och sa med en tillgjord Finlands-svensk dialekt.

"Jag skjuta turbaner, sårad och karvad med kniven. Du kyssa mig på stora kinden. Varför?"

"Om du blir frisk så får du veta."

Hon reste sig och haltade fram till förhänget. Väl där vände hon sig om och tittade kokett på honom. "Se till att komma på benen nu. Moder Svea betalar dig inte för att ligga där." Med de orden klev hon ut, drog igen det grova tyget efter sig och lämnade honom att fundera på hennes ord.

Trigger lade den oskadda armen bakom nacken och tittade drömmande upp i taket. Livet var för kort och osäkert för att man skulle tveka. Man gjorde sina val och fick sedan leva med konsekvenserna. Hans val sju år tidigare hade varit att söka in som yrkesmilitär och via kustjägarna hade han kommit till SSG – *Särskilda Skyddsgruppen* - som det hetat på den tiden. Där hade en instruktör snabbt insett hans kvalifikationer som prickskytt och den hårda utbildningen hade gjort honom bekant med de flesta av de populäraste prickskyttegevären på marknaden, även om han föredrog

46

sin AG-90. Med den kunde han bekämpa mål på upp till två kilometers avstånd och Måltavlan hade inte en chans.

När magasinet var fullt var vapnets vikt nästan 16,5 kilo och det krävdes en skytt med muskler för att hantera det, men för *Trigger,* med sina svällande biceps och tjurnacke, var det ingen konst. AG: n verkade inte tyngre än en fågelbössa för honom. Han kunde i stående läge, utan stöd, lätt pricka mål på åttahundra meters håll och med stöd upp till 2000 meter.

I det militära kände han sig hemma. Där var han säker i sin roll. När det kom till kvinnor var det dock en annan sak. Inte för att han hade svårt att få en tjej att falla, men det var ytterst få kvinnor som kvalade in på en plats som gjorde honom intresserad. *Jaden* var en av få som faktiskt fått honom att titta två gånger och sedan försiktigt förhöra sig om hennes civilstånd. Han skyllde givetvis på att han måste veta var han hade personalen under sitt befäl och att han kunde lite på dem, men för sig själv hade han blivit lättad över beskedet.

Hon hade ingen pojkvän, inga barn. Däremot hade hon en äldre bror och en yngre syster och var både faster och moster. Ibland, när hon tittade på barnen när de lekte och hon trodde att ingen såg, kunde han se längtan i hennes blick. Under den tuffa operatörens skinn klappade ett hjärta av guld och allt hon gjorde, det gjorde hon för att världen skulle bli lite säkrare för barnen som en dag skulle ärva den spillra som dagligdags kallades för civilisation.

Han avbröts i sina tankar av att de fyra *Blackhawk*-helikoptrarna kom in för landning utanför tälten. De hade ett par timmar tidigare flugit in till Bagdad för att hämta en pluton med Arméns Jägare som skulle förstärka campen eftersom man var rädd för repressalier efter att Ibrahim Aban al-Basi hade fått hjärnan utspridd över den Irakiska sanden. I bästa fall skulle de inte behövas, men *Trigger* misstänkte att soldaterna skulle få visa vad de dög till ganska snart.

***

Stålnacke och hans soldater klev ur helikoptrarna och sträckte på sig.

Efter färden in till Gröna Zonen hade de erbjudits sängplatser på Bloom Hotel vid Arasat Street. Rummen hade varit små och enkla. De lövtunna väggarna hade avslöjat ett häftigt kopulerande par som bodde vägg i vägg med Stålnacke.

Fascinerat hade han undrat hur länge de orkade hålla på, samtidigt som han försökte stänga ute ljuden och sova. Morgonen därpå skulle de ta sig till Bagdads Universitet, som låg i andra änden av Jamia Street. Där skulle de hämtas upp av svenska helikoptrar från *Camp Europé* för den sista delsträckan till den svenska campen.

Till slut hade mannen på andra sidan väggen uppenbarligen kommit i något som måste ha varit århundradets utlösning, därefter blev det tyst och Stålnacke försvann in i sömnen där han drömde om skrikande turbaner som besköt honom med AK-47 från Kalla Kriget. När han slutligen vaknade kände han sig allt annat än utsövd och nu stod han här.

Värmen var mördande.

Han hade tyckt att det var varmt när de kommit ner under natten, men nu – när förmiddagen passerade över till eftermiddag – var det varmt på ett sätt som han aldrig upplevt tidigare. Sina semesterresor brukade han tillbringa kring Medelhavet och den värmen gick inte att jämföra med denna. Hur i helvete kunde folk leva i det här?

En överste med uppkavlade ärmar och sandfärgade uniformsbyxor klev fram till honom och Stålnacke gjorde ställningssteg och honnör.

"Överste. Kapten Lennart Stålnacke med soldater anmäler sig."

Översten besvarade honnören innan han sa.

"Välkommen kapten. Jag är överste Jörgen Kvartling, chef för SweBat här på *Camp Europé*. Gick resan bra?" Översten log som om han förstod vad de gått igenom och Stålnacke svarade lugnt.

"Om man bortser från att vår pilot var självmordsbenägen och försökte sig på *fallande lövet* med en Boeing 737 inför landningen, resan in till Gröna Zonen i en stinkande pansarbuss, ett kopulerande par på hotellet samt denna hetta så är allt under kontroll, överste."

"Bra sammanfattning av Stålnacke där. Välkommen till Irak, Ali Baba och de fyrtio rövarnas hemland och då med betoning på rövarna. Idag heter de *Daesh* och för några år sedan var det Baathpartiet med

Saddam Hussein i spetsen. Om kapten följer med mig ska han få en lägesdragning. Under tiden tar mina män hand om dina män och visar dem till logementplatserna."

"Har ni platser åt oss alla?"

"Ja. Vi är totalt femtioen man här, men campen rymmer tre gånger så många, så nog finns det plats alltid. Tyvärr kan vi dock inte erbjuda luftkonditionerade rum."

Det sista sa han med ett snett flin innan han travade iväg mot en modul som påminde Stålnacke om en fraktcontainer som fått barn med en arbetsbod. Avkomman var inte vacker, men – insåg han när de öppnade dörren och klev in – den var luftkonditionerad.

Översten visade honom en stol och sedan började genomgången med hjälp av en sjutton tum stor bärbar dator som visade fienden och dennes tillgångar. Därefter följde en uppräkning av deras egna tillgångar. När de två timmar senare var klara kände han en viss bävan. Det var samma känsla som han skulle haft om han plötsligt hade insett att han stuckit handen i ett jordgetingbo.

Kapitel 10

Camp Europé
Sabaa al-Bour, norr om Bagdad
2016

Det hade hunnit bli mörkt ute innan skynket kring *Triggers* sjuksäng drogs åt sidan och visade en för honom okänd kapten som var iförd den för platsen malplacerade svenska m/90 uniformen med skogskamouflage i olika nyanser av grönt.

Mannen, som såg ut att vara strax under fyrtio år gammal, hade mörkt, kortklippt hår och gröna ögon som betraktade *Trigger* med både nyfikenhet och respekt. Kaptenen harklade sig och klev fram till sängen. Med lugn röst sa *Trigger*:

"Arméns fältjägare? Välkomna till Irak – helvetet på jorden, om man vill göra den jämförelsen."

"Det har jag redan hunnit med att konstatera", svarade kaptenen med ett svårtytt ansiktsuttryck. "Varmt som i Satans sovrum och med en lokalbefolkning som antingen vill spränga dig i luften eller inte ha med dig att göra."

"Glöm inte att de gärna och ofta tar emot våra pengar. Slå sig ner kapten."

Mannen drog fram stolen som *Jaden* använt sig av tidigare innan han satte sig. När han gjort detta spände han de gröna ögonen i *Trigger*.

"Du och din spanare är, efter vad jag har förstått, anledningen till att vi släppte allt hemma i Sverige och flög halvvägs över jorden för att hamna mitt i en krigszon. Kan löjtnanten berätta varför?"

"Den långa eller korta versionen? Den långa börjar i Paris förra året."

"Vi tar den komprimerade versionen." Kaptenen log och kom sedan på sig själv och såg ut att skämmas innan han fortsatte. "Jag ber om ursäkt, löjtnant. Jag heter Lennart Stålnacke och är kapten på Jägarkompaniet I 19 i Arvidsjaur. Vi var den enda tillgängliga snabbinsatsstyrkan som fanns till hands när larmet gick."

"Vi tar tacksamt emot er hjälp, men hade ni verkligen inte tid att kvittera ut andra uniformer? De där lövhögarna gör att ni syns lika bra som en fluga på en sockerbit."

"Det fanns märkligt nog ingen m/90 öken i förrådet i Arvidsjaur. Man sa att uniformer för klimat och omgivning skulle komma från annan plats. Det var viktigare att få soldater hit än att se till att reglementet följdes gällande kläderna."

Trigger skrockade. "Tro fan det. Vi knäppte ju *Daesh* högsta ledare i Irak och det kräver inga avancerade matematiska genier för att räkna ut varifrån krypskytten kom. Det klarar till och med analfabeterna i *Daesh* av."

"Hur gick jobbet till?"

"Kort – Flykting gav ett tips. Tipset ledde till en plats. Platsen var bemannad. Tipset stämde och L96A1 är ett förbaskat bra precisionsvapen. Huvudskott från sjuhundra meter. Måltavlan plus fjorton bekämpade. Slut."

"Vad anser löjtnanten kan ligga framför oss? Jag har hört överstens version och nu vill jag höra soldatens."

"Operatör, tack."

"Förlåt, operatörens version."

Trigger harklade sig och lade pannan i några djupa veck innan han långsamt sa, med betoning på de viktigaste orden.

"Det har cirkulerat ihärdiga rykten som gjort gällande att Ibrahim Aban al-Basi – Måltavlan – haft sin tonåriga son med på alla sina uppdrag. Tydligen var sonen ... *är* sonen, den av de två som har hjärnan. Ibrahim var slug och grym, men sonen är intelligent och grym, vilket är en mycket farligare kombination. Jag tror, utan att känna till så mycket om Abdal Hadi al-Basi, att han kommer vilja hämnas. Vill man ha hämnd måste man veta vad man har emot sig. Alltså borde *Daesh* redan ha spioner i krokarna som dels spanar på lägret i detta nu och dels förhör civilbefolkningen i Sabaa al-Bour, som byn heter. När de har en lägesbild klar gäller det för dem att samla styrkor som klarar uppdraget. Iraks krigsmakt är sargad och utspridd. Det här kriget har varit segdraget och Saddam lämnade ett tungt arv efter sig. Det finns i princip inga veteraner kvar från kriget med Iran på åttiotalet och de få veteraner som har varit med ett tag minns hur USA körde över dem – inte bara en gång - utan två. Den enda elitstyrka som Irak hade före sista kriget var Saddams personliga livvaktsstyrka ... och de kan man väl säga inte var direkt uppskattade *efter* kriget."

Stålnacke nickade sakta. Han höll i sak med *Trigger* i hans sammanfattning av läget. Iraks militär var otränad och hade haft stora svårigheter med *Daesh* som vunnit mycket mark i de norra och nordvästra provinserna och som, innan koalitionen gick in, till och med hotat sexmiljonersstaden Bagdad. Efter det som hände i Paris och senare i Bryssel, hade en ny koalition bildats med mark- och flygtrupper som effektivt bekämpat Jihadisterna i Syrien och Irak. Sverige bidrog med *Camp Europé* och hade ansvaret för patrullering och till viss del utbildning av Iraks militär i gränstrakterna mot det av *Daesh* kontrollerade området i norr.

Om en framstöt skulle ske kunde armén mobilisera knappt femhundra man i området, men träningen var som sagt bristfällig, liksom materielen. Enhetliga vapen inom samma pluton var något man kunde drömma om. Där fanns mest gamla ryska AK-47, men också amerikanska vapen – något som ställde till det vid ammunitionsutdelningen eftersom Natoammunition hade en annan hylsa än den ryska.

Stålnacke var imponerad av att Irakierna hade undgått att återgå till träklubbor och stenyxor. Något av det första som *Camp Europés* personal hade fått göra enligt översten, var att städa i vapenträsket. De hade sett till att det åtminstone var enhetlig ammunition.

"Vi uppskattar att *Daesh* har 2500 man utspridda i området", fortsatte *Trigger* lugnt. "Det betyder inte att alla dessa kommer att anfalla oss, men vi kommer ändå få möta en styrka på flera hundra soldater med hyfsat moderna vapen."

"Pansar?"

"De har några gamla ryska T-72:or som sett sin bästa tid, annars är det mest mjuka fordon med påmonterade kulsprutor. Däremot finns det granatkastare och RPG-vapen. Våra T-block klarar av träffar från en RPG, men granatkastarna kan lobba in granater från en kilometers avstånd och det krävs ingen raketingenjör för att hantera dem korrekt. Jag skulle utnyttja våra egna pansrade fordon och upprätta en säker zon ut till två kilometer från lägret."

"Mycket bra förslag. Jag fick en lista på vad ni har tillgängligt. Hur är det med fi och deras förmåga att skjuta ner flyg?"

"Mot jakt- och attackplan har de inte så mycket, men mot våra *Blackhawk*-helikoptrar är det en annan sak. Skulle inte rekommendera närstrid med deras soldater, för då har vi snart inga helikoptrar kvar."

De fortsatte diskussionen i närmare en timma innan Stålnacke tackade och lämnade *Trigger* att vila upp sig. Operatörens förstahandserfarenhet var guld värd och det strategiska tänket gick inte att värdera högt nog. Han hade fått sig många tankeställare denna dag och förstod att morgondagen skulle innebära mycket organisatoriskt arbete.

När han spatserade ut från lasarettstältet och vek av över planen mot förläggningen hördes en stämma i mörkret framför honom.

"Halt. Vem där?"

"Kapten Stålnacke. Jägarplutonen."

En svart skugga lösgjorde sig från andra svarta skuggor och han såg en av sina egna soldater som med full krigsmålning skärskådade honom.

"God kväll, kapten. Sängdags?"

"Ja. Det blir en lång dag i morgon."

"Ja, kapten. Vi har en del framför oss."

Han nickade mot soldaten och gick in i tältet. Vid tilldelningen av sovplatser hade han propsat på att dela förläggningen med sina soldater. Skulle han leda dem i strid skulle han också sova tillsammans med dem.

Trött gick han fram till sin tältsäng och la sig ner efter att han sparkat av sig kängorna och hoppat ur byxorna. Fem minuter senare hade han somnat

Kapitel 11

Irak
Sabaa al-Bour, norr om Bagdad
2016

Rasheed Khalil log ondskefullt där han hukade bakom tältet. De förbannade svenskarna hade inget i Kalifatet att göra. De borde ha hållit fast vid sin neutralitetspolitik och stannat kvar i det kalla Norden istället för att komma hit. Han föraktade svenskarna. De var ohyra som levde som loppor på en hund – i det här fallet hette hunden USA. Hoppade USA så hoppade svenskarna ivrigt de med, allt för att se bra ut i ögonen på den *Store Satan*. Efter tre år i Göteborg hade han lärt sig att svensken var rasistisk, snål och gärna nedvärderade sådana som han. Det var svårt att inte bli radikaliserad i ett samhälle som marginaliserade en miljon av sina nya invånare. När imamen i moskén hade talat om Guds Krigare, Jihad och det Heliga Kriget hade Rasheed lyssnat.

Med stort allvar hade imamen visat på hur den otrogna och dekadenta västvärlden hade förföljt och mördat muslimer i närmare tusen år. Imamen sa att det var dags nu. Dags för Jihad. Dags att slå tillbaka.

Den svåraste delen hade varit resan till Irak. Uppmärksamheten mot så kallade terrorresor hade varit hög redan innan Parisdåden och efteråt var den nästan manisk, men genom imamens kontakter hade han på omvägar tagit sig först till Syrien där han stridit i två månader innan han självmant tog sig vidare till Kalifatets trupper i Irak.

Eftersom han levt bland svenskarna och därför antogs förstå hur de tänkte, hade han blivit Kalifatets ögon och öron vid det svenska lägret.

Han var inte imponerad. För få soldater, för stor yta. Att smita över betongbarriären hade inte varit någon konst då det inte ens fanns strålkastare som lyste upp alla partier av muren och enkelt hade han klättrat över hindret. Nu hade han nyss sett hur en kapten gått in i tältet för att sova och samtidigt hade en vaktpost avslöjat sin position. Snabbt skrev han ett kort SMS på sin telefon och skickade iväg det till sina ledare. Svenskarna var färre än hundra man och alla var inte ens stridande. Det borde inte bli någon match att köra över dem. Tyst smet han undan i skuggorna och tog sig tillbaka över muren innan öknens mörker slukade honom.

***

Mannen i den svarta klädnaden stod med en nattkikare tryckt mot ögonen på en höjd fyrahundra meter från det svenska lägret. På avstånd hade han följt spionens väg och när telefonen pep till läste han textmeddelandet, sedan krökte föraktfullt mungiporna i ett grin. Al-Basi skulle hämnas och svenskt blod skulle färga den heliga sanden röd.

Mannen hade själv skurit huvudena av fler människor än han orkat räkna, men han var ständigt hungrig efter mer. I modern västvärldspsykiatri benämndes sådana som han som den värsta och farligaste sortens psykopater, helt utan empati och omvärldsförståelse. De kalla ögonen betraktade alltid andra människor som antingen boskap eller allierade som kunde ge honom något. I det ögonblick som de inte längre kunde ge honom något, förvandlades de till boskap, och boskap slaktade man när tillfälle gavs. I det svenska lägret fanns mindre än hundra kreatur som var redo för slakt!

"Muhunnad!"

Han vände sig om när en annan svartklädd gestalt skyndade fram. Muhunnad tittade på mannen som var nästan ett huvud kortare än han själv och spensligt byggd, utan muskelmassa. Själv var Muhunnad en jätte på nästan två meter, i alla fall ville han ge sken av det. De svällande överarmsmusklerna skvallrade om alla de timmar som han tillbringat på gym innan kallelsen till Jihad fick honom att lämna storstaden och ett antal olösta mord, för att ansluta till först al-Qaida och senare till *Daesh*.

"Vad vill du?" Rösten var kall och avvisande. Mannen bugade hastigt innan han fortsatte.

"Abdal Hadi är på väg med trehundra bröder. Vi kan anfalla svenskarna i övermorgon."

Muhunnad tog emot nyheten utan att så mycket som blinka och mannen backade undan innan han försvann bort, glad över att slippa ifrån den grymma blicken som betraktade honom som om han vore en bit kallnat kött. Kvar på platån stod Muhunnad ensam. Tyst lyfte han på nytt kikaren till ögonen och blickade ner på lägret. Kreatursmarknad – det var vad han såg och snart skulle kreaturen slaktas.

Med en fnysning sänkte han kikaren och lät den sedan hänga fritt i sin rem runt halsen medan han stegade bort till det provisoriska lägret som upprättats på en plats där de hade god uppsikt över dalen där svenskarna hade valt att slå sig ner.

Det fanns ingen kärlek i hans hjärta för al-Basi junior som han såg som en liten, okultiverad snorunge. Nu när fadern var röjd ur vägen borde inte *Daesh* öde läggas i händerna på en finnig tonåring som inte ens lyckats odla sitt skägg ännu. Den naturliga ledaren var Muhunnad och han avsåg att utnyttja al-Basis hämndbegär. När sedan tiden var mogen skulle han se till att valpen inte överlevde striden utan istället anslöt sig till sin far i Paradiset. Eller, han flinade, tänk om någon av de kvinnliga svenska soldaterna skulle döda al-Basi junior. Då skulle inte valpen komma ens så lång som till Paradiset, utan istället få vandra i limbo i evig tid. Det var en tanke att hålla fast vid.

Belåten med denna plan kröp han ner under sina filtar och svepte dem om sig. Natten i öknen tenderade att bli kall efter midnatt när all värmeenergi strålat tillbaka ut i rymden. I morgon skulle de sista förberedelserna göras.

Sedan skulle svenskarna dö.

***

56

Morgonbönen till Allahs ära utfördes under Hans himmel medan imamen reciterade den 41:a surans 37:e vers. Efter bönen satte sig de åtta männen för att äta och invänta förstärkningarna i form av trehundra bröder med vars hjälp de skulle slå ner de ogudaktiga och bringa hämnd i Mohammed – frid över hans minne – och Allahs namn. Klockan hade passerat middagstid när ett dammoln vid horisonten bar vittnesbörd om att deras bröder var nära.

Muhunnad hade deltagit i allt detta med en likgiltig attityd. Att prisa Allah tjänade hans syften, men att tro på något man inte kunde se och som inte hade makten att göra sig till ens herre – det ansåg han vara idioti. De kristna hade sin Gud och hans anhang hade Allah. Det kvittade lika för det fanns bara en Gud och det var Muhunnad!

När fordonskolonnen närmade sig kunde han se att den bestod av ett antal gamla lastbilar vars flak svämmade över av svartklädda och beväpnade män. Där fanns en drös av de standardiserade Toyotabilarna med sina kulsprutor samt några erövrade militära fordon. Muhunnad kunde nöjt konstatera att kolonnen även åtföljdes av två gamla T-72 stridsvagnar och två tankbilar.

Al-Basi junior klev fram och hälsade på honom. Muhunnad hälsade pliktskyldigt tillbaka och berättade sedan i stora drag om vad de visste om fienden. Medvetet utelämnade han det faktumet att det bland de svenska soldaterna fanns ett mindre antal stridande kvinnor, det skulle valpen få upptäcka själv – förhoppningsvis försent.

Kapitel 12

Camp Europé
Sabaa al-Bour, norr om Bagdad
2016

Morgonen var stekhet.

Stålnacke fick en känsla av att han vaknat upp i en bakugn, trots att klockan inte var mer än strax efter åtta när han klev ut ur tältet för andra gången denna tidiga förmiddag. Himlen var molnfri och solen stekte det karga området med sin obarmhärtiga strålning. Inte en enda vindpust som kunde ge lite svalka och trots att han nyss tagit en kall dusch var han redan svettig.

I skuggan bakom tältet stannade han upp och drack vatten ur fältflaskan. Eftersom han nyss fyllt den var vattnet fortfarande behagligt svalt och han lutade huvudet bakåt när en röst sa.

"Drick inte för häftigt. Det kan straffa sig, kapten."

Han vände sig om. Rösten tillhörde en kvinnlig fänrik som med en olivgrön basker på huvudet stod med händerna på ryggen och roat betraktade honom. Det broderade baskermärket skvallrade om att hon tillhörde *Särskilda Operationsgruppen* – SOG. Han slogs av två saker: Dels hennes lugna utstrålning och dels att hon, trots värmen, inte såg ut att svettas. När kvinnan märkte hans blick svarade hon utan att frågan behövde ställas.

"Man vänjer sig vid värmen, kapten. Till slut blir det en naturlig del av vardagen."

"Hur kan 40 grader kännas naturligt?"

"Vänta och se. De första dagarna är värst, särskilt om det skulle blåsa. Den förbannade sanden kommer in överallt ... och då menar jag verkligen *överallt!*" Hennes flin underströk att han förmodligen skulle hitta sand på onämnbara ställen och han valde därför att inte kommentera. Istället sa han lugnt.

"Kapten Lennart Stålnacke, 141:a insatsgruppen."

"Fänrik Jane Wilson, kodnamn *Jaden. Särskilda Operationsgruppen,* kapten."

"Ah, du är löjtnant Manners spanare. Korrekt?"

"Korrekt, kapten. *Trigger* var lite slarvig så han fick några hål i sig på vårt sista uppdrag, vilket också är den förmodade anledningen till att 141:a är här."

"Ni tror alltså att *Daesh* kommer?"

"Kommer? De är redan här."

Hon pekade mot en klippa som låg en halv kilometer från där de stod innan hon fortsatte.

"De är redan på Djävulsplatån. En av deras spanare stökade runt här inne i natt och vi valde att skugga honom snarare än döda honom. Just nu har vi två SOG-operatörer på Djävulsplatån, *Dominator* och *Mitra.* De rapporterade att turbanerna nyss hållit morgongudstjänst och tackat Allah för sanden och vinden och jag vet inte vad. *Mitra* är vår muslimska expert och talar arabiska, pashto och persiska flytande."

"Varför har han tagit namn efter en liturgisk huvudbonad?"

"Ja du, han hade först tänkt bli katolsk präst, men efter två års studier gick han igenom någon form av livskris och plötsligt hade han tagit värvning. För drygt ett år sedan klarade han antagningsprovet. *Mitra* heter egentligen Saghir och kommer från Irak. Hans föräldrar, som är konverterade kristna, tvingades fly för att inte avrättas på grund av att de valde kristendomen framför Islam. Det säger en del om våra motståndare."

"Hur stor är fiendens numerär just nu?"

"Åtta soldater och en imam, men enligt *Mitra* är det cirka trehundra jihadister på väg. De talar vitt och brett där borta. Totalt omedvetna om att marken har öron som förstår vad de säger."

Stålnacke tog in hennes ord och kisade bort mot Djävulsplatån. Det han såg var just en platå, omgiven av två högre toppar som fick symbolisera Satans horn och sedan var namnet givet. På den arabiska kartan han sett igår hade alla angivelser stått skrivna på persiska och då hans språkkunskaper utsträckte sig till engelska och tyska, sa tecknen inte honom något.

"Har ni någon plan?"

Jaden nickade och berättade för honom vad de förberett.

***

Mitra och *Dominator* hade inte mer än hunnit återvända från sitt uppdrag utanför Raqqa förrän det var dags att ge sig ut igen.

Under natten hade fienden bedrivit en synnerligen klumpig underrättelseoperation riktad mot det svenska lägret och *Mitra* hade fått lägga band på sig själv för att inte skära halsen av den svartskäggiga krigaren som ramlat över betongmuren och sedan stampat in i lägret som en kamelhjord.

Rödpunktsiktet på hans HK416A5 lämnade aldrig den svartklädda kroppen och han var beredd att pressa in avtryckaren vid minsta tecken på att fienden skulle göra annat än att reka terrängen. Man hade redan tidigare beslutat att invagga fienden i en falsk säkerhet och låta dem se vad man ville att de skulle se. Om de sedan anföll i tron att svenskarna inte skulle kunna bita ifrån sig på slagfältet, desto bättre. En övermodig fiende hade redan på förhand förlorat halva slaget.

Nu låg han i en sänka på platån, dold under ett kamouflagenät som suddade ut alla konturer och *Dominator* låg dold på liknande sätt på lägrets andra sida. Prickskyttegeväret hade man lämnat hemma till förmån för de tyska automatkarbinerna med samma kaliber som den svenska AK5C som de vanliga soldaterna använde. På så sätt blev det inget krångel med logistiken kring ammunitionen.

Försiktigt sög han i sig vatten via sugröret som var anslutet till hans *camel-back* – vattenblåsen – som låg mellan ryggen och skyddsvästen. Det ljumna vattnet hade en bismak av metall, men kroppen behövde vätskan och därför sög han i sig 250 milliliter innan han släppte röret. Det gällde att veta när det var dags – både att dricka och att sluta dricka. Drack man för lite torkade man ut och tappade koncentrationen. Drack man för mycket och blev träffad i bålen vid en eldstrid skulle skadorna förvärras i onödan. Det gällde med andra ord att precis ersätta den vätska som man svettades ut.

Bara trettio meter från hans gömställe stod den där jätten till arab som bara kunde jämföras med *Trigger*. De svällande musklerna skvallrade om styrka, men hållningen skvallrade även om att det var just sin storlek och styrka som han förlitade sig på. *Mitra* hade noga noterat att mannens rörelser var oprecisa och saknade den graciösa, nästan dansanta struktur som man fann hos dem som övade kampsport. Om det skulle komma till en *hand-to-hand* situation var han övertygad om att han skulle gå segrande ur den, trots tjugo centimeter i höjdunderläge samt säkert trettio kilo mindre i vikt.

Jätten pratade med en yngling utan skägg som verkade ha varit den som lett den nyanlända styrkan. Abdal Hadi al-Basi hade talat länge med jätten och Hadis aggressiva tonfall, ackompanjerat av jättens kroppshållning, talade om för *Mitra* att de måhända stod på samma sida i striden, men i övrigt var motståndare. Några ord bars fram till *Mitras* öron när tonläget skärptes.

" ... de ska få betala för min fars död. De otrogna ska få känna på Allahs vrede."

"Då hoppas jag att du leder dina män till seger. Har du någon plan?"

Hadi sänkte rösten och *Mitra* kunde inte längre höra orden. Oändligt försiktigt slog han på radion och talade tyst in i mikrofonen.

"Abdal Hadi är på plats. De diskuterar anfall, men jag ligger för långt bort för att höra annat än brottstycken. Order?"

"Kvarstanna. Fall fienden i ryggen vid eventuell framryckning."

"Det är uppfattat. Över."

Platån var nu full med människor. Det var inte bara *Daesh*-krigarna som kommit. Med sig hade de även kvinnor i svarta *niqab* som ordnade tälten och gjorde upp eld för att laga mat. *Mitra* skulle ha ruskat på huvudet om han inte riskerat att bli upptäckt av den plötsliga rörelsen. Vilka idioter gjorde upp eld och började laga mat bara fyrahundra meter från fiendens läger när de levde i tron att de inte var upptäckta? Den vita röken blev till fingrar i skyn som på flera kilometers avstånd pekade ut var *Daesh* hade slagit sig ner. Han hade svårt att fatta att det här ociviliserade packet lyckats kapa åt sig sådana enorma landområden som de gjort sedan kriget startade på allvar två år tidigare.

En krigare med en Kalashnikov på ryggen och en rykande cigarett i ena mungipan kom spatserande förbi jätten och Hadi. Han styrde stegen rakt mot Mitras gömställe. Tyst bad han en bön om att mannen inte skulle göra det han trodde att han skulle göra, men bönen besvarades inte.

Mannen ställde sig nästan rakt framför honom och halade fram sitt organ innan han lät strålen plaska i marken bara decimeter från Mitras huvud. När han var klar stoppade han in den igen, utan att skaka av den, och gick sedan därifrån medan Mitra rynkade på näsan åt den motbjudande stanken som mannens sjukligt gula urin hade lämnat efter sig. Självklart skulle de utse hans gömställe till sin latrin.

Det gick en timma utan att något hände, sedan började aktiveten i lägret att stegras. Två svartklädda män skyndade fram till jätten och pekade och gestikulerade mot det svenska lägret. Abdal Hadi kom fram och sa något. Männen vände sig mot honom och tycktes upprepa vad de sagt till jätten. Hadi lyssnade på dem, nickade sedan innan han vände sig mot jätten och drog honom ur hörhåll från lägret. Lämpligt nog hamnade de istället inom hörhåll för Mitra som hörde Hadi säga.

"Vi anfaller så fort solen gått ner. Jag leder första slagordningen och du Muhunnad leder den andra. Nu ska vi bringa de satans svenskarna på knä. Jag vill själv skära huvudena av deras ledare. Resten får ni göra vad ni vill med."

"Som ni önskar, ers nåd." Muhunnads röst dröp av ironi, något som Hadi antingen inte märkte eller så valde han medvetet att ignorera det. När de båda försvunnit bort sa Mitra över radion.

"Anfall väntas direkt efter solnedgången. Över."

Kapitel 13

Daesh läger
Sabaa al-Bour, norr om Bagdad
2016

Solens väg över himlavalvet följde sin linjära tidsaxel och inget som människan kunde hitta på skulle rucka på detta faktum. Abdal Hadi stod fundersam på krönet av klippan och tittade ner på svenskarna. Vid det här laget borde de veta att en större styrka av förmodat fientliga människor hade samlats i närheten, men inget i lägret tydde på någon ökad aktivitet. Svenskarna patrullerade i sina stridsfordon och terrängbilar på samma sätt som spanarna sagt att de gjorde varje dag och inga försök till att undersöka de avslöjande rökplymerna mot den blå himlen gjordes heller.

Antingen var de brottsligt inkompetenta, eller så befann de sig i tron att de var herrar över situationen. I Irak, tänkte Hadi, var ingen herre över någon situation över huvudtaget. Ett epitet som för övrigt även omfattade hans egen styrka, det var Hadi väl medveten om.

Med kikaren tryckt mot ögonen skärskådade han försvaret. De så vanligen förekommande T-blocken skapade en skyddande mur runt lägret och fyra betongbunkrar tjänade som skyddsrum. Det fanns en öppning i muren där stridsfordon och terrängbilar körde ut och in och mitt i lägret fanns en helikopterplatta och fyra amerikanska *Blackhawk*-helikoptrar med den svenska rundeln med tre stiliserade kronor på.

Han såg kulsprutor och ett par granatkastare, dessutom misstänkte han att det fanns fler handeldvapen i de fyra skeppscontainrar som stod intill helikopterplattan. Svenskarna var numerärt underlägsna med en mot tre och hans trupper hade stridsvana. Dessutom slogs de i känd terräng, medan nordborna inte alls var vana vid det torra ökenklimatet i Irak. Det borde bli en lätt seger, men en gnagande olustkänsla gjorde sig hela tiden påmind och sa honom att allt inte var som det såg ut att vara.

Hadi sänkte kikaren och spottade innan han förde vattensäcken till munnen och lät en klar stråle vätska spruta in mellan läpparna. Med granatkastarna skulle de på tryggt avstånd beskjuta lägret innan de gjorde sin framstöt. De erövrade stridsvagnarna var ett krigsbyte som härrörde från Sovjets *reservdelsförsäljning* till Irak under 1980- talet. De kallades ofta vid smeknamnet *Assad Babyl* och skulle lätt kunna skjuta sönder T-blocken med sina 125 millimeters kanoner. Det enda kruxet var att de bara hade fyrtio granater totalt till de båda pansarfordonen och därför måste vara försiktiga med eldgivningen.

Ett grymt flin spred sig över ynglingens ansikte. Han såg fram emot striden och den visuella njutning som skulle skänkas honom när svenskarnas huvuden skildes från deras kroppar. Allt skulle filmas och läggas upp på nätet så att hela världen skulle kunna se hur de otrognas västarméer nedkämpades av Allahs Heliga soldater.

Timmarna gick och solens färd hade nu börjat sin sista etapp mot natten. Soldaterna hade monterat upp två granatkastare, tagna från den irakiska armén, och burit fram lådor med granater – de hade betydligt fler granater till dessa vapen än de hade till stridsvagnarna. Muhunnad hade nöjt inspekterat pjäsbesättningarna när de mätte och ställde in vapnen så att granaterna skulle slå ner mitt i det svenska lägret.

De sista tio minuterna innan solen försvann bakom horisonten förflyttades stridsvagnarna och de flesta soldaterna ner till slätten. Man lämnade endast ett tjugotal man att sköta granatkastarna. Det var det som de två SOG-operatörerna väntat på.

I skydd av de allt längre skuggorna gjorde de sig fria från kamouflaget. *Dominator*, som var den som låg placerad längst ifrån grupperingen, krälade sakta närmare till dess han hade en perfekt position. När ordern kom att eldgivningen kunde börja, kramade han lugnt in avtryckaren på sitt ljuddämpade vapen och fyra ploppar resulterade i lika många fiender som mycket hastigt påbörjade resan till Paradiset, något som för övrigt skulle visa sig vara något mindre fantastiskt än vad de blivit lovade av sina imamer och mullor.

Även *Mitras* vapen skördade fiender och fem *Daesh*-krigare föll för hans kulor innan båda snabbt bytte position i mörkret, alltmedan de hittills överlevande männen öppnade eld mot skuggorna och sköt sönder sina egna tält. Ytterligare två man föll när *Mitra* hittade en ny position och *Dominator* fick ett perfekt huvudskott mot en tredje. Det var nu sju soldater kvar som låg på marken och försökte göra sig osynliga bakom granatkastarnas stativ. *Dominator* lobbade in en granat och sedan var det endast fem, varav en med svåra splitterskador.

När de båda operatörerna gjorde sin sista framryckning slängde fienden sina vapen och reste sig upp med händerna över huvudet, men vare sig *Mitra* eller *Dominator* avsåg att ta några fångar och de skoningslösa *Daesh*-krigarna föll, perforerade av kulor som slet sönder deras oskyddade kroppar.

"Vad betyder *nniema?*" *Dominators* svartsminkade ansikte tittade på *Mitra* som kollade pulsen på den splitterskadade soldaten innan han drog sitt sidovapen och placerade en kula i skallbenet på honom.

"Det betyder *nåd.* Ett ord som jag inte visste att det här packet kunde."

Dominator såg sig omkring och smackade med läpparna.

"De har ju inte direkt gett någon nåd själva, så vi får väl kalla detta för karma." Han flinade och gick fram till granatkastarna som han studerade med vana ögon. Efter att ha konstaterat att han faktiskt använt detta vapen tidigare, började han snabbt ändra skjutriktningen.

"Kollar du var vi har dem så vi kan börja kasta lite skrot på dem."

Mitra nickade, gick bort till klippkanten och tog fram sin nattkikare innan han började ropa koordinater till *Dominator*. En minut senare hostades den första granaten iväg och sedan flög det granater i så snabb takt som de båda operatörerna hann mata in dem i rören.

***

Det visslande ljudet av granater i luften nådde Muhunnads öron sekunderna innan de första nedslagen. Redan innan detonationen insåg han att något var fel och kastade sig till marken. I samma stund började granaterna slå ner bland krigarna.

Den första explosionen skakade marken och slog omkull de närmast stående Daesh-krigarna lika effektivt som en lie gick genom ett moget sädesfält. Blodet skvätte och amputerade lemmar kastades ut från detonationspunkten. En Toyota Hi-lux träffades av en granat som slog ner på flaket och fläkte upp plåten innan den penetrerade bensintanken som kastade upp en blomma av eld mot himlen.

En av T-72:orna träffades, men granaten detonerade mot pansaret utan att orsaka någon skada på fordonet. Föraren gav gas och stridsvagnen började röra sig framåt, samtidigt som skytten mätte in avståndet till det svenska lägret och avfyrade kanonen. Projektilen gick för högt för att träffa muren och for visslande över huvudet på de svenska soldaterna innan den slog ner hundra meter bortom den bortre muren.

En av Stålnackes män tog sikte med ett pansarskott 86. Granaten träffade stridsvagnen i frontpansaret. Flera soldater sköt med sina pansarskott och vid fjärde träffen slogs stridsvagnen ut. Flera av stridsluckorna för besättningen trycktes upp och en grå-vit ammunitionseld stod som en kvast upp ur det förstörda pansarfordonet, men nu jagade Jihadisterna över slätten, samtidigt som ammunitionen till granatkastarna var slut.

Kraftiga strålkastare slogs på i det svenska lägret och det skarpa ljuset träffade krigarna som hamnade på en upplyst skjutbana när de svenska soldaterna öppnade eld med sina handeldvapen, samtidigt som vapenstationerna i terrängbilarna började tala.

Fosforvita fingrar av dödlig eld märkte ut kulsprutornas projektiler som slog in i de framrusande krigarna med kraften hos Tors hammare Mjölner. Soldaterna i sina svarta dräkter som spritt skräck omkring sig varhelst de dragit fram, föll nu som käglor när kulorna tuggade sig igenom kött, ben och muskler där de slet upp förfärliga sår i oskyddade kroppar.

Muhunnad insåg att anfallet var på väg att bli ett fiasko, men det hade redan soldaterna insett. Som en man vände knappt trehundra krigare på klacken för att fly bort från den mördande elden, bara för att mötas av ett svenskt stridsfordon som smugit upp bakom fronten och nu besköt dem med kulspränggranater och 7,62 millimeters eld från den parallellmonterade kulsprutan. Resultatet blev att den samlade gruppen män nu splittrades och började fly mot sidorna, bara för att där upptäcka att marken minerats med truppminor som sprängdes och spred tjutande stålkulor bland Guds Krigare som nu inte längre verkade alltför intresserade av paradiset.

Ut från lägret kom de två kvarvarande svenska stridsfordonen och de inriktade sig på att bekämpa den sista T-72 vagnen. CV90-1 hade en löjtnant vid namn Jesper Hall som vagnchef och via stridsledningssystemet kunde han följa striden i detalj. Skytten avlossade kulspräng mot en grupp *Daesh*-krigare som försökte gå i ställning med bärbara pansarvapen och Jesper noterade träff i mål samt god vapenverkan. Skytten meddelade att han laddat pilprojektil och sekunden senare hostade Boforskanonen iväg fem granater mot T-72:an som samtidigt sköt tillbaka, ett skott som noterade *Daesh* första framgång i striden då CV90-2 träffades och slogs ut.

Pilprojektilerna slog in i pansaret på stridsvagnen och Jens insåg att den här T-72:an var så gammal att den inte hade de senare modellernas reaktiva frontpansar. Mer troligt var att det var det helgjutna stålpansaret som inte hade samma motståndskraft mot moderna pilprojektiler. Samtliga fyra träffar åt sig igenom skyddet och tryckte ut stridsluckorna, samtidigt som vagnens besättning kremerades levande.

Deras vagn skakade när den träffades av tung eld från en Toyotamonterad kulspruta, men projektilerna studsade bara av det svenska stridsfordonet och skytten satte två pansarspräng i chassit på den mjuka bilen. Jens bemödade sig inte ens att kontrollera verkan – de hade inte haft en chans!

Kapitel 14

Muhunnad sjönk tungt ner och lutade sig mot ett klippblock, samtidigt som han betraktade resterna av sin armé som höll på att samlas på slätten framför honom. Han skar tänder av ilska. De hade grovt underskattat svenskarna som haft det teknologiska övertaget. Utan problem hade de blå-gula slagit ut båda deras tunga stridsvagnar med sina lättare stridsfordon och bärbara pansarvapen. På något sätt hade de även infiltrerat deras eget läger och dödat de soldater som skulle skjuta in granater mot fienden. Istället hade deras egna granatkastare vänts mot dem själva. Det var verkligen en tung förlust och det värsta var att förlusten bar hans signatur. Muhunnad var ilsken, men också trött. Nu var hans plan att vila under den heta dagen för att sedan prova en annan taktik nästa natt.

Vid horisonten höll solen på att gå upp. Argt kallade han till sig sin närmaste löjtnant, en långhårig man av obestämbart ursprung som utan tvekan skulle stöta kniven i sin egen mor om han trodde att det skulle gagna hans syften. Mannen var opålitlig mot alla utom mot Muhunnad som han lydde lika blint som Himmler en gång lytt Adolf Hitler.

"Vet vi om snorvalpen överlevde?"

"Al-Basi lever, tyvärr. Jag har pratat med honom. Inte helt överraskande befann han sig bland de första som tog till flykten."

"Självklart!" Muhunnad spottade ur sig orden med en ilsken gest. "Den där sonen till en ökendjinn har fler liv än en Bengalisk tiger. Samla ihop trupperna. Räkna hur många som saknas och rapportera tillbaka till mig sedan. I natt gör vi ett nytt anfall, men vi byter taktik. Att gå mot svenskarna i ett frontalangrepp funkar inte. Vi måste hitta på något nytt."

Löjtnanten nickade och tittade bort mot den stigande solen. "Jag bör ha fått koll på läget inom en timme, herre. Jag återkommer."

Han skyndade iväg. Muhunnad följde honom med blicken innan han fnös ilsket. Inte ens det lilla, att ta al-Basis liv, hade Allah gett honom. Varför tro på en Gud som aldrig uppfyllde ens önskningar? Med några väl valda ord som ingen imam skulle acceptera att man yttrade mot Herren, la sig Muhunnad ner och drog sin smutsiga filt omkring sig. Lika bra att försöka få några timmars sömn.

**

Insikten om att de förlorat hade slagit Abdal Hadi al-Basi på samma sätt som den slagit Muhunnad. De svenska soldaterna hade haft en helt annan disciplin på slagfältet än vad de splittrade och illa tränade irakiska soldaterna, som de oftast mötte i strid, hade. Det hade varit väl inövade attacker och med olika faser i striden som grep in i varandra som kuggarna i ett kugghjul.

Först erövrandet av deras egna vapen, därefter marktruppernas eldöppnande och sedan stridsfordonen som slutligen kom att jaga in dem i ett minfält som ingen av dem sett sättas upp. Svenskarna, som han trott inte kunde kriga, hade nästan skjutit bort dem helt från slagfältet och i detta nu visste han inte hur många krigare som låg kvar i sanden bakom dem. Ingen hade ännu räknat, men det var alltför många.

Hadi var inte van vid detta. De strider han deltagit i var mot illa beväpnade klaner och civila bybor som inte kunde stå emot de välbeväpnade och stridsvana *Daesh*-krigarna. Nu hade de besegrats på under en timma av ett folk som inte sett krig sedan början av 1800-talet.

Det var förnedrande!

Dessutom hade svenskarna nu berövat honom hans heder två gånger. Hadi var tvungen att återupprätta den om inte *Daesh* och hans egen klan skulle förskjuta honom. Hedern krävde att svenskarna skulle dö, men taktiken de använt hade inte fungerat.

Han började fundera på hur han skulle kunna vända detta misslyckande till något som åtminstone skulle lämna honom med lite heder kvar. Det var i det ögonblicket som han fick syn på Al'alim, Muhunnads trogna löjtnant, och en idé tog form i hans hjärna.

Den var enkel så tillvida att han skulle lägga hela skulden för misslyckandet på Muhunnad. Det var den grobianen som varit först på plats och som genom sin inkompetens hade varskott svenskarna om deras närvaro. Han hade även misslyckats med att ha kontroll på vad fienden gjorde, varför de där bleka figurerna lyckats med sin planering.

Om han nu lämnade över resten till Muhunnad och drog sig tillbaka skulle jätten, galen av självömkan, säkert göra ett nytt anfall. Om Allah ville skulle Han använda svenskarna som sitt instrument för att avlägsna Muhunnad från den jordiska sfären. Det var en bra plan och han bestämde sig för att det var den planen han skulle följa.

***

När solen till slut försvann ner bakom horisonten igen var Muhunnad och etthundrafemtio soldater med honom, på väg tillbaka mot slagfältet. Misslynt hade han förstått att al-Basi skulle återvända till deras förläggningar längre upp i norra delen av landet för att försöka dra soldater från andra frontavsnitt och sätta in dessa här. Det grusade hans planer på att få den lilla uppkomlingen dödad, men han hade lyckats få Al'alim att medfölja al-Basi med order att skära halsen av ynglingen när helst en möjlighet uppenbarade sig.

När han krossat svenskarna skulle han återvända och ta kommandot över *Daesh* och leda dem till seger på ett sätt som en finnig tonåring aldrig skulle kunna göra.

De kalla ögonen hade betraktat de femtio man som åtföljde al-Basi till, sedan hade hans egna trupper vänt tillbaka mot sydost för att en gång för alla krossa de främmande soldaterna. Efter två timmars marsch närmade de sig lägret från en västligare riktning än de anfallit från sist.

Nu var lägret ordentligt upplyst och tysta vaktposter bemannade muren. Slagfältet var röjt och de döda krigarna hade forslats undan. Kvar fanns bara stridsvagnsvraken samt de Toyotabilar som träffats och påminde om den strid som blåst förbi på den karga slätten för ett dygn sedan. Nu skulle hämnden komma.

"*Bismillahi ar-Rahman ar-Rahim* - I guds, den barmhärtiges, den nåderikes namn. Låt oss segra", muttrade han innan han började dela ut order.

Kapitel 15

I fält
norr om Bagdad
2016

Jaden var nästan lite besviken.

Striden mot det fruktade *Daesh* hade varit över på fyrtiofem minuter från det att de första granaterna slog ner bland fiendens trupper till dess att de flydde hals över huvudet från slagfältet med svansen mellan benen.

Själv hade hon velat förfölja dem för att slutföra jobbet, men överste Kvartling hade bestämt förbjudit detta. De skulle föra ett försvarskrig, inte ett anfallskrig. *Jaden* hade accepterat detta, men inte utan att muttra tyst för sig själv.

De svenska förlusterna utsträckte sig till besättningen i den 9040C som träffats av granaten från T-72:an, men tre man döda var tre för mycket enligt översten.

Under dagen som gått hade slagfältet röjts och de döda fienderna hade lagts i en massgrav som i all hast grävdes på slätten. När det var gjort hade tio team om två man per team skickats ut för att spana efter fienden. Några UAV: er hade man inte tillgång till.

Kvartling var helt övertygad om att *Daesh* skulle återvända och *Jaden* delade den uppfattning. En förstesergeant vid namn Jocke Bergman från arméns jägare hade fått fylla luckan efter den skadade *Trigger*. Tillsammans hade han och *Jaden* gett sig av västerut för att spana efter fiendens trupper.

Att mitt under pågående uppdrag paras ihop med en ny partner kändes sådär, men hon visste sedan tidigare att Bergman var bra, riktigt bra. Hon hade faktiskt tänkt rekommendera honom till SOG: s intagningsprov, så helt uppåt väggarna var det trots allt inte.

När skymningen sänkte sina djupa skuggor över slätten hade de avverkar fem kilometer från lägret och genom sin ljusförstärkare kunde hon ana en värmesignatur långt bort som sakta närmade sig. Det omgivande landskapet var ganska platt, men norr om dem bröts sanden av några låga klippor som stack upp som spretiga knogar ut den torra marken och där tog de skydd. Snabbt ordnade de med kamouflagenät som skulle göra dem i princip osynliga för alla utom den som hade oturen att snubbla över dem.

Sedan väntade de.

Det tog drygt en timme innan resterna av *Daesh* armé nådde fram och passerade dem på ett avstånd av endast trettio meter.

Jaden noterade att de flesta gick till fots, men att det fanns ett fåtal av de militariserade Toyotabilarna kvar. På den främsta bilens flak stod en jätte till karl och stödde sig mot kulsprutan. Den vaksamma blicken och något i hans hållning, det var en blandning av nonchalans och grymhet, skvallrade om att den här mannen ansåg att han var kung i sin egen världsuppfattning. Det här var mannen som ledde trupperna, det var hon övertygad om.

När kolonnen passerat förbi skickade hon ett snabbt radioanrop till basen och de övriga spanarna att fienden var på ingång, sedan följde hon och Bergman efter. Längst bak i ledet såg hon en man som skiljde sig från de svarthåriga araberna. Han var mellanblond, ganska satt och med nordiska drag. Hon drog sig till minnes en norrman som konverterat till islam och som anslutit sig till *Daesh*. Kunde det här vara han? Hon tog ett snabbt beslut och bestämde sig för att ta reda på det.

Med handsignaler förmedlade hon sitt beslut till Bergman som nickade sammanbitet under kamouflagenätet som de fortfarande bar över sig. *Jaden* smög närmare.

Den nordiska mannen haltade lätt, men såg inte ut att vara nyligen skadad, och han gick sist i kolonnen. Perfekt!

Med kattlik vighet var hon över honom. Det snabba och hårda slaget mot skallbasen var som en knock-out-drog och mannen stöp som en säck potatis till marken, utan att ett enda ljud kom över hans läppar.

Jaden var över honom som en tiger och suddade ut deras konturer med nätet. När kolonnen hade avlägsnat sig, utan att någon reagerat på att mannen saknades, reste hon sig och vände på honom. Bergman slöt upp. Med några droppar vatten från en av vattensäcken fick de liv i honom. När han tittade upp böjde sig *Jaden* fram. Hennes svartsminkade ansikte måste ha representerat Döden, för mannen flämtade till och försökte fly, men Bergmans starka armar naglade fast honom mot marken.

"Vem i helvete är du?" väste *Jaden* på svenska, samtidigt som hon stirrade honom stint i ögonen. Mannens blick fick ett förvånat uttryck innan han sjönk ihop något och svarade.

"Jag är Al Alim Bagari."

"Jag vill inte höra ditt djävla *Daesh*-namn, du avkomma av Iblis horor. Vem *är* du? Testa inte mitt tålamod pojke. Kom ihåg vad som händer med den av Guds soldater som dödas av en kvinna."

"Okej, okej. Jag heter Olaf Tryggvesson och jag är född i Oslo, men har bott tjugo år i Malmö. Är du nöjd nu din hora?"

Jadens näve sköt ut och träffade Olafs näsa som knäcktes med ett krasande. Blodet sprutade från den krossade näsan när hon greppade tag i skörten på hans svarta klädesdräkt.

"Jag sa att du inte skulle testa mitt tålamod, din horaktiga djävul. Nästa gång dör du. Uppfattat?"

Olaf höll sig om den skadade näsan och nickade.

"Vad vill du veta?"

"Er plan."

"Döda alla i det svenska lägret."

"Dålig plan. Det finns bara elitsoldater där. Ni har inte en chans. Vem är er ledare?"

Mannen tycktes tveka innan han darrande sa.

"Han heter Muhunnad och han är Djävulen själv. Ingen som stått inför honom som fiende har överlevt."

"Jag och min kompanjon här stod inför er och honom igår natt och vi lever fortfarande."

"Inte länge till. Vi kommer att svepa in över er löjliga mur och dräpa er alla." Olaf stirrade henne trotsigt i ögonen. *Jaden* suckade och drog

74

sin kniv innan hon med en svepande rörelse lät bladet glida över Olafs strupe. Skinn, brosk, muskler och blodkärl öppnades av det rakbladsvassa bladet. Han spärrade upp ögonen och förde i panik händerna till halsen för att försöka stoppa blodflödet, vilket givetvis var omöjligt.

Det varma blodet trängde fram mellan hans fingrar, rann ner i luftrören och fyllde lungorna. Medan han sakta dog, lutade sig Jaden över honom.

"Första steget på den knaggliga vägen till Helvetet. Du är död om trettio sekunder och det var en kvinna som dödade dig, så tyvärr blir det inga jungfrur i paradiset. Jag tror att det är en brinnande tjärsjö som väntar dig istället."

Hon reste sig upp och tittade föraktfullt på den avslutande dödskampen. Hälarna trummade mot marken innan kroppen spändes. Sedan slappnade alla muskler av och ögonen fick ett frånvarande uttryck när de blinda stirrade ut i evigheten.

"En liten skit mindre."

Bergman böjde sig ner och plockade upp Olafs vapen.

"En AK-101 från Kalashnikov, 5,56 millimeter, trettio skott i magasinet och 600 skott i minuten. Han såg till att skaffa sig ett ryskt vapen med världens vanligaste ammunition."

"Vi tar med den. Onödigt att lämna över ett vapen till de som hittar honom. Kolla efter hans ammunition."

En snabb kontroll berikade dem med fyra magasin som trycktes ned i stridsvästarna innan de lämnade norrmannens kallnande lik och skyndade efter fienden.

Det tog dem tjugo minuter att hinna upp den trögrörliga armén. Med god marginal i sidled passerade de soldaterna och ilade mot lägret där de skulle lägga sig i bakhåll för att ge Muhunnad och hans män några otrevliga överraskningar

Kapitel 16

Ordet *krig* har en väldigt negativ klang i de flesta språk, så även i svenskan. Att ingen yttre fiende har varit i öppet krig med Sverige sedan 1814 gör inte ordet mindre laddat, tvärtom.

Kapten Stålnacke hade aldrig tidigare varit i strid, annat än i fredstida stridsövningar med lös ammunition. Det som hänt under dagen hade gett honom en ny syn på striden som fenomen och på kriget som händelse.

När kulorna tjöt runt öronen eller smackade in i betongmuren så hade han först frusit och varit oförmögen att agera. Tillståndet hade visserligen bara rått under tio till femton sekunder, men det var fullt tillräckligt för att han nu hade en massa tankar och känslor att reda ut.

De döda fienderna som lämnats kvar på slagfältet när de överlevande flydde, hade med sina söndertrasade kroppar riktat tysta anklagelser mot dem när de samlade ihop dem för en snabb begravning. Det hjälpte inte att de döda var religiösa fanatiker som gladeligen skulle ha skjutit, bränt, halshuggit och visat upp hans lik i teve om de fått chansen. De hade varit människor, precis som han. Att han nu kände som han gjorde talade dock om en viktig skillnad mellan honom och dem – han var ingen galning!

Krig gjorde märkliga saker med människor och Stålnacke tänkte på att om Potemkin fick sin vilja fram i Ryssland, skulle de snart ha ett större krig över sig. Ett krig på sin egen planhalva. Det bästa han kunde göra var att överleva det här och ta lärdom inför nästa drabbning som han - likt arméchefen - var övertygad om skulle komma inom ett eller ett par år.

Han drack lite vatten och spanade ut i natten genom sin ljusförstärkande kikare. Klipporna i väster dolde en framryckande fiende. Stridgrupp *Jaden* hade rapporterat över radion och samtliga spanare hade dragit sig mot de koordinater hon föreslagit. Stålnacke stod däremot lutat mot betongmuren och väntade.

De första mynningsflammorna lyste upp bildförstärkaren likt vita blommor som hastigt slog ut och vissnade bort innan knallarna från vapnen kom rullande mot dem. Den sista striden hade börjat.

***

Mannen närmast Muhunnad tog sig åt bröstet och föll bakåt i samma stund som ljudet av skottet nådde hans öron.

Muhunnad kastade sig i skydd bakom en klippa när fler skott ekade genom passet och fällde hans män till marken. Svenskarna hade väntat på dem. Tyst besvor han Allah som uppenbarligen hade tagit de otrognas parti, omedveten om paradoxen i handlingen då han alltid avsvurit sig tron på någon annan gud än sig själv.

Mynningsflammorna lös upp natten och han sköt på måfå mot de blixtrande punkterna, men han hörde aldrig några avslöjande skrik av smärta och visste därför inte om han träffat något.

Fiendens eld var inte massiv, men välkoordinerad. Han trodde att det max kunde röra sig om tjugo man som gömde sig i mörkret och sköt på dem från så många olika positioner att det var nästan omöjligt att söka skydd.

Han måste bort från målområdet!

Med tysta svordomar kröp han över marken, hela tiden beredd på en kulkärve i ryggen, men klarade sig märkligt nog. När han kommit på tillräckligt stort avstånd reste han sig och ökade takten. Marken hade börjat luta nedåt och där framme låg fiendens läger. När nu hela operationen hade gått åt helvete tänkte han åtminstone försöka ta med sig svenskarnas chefer. Eftersom han misstänkte att dessa inte riskerades i fält borde de befinna sig i den illusion av tryggheten som fanns i lägret.

Vigt hoppade han över en klyfta och landade på en flat sten innan han tog sig ner för en tvär brant. Det tog honom ytterligare femton minuter av klättrande och skuttande i mörkret innan han tryggt stod på slätten där han påbörjade en kringgående rörelse.

När lägret var rundat började han smyga fram mot betongmuren. Väl framme vid barriären kurade han ihop sig och avvaktade för att se om någon upptäckt honom. Efter fem händelselösa minuter reste sig Muhunnad försiktigt och fattade tag med händerna om murens överkant innan han tog ett kraftfullt skutt och fick ena benet över muren. Något mer elegant än en gråsten rullande han över betongen och befann sig på fientlig mark.

Än en gång hukade han sig i skuggorna. Svenskarna hade dålig uppsikt bakåt. All uppmärksamhet var riktad mot striden, vilket tjänade hans syfte utmärkt. Med dragen kniv skyndade han över en öppen yta och kom fram till ett avlångt tält. När han tittade runt hörnet på tältets ena gavel såg han en svensk soldat som hukade bakom en mur av sandsäckar där han bemannade en lätt kulspruta.

Mannen var ensam!

Som en hämnande Djinn kastade sig Muhunnad fram och stötte kniven i halsen på ynglingen som snabbt blev slapp i hans kvävande grepp.

Han släpade in den döda kroppen i tältet och såg sig omkring. På bägge sidor stod sjukhussängar, totalt sex stycken, men endast en var upptagen. Där låg en blond jätte och tycktes sova. Muhunnad kunde inte hålla tillbaka ett flin när han närmade sig med den blodiga kniven höjd.

***

Trigger hade velat delta i striden, men det hade läkaren satt stopp för med hot om handfängsel om han lämnade bädden. Grymtande hade han fogat sig i läkarens order, men låg och skar tänder när granaterna detonerade och fick marken att skaka.

Striden hade varit kort och uppenbarligen en seger. Under flera timmar hade det varit lugnt, men för en timme sedan hade nya skottsalvor ekat över slätten. *Trigger* hade på nytt svurit åt läkaren när denna kom för att påminde honom om att han skulle hålla sig där han var.

Sedan hade läkare och sköterskor försvunnit och han hade slutit ögonen för att meditera. När dunsen av en kropp som träffade marken nådde honom hade han snabbt tittat upp. En svart skepnad gled in i tältet. En kniv blänkte i skenet från belysningen och *Trigger* spände kroppen. Om inte han kunde komma till striden verkade det som att striden kom till honom.

Försiktigt spände han musklerna. Skadan i foten var det ingen fara med, värre var det med skadan i axeln. Sårkanterna var sydda, men hade ännu inte läkt ihop och musklerna var även de sydda och fungerade inte till fullo. Han var glad att det var vänstern som var skadad, vilket lämnade hans högra sida fullt brukbar. Nu gällde det bara att vänta.

Mellan halvslutna ögonlock såg han mannen närma sig. Det var ett monster till karl, men hans rörelser skvallrade om att han inte var skolad i stridskonsten såsom *Trigger* var. I oskadat tillstånd skulle mannen ha varit en munsbit för honom, men nu kunde det bli problem.

Den svartklädda mördaren stod nu bredvid sängen. Blod droppade från kniven och *Triggers* tränade hörsel hörde hur dropparna träffade marken. Mannen höjde kniven och stötte till.

Kapitel 17

Camp Europé
norr om Bagdad
2016

Stålnacke tittade bort mot sjukhustältet och rynkade på ögonbrynen. Värnet var obemannat och kulsprutans pipa pekade ner mot marken. Var hade vaktposten tagit vägen? Han lyfte upp sitt vapen och skyndade mot tältet. Bakom honom pågick fortfarande skottlossningen bland klipporna när de tre SOG-operatörerna, understödda av Jägarna, bekämpade fienden. Ibland knattrade lägrets kulsprutor och skickade fosforvita fingrar av död mot retirerande fiender som tog sig ner från klipporna. Just nu hade man läget under kontroll, men den saknade vaktposten oroade honom.

När han närmade sig tältet såg han blodet som spillts över sandsäckarna och kulsprutan. Instinktivt höjde han sitt vapen och skyndade fram till tältet.

Det han såg där inne fick honom att stelna till igen!

En jätte till karl i *Daesh* karakteristiska svarta kläder stötte just en kniv mot den sårade SOG-operatören i sängen, men i samma sekund som handen med kniven började röra sig nedåt slogs *Triggers* ögon upp. Högerarmen höjdes och blockerade hugget.

Triggers ena fot sköt ut och träffade mördaren i magen, vilket fick denna att ta ett stapplande steg bakåt. Då slängde den blonda operatören bägge benen över sängkanten och reste sig upp. Mördaren skrek något på arabiska innan han kastade sig fram och svepte ut med kniven, men än en gång parerade operatören genom att gripa tag i den andres handled och vrida runt armen. Den svartklädda svarade med att slå ut med sin vänstra hand mot svenskens bandagerade axel. *Trigger* flämtade till av den plötsliga smärtan och tog ett steg bakåt.

Sängkanten träffade honom i knävecket och han föll med mördaren över sig.

Stålnacke kunde omöjligt skjuta då han riskerade att träffa *Trigger* istället för målet. Vilt skrikande, för att förvirra motståndaren, rusade han in i tältet med vapnet höjt. På sängen skallade SOG-operatören den svartklädda mördaren över näsan. Näsbenet knäcktes med samma ljud som när man öppnar en nöt, men mannen reagerade inte med mer än en grymtning innan han åter slog mot den skadade axeln. Svensken fräste som en ilsken katt åt smärtan som sköt genom kroppen.

Nu var Stålnacke framme. Likt en vred Tor han svingade sin AK som en klubba och träffade fienden över nacken med pipan. Mannen svor och tittade upp. Ansiktet var blodigt. Blod droppade från skägget och rann längs halsen. Mannens två hatiskt brinnande ögon fästes på Stålnacke.

Med ett vrål kastade han sig mot sin nya motståndare. Stålnacke hann aldrig skjuta innan mannen var över honom. Kniven blixtrade till och begravdes i västen där spetsen gled mot keramplattorna. Stöten fick Stålnacke att ta tre steg bakåt medan mördaren fortsatte att driva på. Kniven höjdes igen för att stötas mot den oskyddade halsen, men nu hade Stålnacke kommit in i striden. Med ett ryck slet han upp AK: n och parerade kniven samtidigt som hans stålhättade känga med full kraft träffade den andres smalben.

Mördaren svor. Stålnacke backade två steg och höjde vapnet, tittade den andre mannen i ögonen och pressade in avtryckaren.

Vapnet klickade!

Snabbt släppte han det och lät det dingla i sin slinga runt nacken medan han slet fram sitt sidovapen. Framför honom hade fienden släppt kniven och började just höja sin ryska AK-74. Den svarta mynningen blixtrade till och Stålnacke kände hur kulan tog högt upp på vänster sida av bröstet där den plattades ut mot keramplattans skyddande hölje.

***

81

Muhunnad såg den svenska soldaten falla och tog ett kliv fram för att avsluta med ett skott mot huvudet. Det värkte infernaliskt i smalbenet där den hårda sparken hade träffat. Med en helig ilska bubblande i bröstet höjde han vapnet och tog sikte på den andres ansikte. Svensken tittade upp på honom. Pistolen i hans hand var för tillfället riktad åt fel håll och utgjorde inget hot.

Som den sadist han var sköt han första kulan i västen, bara för att orsaka smärta. Soldaten flämtade till och blev vit i ansiktet. Muhunnad höjde mynningen, tog sikte mitt i fiendens ansikte och log sitt mest sadistiska leende. Fingret kröktes runt avtryckaren. Mannen var redan död. Han hade max två andetag kvar.

Något stötte till honom i ryggen och plötsligt vek sig benen. All styrsel lämnade kroppen och vapnet föll ur hans kraftlösa händer. Förvånat tittade Muhunnad på golvet som kom rusade och träffade hans ansikte med en dov smäll som fick det att ringa i öronen. När han försökte röra armarna för att resa sig igen insåg han att det inte gick. Han var förlamad och kroppen vägrade lyda hjärnans order. En kyla började sprida sig genom bålen och strax innan Muhunnad dog tyckte han sig se en Djinn som tog form i kanten av hans krympande synfält. Djinnen såg föraktfullt på honom medan kroppens sista funktioner stängdes ned och hjärtat slutade slå.

Det Muhunnad *inte* såg var *Trigger* som stod bakom honom med den slängda kniven i handen. En kniv som han stött in i den andres ryggrad där den kapat benmärgen och samtliga nervbanor. När Muhunnad drog sin sista suck släppte *Trigger* kniven, tog några stapplande steg bakåt och satte sig på sängen. Såret i axeln hade gått upp och bandaget färgades av blod. Smärtan fick honom att känna sig yr. Försiktig la han sig ner och hoppades att Stålnacke hade klarat sig.

Epilog

Den skägglösa ynglingen tittade länge mot horisonten där de lämnat sina bröder. Hans tunna, grymma läppar drogs upp i ett hånfullt flin. Svenskarna skulle göra klart jobbet med att befria honom från åsnan Muhunnad. Kampen för Allah krävde sina offer, men i det senare fallet kändes inte uppoffringen särskilt stor. Med en arrogant gest vinkade han till sig sin närmaste man. Under tiden det tog för mannen att ta sig fram till ynglingen, tog denna fram ett vattenskinn och förde munstycket till munnen. När han var klar spände han ögonen i mannen.

"Har du kontroll på Al'alim?"

Mannen nickade och pekade längs kön av män.

"Ja, Muhunnads orm går där framme."

"Bra. Ta med honom ut i öknen, där de andra inte kan se vad som händer. Skär sedan av hans huvud och låt gamarna äta sig mätta."

"Som ni befaller, herre." Mannens flin speglade den grymhet som låg på lur bakom de underdåniga orden.

Två timmar senare färgade Al'alims blod öknens sand när den huvudlösa kroppen föll till marken. En enkel digitalkamera förevigade bilden av Al'alims avskurna huvud innan det kastades bort för att ruttna tillsammans med de övriga kvarlevorna.

Under tiden fortsatte Abdal Hadi al-Basi tillbaka till *Daesh* huvudläger i Samarraprovinsen för att försöka utverka stöd inför sin nästa plan mot de otrogna hundarna.

***

Totalt omkom fem svenska soldater under striderna. Samtliga flögs hem till Sverige där de fick en statsbegravning för fallna hjältar.

ÖB själv sträckte över den hopvikta svenska fanan till de närmast sörjande som tog emot den med tårdränkta ögon. Det var inte de första svenskar som dött under utlandstjänst och de skulle heller inte bli de sista.

Trigger flögs också hem till Sverige och opererades på Akademiska Sjukhuset i Uppsala där han fick kvarstanna i två veckor för observation innan han överfördes till Karlsborg.

Fänrik Jane Wilson, kodnamn Jaden, avslutade sitt uppdrag i Irak i augusti 2016 och återförenades med Trigger som tränade för att komma i form efter den långa konvalescensen.

Det var en svår och mödosam väg att gå.

Kroppen hade tagit mycket stryk av skadan och den långa vilan, men med envishet och vilja återhämtade han sig.

Stålnacke klarade sig med ett par brutna revben och en punkterad lunga. Keramplattorna i den tunga skyddsvästen hade utan tvivel räddat hans liv. Skotten - som träffat honom från så kort avstånd – skulle utan tvivel ha varit dödande och problemfritt trängt igenom en lättare väst. När han kommit på benen igen sökte han upp Trigger i Karlsborg där han tackade honom för sitt liv.

Roger Skagerlund

Särskilda Operationsgruppen 2
Krypskytten

Kapitel 1

Chania-provinsen
Agia Marina, Kreta
4 maj 2017

Den lugna stranden var fylld av turister, mestadels bleka skandinaver som törstade efter sol och värme efter en lång och gråtrist vinter. Medelåldern på de solande och badande var hög och bröts endast av ett fåtal ungdomar som stojade en bit västerut på stranden. De som låg nedanför *Litinas* restaurang var för tillfället tysta. De flesta blickarna var riktade mot den långa, vältränade mannen med blont hår och skägg som just steg upp ur havet likt en pånyttfödd Poseidon.

Kvinnorna, oavsett ålder, gäckades av den mystiska mannens utstrålning medan männen avundsjukt betraktade hans breda axlar och smala midja – allt välpaketerat i ett omslag av spelande muskler.

När mannen kom lite närmare såg de alla hur ärren på hans kropp ritade en karta över utkämpade strider där särskilt ett tämligen färskt ärr i vänster axel skvallrade om var en kula träffat. Männen kände både respekt och en smula rädsla medan kvinnorna följde honom med trånsjuka blickar, bara för att besviket konstatera att han gick fram till en lång, mörkhårig kvinna som tycktes vara hans feminina motsvarighet.

Att de båda hörde ihop var inget som undgick de lystna blickarna och nu byttes männens avund och respekt mot ett begär när deras ögon föll på kvinnan vars vältränade kropp skvallrade om alla de timmar som hon tillbringat på gymmet. Ingen tordes dock titta för länge, för både kvinnan och mannen spanade med jämna mellanrum av stranden som om de vore ett par mänskliga radarstationer som såg allt.

När den blonda jätten la sig ner i skuggan under parasollen återgick de flesta till att ägna sig åt sitt solande. Inte ens de allra närmaste kunde höra mer än brottstycken av parets konversation och sakta gled tankarna över till den stundande lunchen som skulle avnjutas på *Litinas* restaurang rakt ovanför dem. De flesta var rörande överens om att *Litinas* hade Chania-provinsens godaste *Gyros* och efterrätten – som givetvis ingick i priset - bestod av en helt fantastisk vaniljglass med friterad banan. Snart hade de allra flesta glömt bort den nordiska vikingen.

***

Jane *Jaden* Wilson tittade leende upp från boken hon läste när Stefan *Trigger* Manner la sig ner i solstolen intill henne.

"Jag tror du gav minst ett dussin kvinnor på stranden kåtslag när du klev upp ur havet", sa hon med ett lekfullt skratt.

Trigger, som föredrog sitt kodnamn istället för det som stod på dopattesten, skrattade generat samtidigt som han flyttade solstolen längre in i skuggan. Hans ljusa, skandinaviska hy hade under närmare ett årtionde av utlandstjänstgöring härdats och fått en mycket djupare färgton än vad den annars skulle ha haft, men Kretas sol var mördande om man mötte den utan någon form av skydd.

När han var nöjd med stolens placering tittade han på kvinnan som han kommit att älska. Alltsedan uppdraget i Irak, som så när gått åt helvete för hans del, hade hon varit hans livspartner och eftersom de även var kollegor var deras livsöden hårt sammantvinnade.

"Du vet att jag inte har ögon för någon annan än dig."

Jaden tittade ut över stranden. Närmast dem låg ett äldre par i sjuttioårsåldern och längre bort ett par fnittrande tonåringar som slängde korta, trånande blickar åt deras håll.

"Det är inte direkt så att jag är orolig vad det gäller konkurrensen. Hennes röst hade en lekfull underton som *Trigger* fann oemotståndlig. Det var svårt att sätta sig in i att kvinnan vid hans sida kunde vara en fulländad mördarmaskin när det gällde.

Jaden var en av SOG:s bästa operatörer och det var få män, till och med inom den egna elitgruppen, som kunde mäta sig med henne. *Trigger* var en av de som faktiskt kunde klå henne i de flesta grenar, utom kampsport och långdistanslöpning. Där var *Jaden* i sitt esse och sopade banan med alla sina manliga utmanare. Han var förbaskad glad över att hon var hans spanare.

"Några nyheter hemifrån?"

Hon plockade upp en klumpig, sju tums surfplatta och klickade på en ikon. Sedan skakade hon på huvudet.

"Inget där."

Han nickade. Världsläget hade blivit alltmer spänt efter det att två ryska MiG-29 *Fulcrum* i oktober året innan hade skickats upp för att skjuta ner ett svenskt signalspaningsplan utanför den Baltiska kusten. Två svenska Gripenplan hade svarat upp mot aggressionen och det hela slutade med att det svenska signalspaningsplanet och de två MiG-29:orna hamnade på Östersjöns botten. Svenskarna hade inte kunnat rädda sitt signalspaningsplan, men de hade hämnats på bästa tänkbara sätt, vilket inte hade setts med blida ögon av ryssarna som krävde att de två piloterna lämnades ut till den ryska rättvisan för att dömas. Detta var något som den svenska statsministern hade motsatt sig på ett föredömligt sätt.

Tonen mellan Ryssland och de Skandinaviska staterna i allmänhet och Sverige i synnerhet, hade blivit allt strävare efter denna händelse. Villkoret för att *Jaden* och *Trigger* skulle få två veckor på Kreta för bad och rekreation bestod i att de hela tiden höll sig uppkopplade och var beredda på att återvända till Sverige utifall omvärldsläget skulle kräva det.

Jaden lade ifrån sig den militära surfplattan och tittade på mannen intill sig.

För knappt ett år sedan hade han varit nära att dö i den Irakiska öknen efter att de tillsammans hade avrättat *Daesh* irakiska ledare, Ibrahim Aban al-Basi. *Triggers* skott hade slutligen satt punkt för Aban al-Basis terror, bara för att istället lämna plats på scenen för hans tonåriga son Abdal Hadi al-Basi som kanske var ännu värre än fadern eftersom han besatt ett strategiskt tänkande som al-Basi senior hade saknat.

Abdal hade lett ett anfall mot den svenska campen, bara för att på ett smärtsamt sätt få lära sig att *Daesh* vanliga taktik inte fungerade mot en modern och vältränad armé. De svenska soldaterna hade sopat mattan med de osofistikerade ökenkrigarna och dödat en av al-Basis närmaste män tillsammans med ett par hundra skrikande, turbanklädda dårar som inte insåg att ett skott från en tränad skytt kunde åstadkomma mer förödelse än ett helt magasin från någon som inte hade en tanke på hur han riktade sitt vapen.

Jaden hade varit högst ansvarig för en del av dödandet, bland annat hade hon utan att tveka avrättat Olaf Tryggvesson, den kanske mest namnkunniga svenska *Daesh*-krigaren av alla. I normala fall skulle avrättningen ha klassats som ett krigsbrott, men eftersom *Daesh* inte var en reguljär armé och dess soldater knappast kunde åberopa folkrätten så hade den döda svensken inte ens nämnts vid namn vid avrapporteringen efter striden.

"Jag älskar dig", sa hon tyst, böjde sig fram och kysste honom på kinden. *Trigger* skrattade och tittade på henne med sina blå ögon.

"Jag älskar dig med. Hälften vågat ..."

"... segern vunnen!" Hon log mot honom. I just det ögonblicket pep surfplattan till och sekunden senare pep det även från deras mobiltelefoner. *Jaden* suckade. Varenda gång som hon var på väg att blotta *Triggers* inre väsen kom det en yttre distraktion.

Irriterat plockade hon upp surfplattan och läste det korta meddelandet.

"Herregud", sa hon sedan och tittade på honom med uppspärrade ögon.

Trigger mötte lugnt hennes blick och nickade.

"Det kan man säga. Nu är semestern slut och har vi riktig djävla otur så har vi snart ett krig att ta hand om." Han höll upp sin telefon och läste än en gång textmeddelandet som löd.

"HMS Karlstad *har just sänkt den ryska fregatten* Kedrov *på internationellt vatten. Stridshandlingar är att vänta. Återvänd omedelbart till Sverige."*

Kapitel 2

Taxin stannade på kortsidan av den lådliknande flygplatsbyggnaden. De båda operatörerna steg ur bilen och blev stående stilla några sekunder. Skillnaden mellan bilens luftkonditionerade inre och den dallrande hettan utanför var slående. Att det sedan stank av en kombination bestående av dieselavgaser, flygbränsle och solsvedd asfalt gjorde inte det hela bättre.

Runt omkring dem stod ett dussin bussar på tomgång medan turister svärmade runt dem likt bin kring honung. Somliga drog benen efter sig på sin väg in mot avgångshallen. Andra – som var på väg därifrån – passerade dem som redan haft sin semester med betydligt mer spänst i stegen.

Minst fyra språk talades inom hörhåll från *Trigger* och han log åt det faktum att de alla var skandinaviska. Ett äldre par från Finland gick just förbi honom och *Jaden*, samtidigt som de ivrigt diskuterade något som förmodligen handlade om vad de skulle göra på semestern. Bakom dem skrek en trött mor på sitt barn på klingande bokmål. Inte långt borta hörde han en dansk svordom och sedan några fnittrande svenska ungdomar som ovetandes om världens dårskap nu hade siktat in sig på en av bussarna.

Jaden stötte till honom i sidan.

"Hade du tänkt stå och drömma här länge till?"

Han tittade på henne och drog på svaret några sekunder innan han sa.

"Allt verkar så normalt. Det är svårt att tro att kriget står och knackar på dörren."

"Det är därför det finns sådana som du och jag, för att alla normala Svenssons ska kunna vara äckligt normala även i orostider."

Han ryckte på axlarna. *Jaden* hade rätt i det hon sa. Särskilda Operationsgruppens operatörer var den militära motsvarigheten till kirurgens skalpell. De var få, men de var grädden av landets soldater. En grädda som stod sig utomordentligt väl i den internationella jämförelsen och som hade lovordats av USA:s militära befälhavare vid otaliga samkörda övningar genom åren.

När kriget kom – något som SOG alltid förutsatte skulle ske – hade gruppen ett antal uppgifter att lösa. Att skydda statsministern och de högsta regeringstjänstemännen var en av uppgifterna, men det förutsatte att det alltid fanns ett visst antal operatörer kvar inom landet. Just nu var ett drygt trettiotal på uppdrag i Afghanistan. I Irak och Syrien fanns ytterligare ungefär lika många, vilket lämnade runt trettio man i Sverige – inkluderat *Trigger* och *Jaden.*

Varje gång som en eller flera operatörer lämnade landet fanns det en plan för hur man snabbt skulle få hem dem igen om det krisade sig. Den nu aktuella planen hade reviderats så sent som föregående dag och löd nu att de skulle ta *Aeigan Air* inrikes till Aten där det svenska regeringsplanet stod och väntade.

Att planet stod där berodde på att den svenska kulturministern var på besök hos sin grekiska motsvarighet. *Trigger* flinade åt det faktum att statsbesöket nu hastigt fick avkortas. Något han misstänkte att den militärfientliga miljöpartisten inte tyckte om, men det var bara att gilla läget. I krigstid gick militärens behov före allmänhetens och att försvara fosterlandet var mycket viktigare än att studera antika ruiner som bar vittnesbörd om sedan länge avslutade konflikter.

Trigger kvävde en gäspning och tittade förstulet mot klockan på väggen i avgångshallen. Den var 18.15 lokal tid och deras plan skulle gå om knappt en timma. En blick mot incheckningskön fick honom att resignera. Större delen av den där timmen skulle de nog få tillbringa i kön. Han skulle just ställa sig sist när en man i en ljusblå, kortärmad skjorta, utan slips, kom fram till dem.

"Stefan och Jane?"

Jaden himlade med ögonen innan hon fäste blicken på den tunnhåriga mannen.

"Vem är du?"

"Karl Paris, svenska konsulatet i Chania. Jag ska underlätta er ombordstigning. Om ni kommer med här."

Utan att vänta på svar vände han och gick förbi kön. *Jaden* slängde en blick på *Trigger* som ryckte på axlarna.

"Så länge han inte leder oss in i ett bakhåll så."

"Då skulle jag skämmas ihjäl", väste hon. "Att bli överlistad av en blekfet skrivbordsryttare som nog inte har sprungit en meter i onödan sedan han slutade grundskolan. Det skulle vara höjden av skam."

De skyndade efter mannen som påstod att han hette Karl. Han hade vänligt, men bestämt, trängt sig längst fram i incheckningskön, samtidigt som han viftade med ett dokument som såg officiellt ut, men som *Trigger* gissade bara innehöll en massa byråkratisk dynga.

När han passerade en överviktig svensk i sextioårsåldern stötte mannen en armbåge i sidan på honom.

"Vilka idioter är ni? I Sverige står vi i kö och tränger oss inte före."

Trigger vände sig om. Han var fullkomligt lugn när han sa med len röst.

"Vad kallade du mig, sa du?"

Den blekfeta svensken tittade närmare på den jättelika mannen framför sig och insåg att han nog hade varit stöddig mot fel person. Besvärat slog han ned blicken och mumlade fram ett tyst "förlåt". *Trigger* lät sig nöja med det och vände sig tillbaka till Karl Paris som stod vid disken och just hävde ur sig något på grekiska till den unga kvinnan på andra sidan.

"Vad sa du till idioten?"

"Jag undrade bara vad han kallade mig."

"Av minen att döma såg det ut som att du förklarade hur du skulle bena honom och använda skinnet till en uppsättning fotbollar."

"Jag är aldrig så direkt. Är man bara vänlig brukar de flesta räta in sig i ledet."

Jaden skrattade innan hon placerade en slarvig kyss på hans kind som täcktes av det röd-blonda skägget.

"Nästan två meter muskler brukar nog hjälpa till."

De lämnade sina väskor till flickan i incheckningen och sedan förde Karl Paris dem mot gaten och såg till att de kom igenom samtliga säkerhetskontroller genom att helt enkelt passera förbi dem. Hela tiden viftade Karl med sitt dokument och *Trigger* var tvungen att motvilligt erkänna att det kanske inte enbart stod dynga på pappret.

Väl framme vid gaten slog de sig ner på stolarna och Karl gav dem deras biljetter. När det var gjort tittade han allvarligt på dem.

"Ni vet vad som hänt?"

"HMS *Karlstad* har sänkt den ryska fregatten *Kedrov* på internationellt vatten. Med tanke på den kalabalik som utbröt efter det att kapten Sten Hägglander och löjtnant Arvid Feldt sköt bort deras MiG-29:or förra året så kan man ju gissa vad en oprovocerad sänkning kommer att leda till."

"Den var inte oprovocerad. *Kedrov* hade avfyrat två sjömålsrobotar mot ett Baltiskt fartyg som lyckats ta sig in på svenskt vatten. De bistods av en svensk fiskeskuta. *Karlstad* sköt ner den ena roboten, men den andra träffade och sänkte den svenska fiskebåten. Alla utom styrman dog. Både svensken och balten var inne på svenskt territorialvatten när sänkningen skedde och örlogskapten Bertil Stålhand handlade helt korrekt i enlighet med IKFN. ÖB är övertygad om att detta var exakt den anledning som Potemkin letat efter för att få starta krig. Våra underrättelser har sagt oss att man samlat stora militära enheter på den ryska sidan om finska gränsen och deras VDV trupper har legat i snabbinsatsberedskap sedan oktober förra året. Jag är rädd för att det går åt helvete den här gången."

Kapitel 3

Karlsborgs garnison
Karlsborg, Västergötland
4 maj 2017

"Nu har de i alla fall skitit i det blå skåpet."

Överste John Ekroth, Särskilda Operationsgruppens chef, suckade samtidigt som han kastade ifrån sig underrättelserapporten på det redan överbelamrade skrivbordet. När han lyfte blicken föll den på den andra personen i rummet.

Överste Dahlman var ställföreträdande bataljonschef och stod upp med händerna på ryggen. En bekymrad rynka mellan ögonbrynen fick honom att se ut som en vänlig kerub, men den som hade underskattat honom på grund av hans utseende under hans aktiva tid som fältoperatör hade fått ångra sig djupt.

Med sina etthundrasjuttio centimeter i strumplästen skulle han sett ut som en dvärg om han stått bredvid *Trigger*, men under uniformen doldes stenhårda, smidiga muskler som skulpterats under mer än trettio år inom krigsmakten – Dahlman vägrade att tänka på det som något annat. Sveriges väpnade styrkor var avsedda att kunna användas i krig och då inte alltid enbart i en försvarssituation, något som insatser i både Afghanistan, Irak och Syrien visat.

"Har ÖB gett några order?"

Överste Ekroth slängde en ogillande blick mot mappen på skrivbordet innan han tittade upp på Dahlman och svarade:

"Alla permissioner är inställda. Ledig personal ska omgående inställa sig hos sina förband. ÖB har gett order om partiell mobilisering med vad vi har till hands och en allmän order om A-mobb ligger klar utifall det otänkbara blir verklighet. Just nu höjer vi tröskeln."

"En väldigt låg tröskel. Varför går inte ÖB ut med A-mobb redan nu för att spara tid?"

"Bra fråga Dahlman. Jag har dessvärre inget bra svar. Hur ser det ut med SOG:s resurser?"

"Inom landets gränser har vi för närvarande trettiotvå operatörer. Två ytterligare som var på semester är på väg hem. Jag har skickat tio man till Stockholm för att ta hand om skyddet av statsministern och regeringen, resten har inställt sig eller är på väg i detta nu."

Ekroth reste sig från stolen och sträckte på sig. Numera blev han fort stel när han satt länge bakom skrivbordet och med nostalgi tänkte han tillbaka på den aktiva tiden på 1980- och 90- talen när han kutade omkring i busken och var så beredd på en Sovjetisk invasion som en svensk soldat någonsin kunde bli. Sedan hade Warszawapakten kollapsat i något som bäst kunde beskrivas som en implosion där forna öststater bröt sig ur imperiet och deklarerade sin självständighet. Kriget på Balkan flammade upp och när röken lagt sig insåg världen att Kalla Kriget var över, en insikt som ledde till en tävling i vem som kunde skära mest i försvarsanslagen – en tävling som Sverige förmodligen hade vunnit när man kapade sin försvarsbudget från över två procent av BNP så sent som 1997 till en ynka liten procentenhet idag.

Alla stolta brigader hade skrotats och flygvapnet reducerades till en skugga av sitt forna jag. På de gamla regementsområdena växte köpcentra fram eller så blev det exklusiva insatslägenheter i de forna logementsbyggnaderna.

Helt plötsligt hade Röda Faran förvandlats till en urtunnad soppa och de försvarsfientliga partierna i riksdagen vädrade morgonluft. Nedmonteringen av försvaret hade gått snabbt. Att återuppbygga samma organisation skulle ta tid och tid var något de inte längre hade.

"Beredskapen i riket har alltså höjts till orange nivå. ÖB hoppas på en tillbakahållande tröskeleffekt och står beredd med nivå röd. Jag tycker inte vi ska vänta och se. Beväpna samtliga operatörer och tilldela dem rikligt med skarp ammunition. Sedan går vi i ställning med det vi har och hoppas på att vi är överspända och att inget händer."

Dahlman snörpte på munnen.

"Den här gången blir det *direct action*. Tro mig! Potemkin vill det här. Han har länge planerat för ett motdrag mot Nato:s utvidgning och för att kunna göra allvar av det han säger, måste han ha kontroll över Östersjön. Det kan han inte få utan att tvinga oss och finnarna på knä. Estland har han redan och en landkorridor via Vitryssland, genom Litauen ner till Kaliningrad oblast, tillsammans med ryska sjömålsrobotar och luftvärn på Gotland, skulle i hög grad kratta manegen för fortsatt expansion."

Ekroth nickade. Allt det som Dahlman sa var sant och känt sedan länge. Att det nu fanns en nästan fullvärdig brigad på Gotland var visserligen ett streck i räkningen för Potemkin. Ett streck som skulle höja priset avsevärt vid en invasion. Dessvärre var brigaden nyuppsatt och med endast ett fåtal stridsvana befäl och vapnen var i hög grad gammalt förrådsställt material med några nyuppgraderade stridsfordon.

Skulle de gröna skogsmatroserna ställas mot VDV och *Spetsnaz*, med *real combat experience* i bagaget, skulle brigaden troligen snabbt smälta undan som en snöboll i helvetet.

"ÖB har ännu inte gett tillåtelse att ta hem utlandspersonalen. Det kommer ske först vid en A-mobb, men vi kan planera för vad vi ska göra med dem när de väl är hemma. Gotland ser ju ut som en given plats att stoppa in personal på och sedan har vi den ständiga frågan."

Han tittade uppfodrande på Dahlman som sög i sig betet.

"Den där djävla pulsådern mitt inne i Stockholm. Bromma flyg bara *måste* vi slå ut, för när ryssen väl sitter där så kan de landa en Iljusjin i minuten. Poff – och så var Stockholm förlorat."

"Vi har team *Striker* på det."

"Visst, men *Striker* är i Affe med sina operatörer. Det tar tid att flyga hem dem, det var därför jag önskade att ÖB skulle ge grönt ljus för röd hotnivå."

Ekroth gick fram till fönstret och tittade fundersamt ut över garnisonsområdet och där, bortom den hårda betongen på Vanäs udde, såg han Vänerns glittrande vattenspegel. Solen sken från en relativt blå himmel som bara innehöll några enstaka, höga stackmoln.

"Vi kommer att se kryssningsrobotar först av allt."

"Kryssningsrobotar och *Spetsnaz*. Snabba mord är deras specialitet och Karlsborg är en given måltavla för både teknologi och våta jobb."

"Våra tillgångar, de vi nu har, är de färdigmobbade?"

Frågan var retorisk. Han visste att Karlsborgs garnison hade höjt sin tröskel redan efter nedskjutningen av det svenska signalspaningsplanet och den för ryssarna tragiska förlusten av två MiG-plan.

"31. Lätta bataljonen är i princip färdigmobbad", fortsatte Dahlman. "De är redo för snabbinsats i händelse av att skiten träffar fläkten i hög hastighet. 32. Und.bat. håller på att mobilisera och beräknas vara klara under kvällen. Vi kommer att skicka en skrotstorm mot allt som kommer flygande den här vägen, men vi kommer inte kunna skjuta ner allt."

"Gud hjälpe oss", suckade Ekroth resignerat.

"Gud kan nog inte göra så mycket, men våra operatörer kan däremot nedkämpa vilken VDV eller *Spetsnaz* som helst."

Ekroth sänkte blicken. På gården utanför kanslihuset ställde just en pluton från Livregementets Husarer upp sig. En fänrik inspekterade männen och vände sig sedan mot en beväpnad löjtnant för att rapportera att plutonen var samlad och klar till drabbning.

"Vi måste ge våra operatörer den bästa chans som möjlig är att lösa sina uppgifter."

"Ja chefen. Där håller jag till fullo med er."

Ekroth vände sig om och spände blicken i sin ställföreträdare.

"Vi flyttar stabsfunktionen till berget omgående. Om en rysk *Iskander* kommer åt det här hållet vill jag inte ha hela ledningsstaben utslagen i en smäll. Dahlman ansvarar för att ledningsfunktionerna körs igång och att systemen testas. Helst ska allt vara klart innan midnatt. Fixar vi det?"

"Det borde vi göra. Jag ser till att vi börjar omgående."

"Gott Dahlman. Utgå."

Kapitel 4

Atens flygplats
Grekland
Kvällen 4 maj 2017

Airbus A320 från *Aeigan Air* hade landat på utsatt tid i Aten. *Trigger* och *Jaden* hade klivit ut på Aten-Elefthérios Venizélos flygplatsen och tagit rulltrappan upp från ankomsthallen, direkt till avgångshallen, där de snabbt hade gått igenom en förenklad säkerhetskontroll.

Väl innanför avspärrningarna hade *Triggers* tränade blick hittat det han letade efter, en man som stod nonchalant lutad mot en pelare och tittade ut över människorna som rörde sig i hallen.

För en vanlig iakttagare var det inget särskilt med mannen i t-shirten, förutom att han var vältränad, men en soldat kände alltid igen en annan soldat och *Triggers* ansikte sprack upp i ett leende när han gick fram till den mörkhåriga mannen.

"*Mitra*, din luriga djävel. Är det du som är barnvakt åt vår kära minister?"

Mitras bruna ögon glittrade till när han först fattade *Triggers* utsträckta hand och sedan omfamnade *Jaden*.

"Någon rolig rackare tyckte att just jag skulle passa bra som ministerns vaktchef nu när omvärldsläget är som det är."

"Och vad kan det bero på?" *Jaden* flinade åt *Mitras* oskyldiga uppsyn. "Det är priset man får betala när man först utbildar sig till katolsk präst för att sedan komma på bättre tankar och blir specialist istället. Var har du vår minister då? Hon måste ju vara överlycklig över att få avbryta sin resa."

"Alicia morrade något om bortskämda soldater och deras krigslekar när jag tryckte in henne och SÄPO-klåparna i *Gulfstream* G550:an. De står och väntar, så om herrskapet följer mig till gaten så kommer vi ifrån den här bakugnen."

De nickade och följde efter *Mitra* när han började släntra bort mot gaten. De passerade just en kafeteria när *Jaden* stötte till *Trigger* i sidan.

"Du, vi har en skugga. Jag såg honom i ankomsthallen, sedan följde han oss på behörigt avstånd och stod och väntade medan vi snackade och nu har vi honom fem meter bakom oss."

"Jag vet. Jag har sett honom. Vältränad kille, blond med snagg och slaviskt ansikte. Uppför sig som om det här är hans första skuggning. Kunde lika gärna gå omkring med en skylt där det står *AGENT* med stora bokstäver."

"Pratar ni om vår vän bakom oss?" *Mitra* talade utan att vända sig om. "Han har en kompis cirka sex meter framför oss också. Lika professionell han."

"Har ryssarna agenter i Aten?"

"Alla har agenter i Aten", svarade *Mitra* lakoniskt. "Mossad, CIA, GRU... you name it. Aten är som Beirut var under kalla kriget. Däremot tror jag inte de här två gossarna tillhör den ordinarie ryska ambassadens personal. Det luktar för mycket *Spetsnaz* om dem för det. Livsfarliga på slagfältet, men värdelösa i stadsmiljö."

"Syfte?"

Mitra stannade och låtsades beundra en exklusiv klocka i en av gatens små butiker. Samtidigt stannade den bakre skuggan och två hjärtslag senare stannade även den främre och vände sig sakta om. *Trigger* pekade på en annan klocka och skrattade. Samtidigt studerade han motståndarna genom ögonvrån.

Den bakre mannen såg ut att vara några år över tjugo och lika kraftig som en rysk björn med dasslock till händer och svällande biceps. Den andra mannen såg mer ut som en olympisk simmare med smidig, vältränad kropp. Båda var runt hundraåttio centimeter och verkade vara obeväpnade i sina åtsittande t-shirts.

"Nog är de intresserade av oss alltid", sa *Jaden* tyst. "Pax för den främre."

"Du kanske ska sätta in en stöt på honom, tvinga dem att avslöja sig."

Jaden tycktes överväga *Mitras* förslag. Sedan ruskade hon på huvudet.

"Nej. Så länge som de inte begår fientliga handlingar kan vi inget göra när vi är på neutral mark. Om grekiska polisen plockar in oss för störande av den allmänna ordningen vet ingen när vi kommer hem. Låt dem komma till oss istället."

"Då så. Då knallar vi väl vidare innan Alicia blir galen." *Mitra* skrattade. Han vägrade kalla Alicia De Luca för fru Kulturminister när hon inte var närvarande och han var inte speciellt road över att agera livvakt åt någon som så tydligt hade tagit avstånd från allt som han värnade. De Luca tillhörde en av regeringens skarpaste röster när det kom till att fördöma ÖB och hans försvarssatsningar. Tillsammans med sin partiledare samt den förre vänsterledaren utgjorde hon en del av en motståndstrojka som sköt nedhållande eld mot ÖB närhelst han framträdde.

På så vis var det lite komiskt att en SOG-operatör hade satts som ansvarig för ministerns säkerhetsdetalj under dennes utlandsbesök och De Luca hade inte försuttit tillfället att högljutt klaga. Hon menade att SÄPO var fullt kapabla till att sköta hennes skydd, men statsministern hade satt ner foten och förklarat att under rådande omständigheter, med ett omvärldsläge som lutade allt mer åt krig, skulle SOG ansvara för alla livvaktsinsatser utanför landet tills vidare. Därmed hade De Luca bara att acceptera och räta in sig i ledet, men hon gillade det inte.

Deras gate låg allra längst bort i byggnaden och när de kom fram ställde sig den främre av de två ryssarna intill gatens dörrar och stirrade fientligt på dem. *Mitra* flinade mot honom och *Jaden* gav honom fingret innan hon ilsket klev igenom dörren och kom ut på plattan.

Trigger var sist och han såg tankfullt på ryssen, samtidigt som han anade den andre mannens närvaro. Deras skugga hade stannat några meter bort och nu var det inte någon tvekan om att de markerade sin närvaro.

Han gick fram till mannen och riktade blicken något nedåt för att kunna se in i mannens ögon. Sedan sa han på ryska.

"Vi kanske ses på slagfältet. Det blir i så fall det sista du ser."

Med de orden följde han efter sina kamrater och lämnade ryssarna där de stod och följde honom med hårda ögon.

Framme vid Gulfstream-planet stannade *Mitra* upp nedanför trappan.

"Gå först ni. Jag kommer snart."

Jaden nickade och slängde en blick på de två SÄPO-män som stod i skuggan under planets vinge. De bar båda solglasögon och mörka kostymer i värmen. Från ena örat såg hon den hudfärgade sladden till hörsnäckan. Hon noterade att båda männen var beväpnade med små snabbskjutande israeliska k-pistar i hölster innanför kavajerna, men gav inte mycket för den beväpningen.

Visserligen var Micro-Uzi ett läckert vapen, men precisionen var kanske inte den bästa och med sin 9x19 millimeters parabellumammunition hade den inte bättre genomslagskraft än en vanlig *Glock*. Själv föredrog *Jaden* den senaste versionen av svenska arméns standardvapen, AK5D. De helmantlade kulorna slog igenom lätta västar och plockade även ner motståndare med tyngre västar som stoppade kulan.

Av erfarenhet visste hon att Uzin inte fixade det.

Lugnt gick hon uppför trappan och tittade in i kabinen. Det första hon såg var De Luca som satt i en fåtölj och tittade ogillande på henne. Intill ministern satt ännu en livvakt från SÄPO. Till sin glädje insåg hon att hon kände honom sedan tidigare och hälsade därför glatt.

"Anders Örtmark. Det var fan inte igår. Hur står det till mannen?"

Örtmark sken upp och reste sig innan han gick fram och omfamnade henne.

"Det är bra tack. Hur är det själv då Jane? När sågs vi sist?"

"Ganska precis tre år sen tror jag. Ryska ambassaden 2014."

Han nickade och lät sedan blicken glida över till den blonda jätte som just hukade sig genom dörren och kom in i kabinen.

"Tur att jag fick en dragning som berättade att Hulken skulle komma ombord, annars hade jag dragit mitt vapen."

Trigger flinade.

"Bruce Banner blir väl grön när han blir arg. Ser jag grön ut?"

"Ja, när du är i uniform."

Männen hälsade med en omfamning och sedan vände *Trigger* blicken mot ministern som under hela hälsningsceremonin hade iakttagit dem med ett neutralt ansiktsuttryck.

"Beklagar att fru ministern fick avbryta sitt utlandsbesök, men den här gången kan det gå åt helvete och då behöver Moder Svea sina bästa hemma."

"Det gick inte åt helvete förra året när flygvapnet sköt ner de där ryssarna."

"Ni menar *efter* att de skjutit ner vårt signalspaningsplan? Nej, då gick det inte åt helvete, men ni kan lugnt räkna med att Potemkin satte upp den förlusten på utgiftskontot och den här gången kommer han nog att kräva betalning."

"Högst otroligt. Ryssland har *inget* att tjäna på att gå i krig med Sverige."

"Inte? Nu vet jag att fru ministern sysslar med kultur och inte försvarsfrågor, men Östersjövälde är väl ganska mycket värt om man vill kuva Nato."

"Och varför skulle Potemkin vilja ge sig på Nato? Ryssarna har väl fullt upp på hemmaplan."

Jaden himlade med ögonen och skulle just dräpa till med något när hon stoppades av att *Trigger* la sin hand på hennes arm.

"Vi tycker olika i den frågan, fru minister. Jag föreslår att ni ägnar er åt kulturen så tar vi andra hand om det lite mer otrevliga momentet i tillvaron."

Bakom dem klev *Mitra* in i planet, tätt följd av de två SÄPO-vakterna som stängde dörren.

"Ryssarna nöjde sig med att stirra ut oss, men jag ska be piloten ta en lite västligare flygrutt hem så vi inte hamnar alltför nära ryssarnas militära flygzon."

Med de orden försvann *Mitra* fram till cockpiten medan resten av sällskapet letade upp sina platser där de spände fast sig medan piloterna började värma upp motorerna. Utanför flygplanet var det mörkt och ingen såg hur en av de ryska agenterna ivrigt talade i en mobiltelefon.

Kapitel 5

Östersjön, nordost om Polen
Internationellt luftrum
4 maj 2017

Piloten i den ryska MiG-29 SMT *Fulcrum* kontrollerade sina instrument. Den länkade radarbilden från det ryska radarspaningsplanet, som låg åtskilliga tusen meter högre upp och längre österut, visade det svenska Gulfstream-planet på åttatusen meters höjd. Svenskarna flög just ut över Polens kust på en västligare kurs än den som de ursprungligen lämnat in via sin digitala färdplanering, men det spelade ingen roll. Så fort som de var ute på internationellt vatten skulle resultatet bli detsamma.

Ivan Pronin kontrollerade höjden. Han låg tvåtusen meter under svenskarna och knappt hundrafemtio distansminuter längre österut. Att komma inom robotavstånd skulle inte ta honom lång tid. Gulfstream-planet hade en maxhastighet på 0,885 mach, medan hans jaktplan kunde komma upp i över dubbla ljudhastigheten utan problem.

Under de sex vingbalkarna hängde en dödlig last av robotar. Dels den lilla R-60 *Utka,* som Nato envisades med att kalla för AA-8 *Aphid.* Dels den större Vympel R-27P som hade en maxfart på fyra gånger ljudhastigheten.

Hans order var att skjuta ner det svenska regeringsplanet och den ordern hade han inga problem med att följa. Även om han för dagen saknade en rotekamrat så hyste han inga tvivel om att lyckas. Transpondern var avslagen, vilket i princip gjorde honom osynlig för vanlig civil flygledning även om den militära luftförsvarsradarn såg honom. Det hade ingen betydelse.

Med den höjd och den kurs han höll skulle de bara se ännu ett ryskt jaktplan som lämnat Kaliningrad och flög norrut över Östersjön för att sedan vika av in över Finska Viken och sedan landa utanför Sankt Petersburg.

Hans instrument pep till.

Två nya radarekon lyfte just från flygplatsen på Gotland och jagade över Östersjön med kurs rakt mot honom. Ivan Pronin svor till. De där djävla JAS Gripenplanen hade visat sig vara mycket bättre i luftstrid än vad den ryska underrättelsetjänsten hade påstått. Deras manöverförmåga var smått fantastisk och deras dödlighet odiskutabel, något som två ryska MiG piloter fått erfara året innan.

Svenskarna närmade sig hans position i mach 2. Än var de inte tillräckligt nära för att kunna låsa sin målradar på honom, men han visste att ett svenskt AEW-plan låg på tolvtusen meters höjd och spanade över Östersjön. Tack vare det planet kunde svenskarna se honom lika tydligt som han kunde se dem.

Skulle uppdraget lyckas måste han justera planen en smula.

Ivan bankade vänster och ökade pådraget till motorerna. Gulfstream-planet låg precis utanför hans roboträckvidd och han måste komma närmare innan han sköt. I samma stund pep hotvarnaren till. Den svenska målradarn hade låst på hans plan och en röst i hörlurarna sa på välmodulerad engelska.

"Detta är major Sten Hägglander, Swedish Airforce, till piloten i den ryska MiG-29:an med kurs mot det svenska regeringsplanet. Återta din nordliga kurs. Alla närmanden till vårt regeringsplan kommer att ses som en krigshandling och vi kommer att öppna eld."

Pronin bet ihop käkarna. Han kände igen namnet. Det var den förbannade Hägglander som skjutit ner hans kamrater förra året. Det svenska Gulfstream-planet låg fortfarande för långt bort för att kunna nås av hans Vympel R-27P, men han hade sina order.

Ivan tog ett beslut och ändrade kursen. Nu låg han med nosen rakt mot de svenska jaktplanen och lät målradarn jaga efter mål. Ett pipande ljud i hans hörlurar skvallrade om att svenskarna skjutit först.

Två *Meteorrobotar* var nu på väg mot honom i mach 4 och han hade inget val. Snabbt lät han fyra *Vympel* lämna vingbalkarna innan han gjorde en tvär sväng och dök mot havsytan för att snabbt få upp farten.

Eftersom *Meteor* var radarmålsökande lät han skjuta ut ett moln av remsor för att försöka haka av robotarna, därefter bankade han hårt höger och svepte fram bara fyrahundra meter över havet.

En av de svenska robotarna valde remsorna och detonerade i en expanderande boll av brinnande gas, men robot nummer två gick inte på knepet. Ivan insåg att spelet var förlorat och sköt ut sig ur jaktplanet sekunderna innan roboten hittade fram och förstörde MiG-planet. Brinnande vrakdelar slog i vattnet och sjönk fräsande till botten medan Ivan Pronin sakta dalade ner i sin fallskärm.

***

Trigger tittade ut genom kabinfönstret när ett av de två svenska Gripenplanen la sig strax bakom vänstra vingen. Han kunde ana hur piloten i cockpit lyfte handen och vinkade åt dem och han vinkade lugnt tillbaka.

Några ögonblick senare sprakade det till i kabinhögtalaren och pilotens röst hördes.

"Vi har nu eskort av två svenska JAS *Gripen* från incidentberedskapen på Visby. Tydligen hade ryssarna förberett en välkomstkommitté åt oss, men piloterna Hägglander och Feldt tog hand om det problemet och kommer nu att följa oss ända fram till Arlanda."

Alicia De Luca såg förvirrat upp från den rapport hon höll på att läsa. Hennes ögon föll på *Jaden* som satt närmast henne.

"Vad menar han med det? Vad då välkomstkommitté?"

Jaden suckade åt ministerns fullkomliga oförståelse för den verkliga världen som just gjort sig brutalt påmind. Sedan svarade hon lugnt.

"På ren svenska betyder det att ryssarma hade ett jaktplan, förmodligen en MiG-29, som låg och väntade på att vi skulle flyga ut i internationellt luftrum där de sedan skulle skjuta ner oss. Nu verkar de svenska piloterna ha skjutit först så det blev inget varmt, ryskt välkomnande. Åtminstone inte på det sätt som ryssarna hade tänkt sig"

"Menar du att vi har begått en krigshandling mot Ryssland?"

"Nej. Jag säger att våra piloter just avvärjde en rysk krigshandling mot oss. De där två Gripenpiloterna är enda anledningen till att vi fortfarande lever. Vladimir Potemkin ville skjuta ner oss, förmodligen som en hämnd för den sänkta fregatten, men det misslyckades. Det betyder också att Potemkin redan har bestämt sig. Kriget är på väg och vi kan bara huka och försöka kämpa emot så gott det går."

Hon lät orden sjunka in. De Luca var visserligen Miljöpartist, men ändå en intelligent kvinna som gjorde det som hon ansåg rätt, på samma sätt som *Jaden* gjorde det som *hon* ansåg rätt. När nu nyheten om att Ryssland just försökt mörda henne äntligen stod klar för henne såg *Jaden* hur ett stridlystet skimmer tändes i kvinnans mörka ögon.

"Är du helt säker på din sak?"

"Varför inte gå fram och fråga piloten? Du kan säkert få prata direkt med major Hägglander så kan han berätta exakt hur det gick till."

De Luca tänkte några ögonblick och reste sig sedan och styrde stegen mot cockpit. Hon måste få veta direkt från källan.

***

Radion sprakade till och Sten Hägglander hörde piloten i Gulfstream-planet som sa.

"Gulfstream till *Gripen*. Kulturministern vill ställa en fråga."

"Det är uppfattat. Vad undrar ni, fru minister?"

En kvinnlig röst ersatte pilotens och Sten kände direkt igen Alicia De Lucas stämma.

"Är det riktigt att ryssarna försökte skjuta ner oss?"

Sten tvekade. Han ville inte säga för mycket över en öppen kanal, men kunde inte gärna neka att bekräfta och sade därför.

"Fru kulturminister. Det finns inte längre något aktivt hot mot Gulfstream 3. Vi följer er till Arlanda. Därefter återvänder vi till 72:a stridsflygdivisionen. *Ghost* four-one out."

110

Han avslutade samtalet. De Luca skulle få en detaljerad rapport så småningom, men för tillfället fick hon nöja sig med den korta redogörelsen. Deras incidentpass på Gotland var i och med denna flygning över och nu skulle de ha trettiosex timmars vila hemma i Linköping, om inte Potemkin hade andra planer.

Vilan var villkorad. Inte lämna hemmet och hela tiden vara beredd på att med minsta möjliga fördröjning kunna infinna sig på Såtenäs för tjänstgöring. Krigsrisken var överhängande och ingen flygvapenchef ville bli tagen med byxorna nere. Varje plan och varje pilots liv var guld värt och man hade inte råd att förlora någon av ingredienserna. När de ryska stridskrafterna började röra på sig med riktning mot Sverige, då måste man kunna möta dem tidigt.

Sten tittade mot det upplysta flygplanet som låg snett framför honom och avtecknade sig mot den mörka himlen. Det skulle aldrig sägas högt, men det var inte kulturministern som de skyddade. Det var de tre värdefulla SOG-operatörerna som flög med henne som föranledde insatsen. Utan SOG:s närvaro hade den svenska kulturministern nu legat på Östersjöns botten och Sverige skulle vara ett regeringsplan fattigare.

Kapitel 6

Peter Nordhäll tittade ner från flygledartornet och kunde se hur Gulfstream G550, populärt kallat *Regeringsplanet*, satte ner landningshjulen på den under 1990- talet så omstridda bana tre. När väl planet stod på marken svepte två JAS *Gripen* över flygplatsen på låg höjd och vaggade på vingarna innan de försvann åt väster. Peter tittade ut över sina flygledare och nickade.

"Okej. VIP:en är nere och stridsflyget borta. Nu kan vi släppa på trafiken igen."

Tystnaden i tornet bröts genast när flygledarna började prata med de plan som stått på vänt medan regeringsplanet landade. Inom en minut var trafiken igång som vanligt igen och plan efter plan kom in för landning eller startade från någon av Arlandas olika banor.

Peter Nordhäll hade redan glömt bort det tillfälliga stoppet och ägnade nu hela sin energi åt att överblicka och leda det känsliga arbetet i flygledartornet.

*** *** ***

Gulfstream-planet taxade in till terminal två. Så fort luftslussen anslutit till den främre kabindörren och denna öppnats, lämnade *Trigger*, *Jaden och Mitra* planet. I gången utanför möttes de av två beväpnade livgardister i full krigsmundering, undantaget kamouflagefärg i ansiktet.

112

När de såg sällskapet komma emot dem gjorde de honnör. Den främre soldaten, en sergeant i tjugoårsåldern, klev fram mot Trigger. "Löjtnant Manner. Välkommen tillbaka till Sverige. Vi ska se till att ni kommer hem till Karlsborg. Vi har en gräddvisp som står och väntar på att lyfta över er."

"Vilken modell?"

Livgardisten flinade innan han lugnt sa.

"Hkp 14. Det är en bra gräddvisp. Mycket mysigare än Blackhawk."

"Fortfarande bara en armétaxi", muttrade Jaden tyst och Trigger stötte en försiktig armbåge i hennes sida innan de följde efter soldaterna. Bakom dem hörde de hur Mitra tog adjö. Hans uppdrag var fortfarande att se efter ministern och ansvara för De Lucas säkerhetsdetalj.

De kom ut i terminal tvås ankomsthall där Trigger noterade att det fanns fler beväpnade livgardister, ett inslag som tydligt markerade att ÖB nu på fullt allvar trodde på att kriget skulle komma. Att beväpna svenska soldater på allmän plats i fredstid stred mot Ådalskommission från 1931 samt senare tiders lagar och kunde bara ske när landet var i krig eller om krigsrisken var överhängande.

Soldaterna ledde dem genom hallen och fram till en personalutgång. Väl ute på plattan såg de en svensk militärhelikopter, modell 14, som stod och tankade. Intill helikoptern stod två parkerade terrängbil 16 med vapenstationer för tung kulspruta.

Sergeanten såg Triggers blick och sa, innan frågan hann uttalas:

"ÖB gav order tidigare ikväll om att vi skulle befästa Arlanda efter bästa förmåga. Kommer ryssen lär Arlanda vara ett förstaslagsmål."

"Vem skyddar Bromma? Den flygplatsen är ännu viktigare då den ligger mitt inne i Stockholm och trupp som landar där kan sättas in direkt i striderna, utan att behöva transporteras."

"Livgardets 13:e säkerhetsbataljon sköter Bromma."

"Och ni tillhör 12:e motoriserade skyttebataljonen?"

Trigger tittade på mannens kragspegel och noterade det uppenbara. Sergeanten nickade.

"Vi håller på att gruppera oss, men alla är inte på plats än."

"Men man har inte stängt flygplatsen för civil trafik än?"

"Nej, men jag vet vad löjtnanten tänker. Nästa Airbus som landar kan vara fylld till bristningsgränsen med *Spetsnaz*. Vi har funderat på det och det finns beväpnade soldater vid samtliga ankomstterminaler."

"Om *Spetsnaz* kommer i en civil kärra lär de förmodligen inte lasta ur vid en terminal. Då är det mer troligt att de lastar ur direkt på plattan och börjar med att bekämpa flygledartornet. Dessutom kommer pålitligt folk på plats att hjälpa dem med flygplanstrappor och annat som behövs."

Sergeanten nickade, men sa inget. *Trigger* förstod att den yngre mannen befann sig i ett dilemma. Han hade en svår uppgift att fylla, men inte tillräckligt med soldater som kunde göra det. Precis som resten av det stolta svenska försvaret, påminde han sig själv.

De kom fram till helikoptern just som tankningen var avklarad. Tankbilen backade undan och piloten började värma upp motorn. *Trigger* öppnade dörren och hoppade in, tätt följd av *Jaden*. Innan sergeanten stängde om dem lutade sig *Trigger* fram och sa allvarligt.

"När Ivan kommer, se till att de inte kan slå ut flygledningen. Hela södra Sverige trafikleds från det där tornet. Behandla varje landande flygplan som en fiende fram till dess att motsatsen är bevisad. Ge inte de röda en chans, för då ökar i lika hög grad *eran* chans att lyckas hålla Arlanda."

Sergeanten försökte sig på ett leende, men åstadkom bara en nervös grimas. Sedan gjorde han honnör och drog igen dörren. Sekunderna senare varvade piloten upp motorn och helikopterns hjul lämnade underlaget medan de steg rakt upp i luften.

Trigger slängde en blick på klockan. Den var nu tio minuter över midnatt och det var den 5 maj 2017.

***

Helikopterresan var ganska händelselös där de for fram på femhundra meters höjd i drygt trehundra kilometer i timmen.

Majnatten avslöjade befolkningscentrana under dem som klart upplysta bubblor i nattmörkret. Bubblor som förbands av de nervtrådar som var motorvägar, riksvägar och landsvägar.

Den sena timmen till trots kunde han genom sidofönstret tydligt se strålkastarljusen från bilar som färdades på marken under dem. Han undrade stilla hur många av de människor som ovetandes rörde sig där nere som skulle förlora sina liv när kriget började.

ÖB försökte höja beredskapen utan att slå på stora trumman och gå ut med allmän mobilisering, men det var utsiktslöst. Svensken var så van vid sin fred att de flesta inte ens kunde föreställa sig en verklighet där Sverige inte längre hade fred. Kriget skulle vara en brutal väckarklocka för de allra flesta. När drivmedlen tog slut och affärerna – som förlitade sig på dagliga varutransporter – började få tomma hyllor, då skulle svensken chockat fundera över hur han eller hon skulle överleva.

Trigger visste att med den verklighet som rådde i samhället skulle de viktiga funktionerna vara utslagna inom tre dygn. Maten skulle ta slut, strömmen slås ut och vattnet i kranen skulle inte rinna.

För de som inte förberett sig skulle svälten komma nästan omgående. De som *hade* förberett sig, de som *preppat,* skulle klara sig lite längre tills även deras förråd tog slut. Om omgivningen visste att de var *preppers* skulle det inte gå så bra. Hungriga människor tenderar till att förlora sin empati. Att mörda för att kunna föda sig själv och sina barn var något som inte stod långt borta, även om det fredsskadade svenska folket oftast förnekade detta faktum.

Den tunna yta som var civilisationens finish skulle snabbt skalas bort. Därunder skulle istället den råa verkligheten ligga dold, väntande på att slå till. Det högindustrialiserade samhället var dåligt förberett på en kris eftersom alla kalkyler byggde på att kriser inte uppstod. Särskilt inte efter det att kalla kriget tagit slut och alla civilförsvarets förråd hade utrangerats.

Trigger tänkte på vad han upplevt i Irak. Där hade först amerikanerna totalt slagit ut den irakiska armén i en Davids kamp mot Goliat, bara det att i den verkliga versionen hade Goliat vunnit. Sedan hade de försökt bygga upp samma armé igen för att lämna irakierna att klara sig själva. Som svar på det amerikanska tillbakadragandet hade *Daesh* blommat upp och lagt norra Irak under sig. Kriget som det lett till hade varit en humanitär katastrof för civilbefolkningen.

Tusentals dog av svält och umbäranden och när amerikanerna återvände hade kriget blivit än grymmare.

Koalitionen, där Sverige bidrog med stridande trupp, hade visserligen stoppat *Daesh* expansion söderut, men flygbombningarna hade inte haft full effekt förrän trupp på marken kunde ta och hålla de bombade områdena. Sakta hade *Daesh* tryckts tillbaka, men vad skulle hända nu om ett krig i Europa drog Natos uppmärksamhet åt ett annat håll? Han var rädd för att Jihadisterna skulle vädra morgonluft och åter ta tillbaka förlorade landområden när Natos stöd minskade, eller i värsta fall helt uteblev.

Om kriget växte och det inte längre enbart handlade om att behärska Östersjön och få Östersjövälde – *Mare Balticum* – då skulle Natos trupper slåss för livet på den europeiska krigsskådeplatsen, kanske i åratal. Ingen kunde förutsäga vad som då skulle ske i mellanöstern.

Tankarna var djupt oroande och *Trigger* önskade att han kunde slå bort dem, men de smög sig hela tiden tillbaka. Sverige, Europa, Världen - ingen var förberedd på de konsekvenser som ett krig skulle innebära. Följderna skulle bli katastrofala och det skulle ta decennier att reparera skadorna - om det någonsin skulle gå att reparera!

Allt för att en maktgalen liten man satt i Kreml och slog med taktpinnen för att dirigera miljonarméer som skulle svepa över Europas slagfält på ett sätt som inte skådats sedan andra världskriget. Den gången hade mer än sextio miljoner människor dött och med dagens befolkningstäthet och vapenutveckling var han rädd för att siffran skulle stiga till över etthundra miljoner döda.

Kapitel 7

Karlsborgs garnison
Karlsborg, Västergötland
5 maj 2017

Helikopterns hjul hade knappt hunnit vidröra asfalten utanför den gulbeige kanslibyggnaden på garnisonsområdet innan *Trigger* slet upp dörren och hoppade ur.

Med ett vänligt leende vinkade han till piloterna som nästan genast lyfte efter att *Jaden* satt ner fötterna på marken. Hon slängde en blick på deras resväskor och tittade sedan upp mot natthimlen där månen just hade gått in i första kvarteret under sin vandring över himlavalvet. Garnisonsområdet var becksvart. Inte en enda gatlykta lyste och alla fönster tycktes ha mörklagts. Det enda tillgängliga ljuset var det som levererades av månen och de blinkande stjärnorna.

"Förberett för krig", muttrade hon.

"Hellre förekomma än förekommas." Hans svar var entonigt och dolde hans verkliga tankar. *Jaden*, som kände honom väl efter deras år tillsammans, förstod att den blonda jätten vid hennes sida just nu letade efter blottor i mörkläggningen och hon blev nästan glad när en röst utifrån mörkret sa.

"Identitet."

"Stefan *"Trigger"* Manner. SOG.

"Jane *"Jaden"* Smith. SOG.

Två mörka skuggor lösgjorde sig ur det svarta. *Trigger* mer anade än såg de hotfulla, skarpa piporna på de två husarernas AK5:or. Soldaterna särade på sig och han log uppskattande. Om de var fientliga skulle det bli svårare att slå ut två man som stod långt isär och dessutom förväntade han sig att de skulle backas upp av kamrater som ännu höll sig dolda.

"Legitimation!"

Trigger och *Jaden* höll sina händer ut från kroppen, väl synliga. Ingen av dem ville göra husarerna mer nervösa än de förmodligen redan var.

"Okej kompis. Jag har min legitimation i plånboken. Plånboken ligger i innerfickan. Det jag tänker göra nu är att jag med vänster hand sakta öppnar jackan och visar er att där inte finns några dolda vapen. Sedan tar jag fram plånboken med vänster hand och lägger den på marken. Därefter gör min kamrat samma sak och vi backar tio steg. Är det lugnt?"

Den främre soldaten nickade, men sa inget.

Sakta drog *Trigger* ner blixtlåset i sin lätta sommarjacka och öppnade upp. När soldaten verkade nöjd plockade han lika långsamt upp plånboken och la den på marken innan han tog ett par steg bakåt. Därefter upprepade *Jaden* manövern innan de båda backade. Tio steg senare stannade de och inväntade lugnt soldaternas identifiering.

Den soldat som gläfst fram de korta orderna plockade upp plånböckerna innan han tände sin ficklampa.

"Det militära legget ligger bakom körkortet."

Soldaten fick upp båda korten och tog några steg framåt, tittade på fotografierna och lyste dem sedan i ansiktet. Därefter gjorde han honnör.

"Löjtnant. Välkommen tillbaka. Ni också fänrik. Överste Ekroth sa att ni skulle anlända under natten. Hela staben har gått in i berget och alla funktioner har överförts till krigsorganisationen. Soldaterna är på sina förutbestämda stridsplatser och vi är så beredda som vi bara kan bli ifall Ivan kommer."

"Det är gott sergeant. Var vill man ha oss?"

"Berget. Översten sa att det var bäst att ni fick sova eftersom man aldrig vet när nästa chans kommer. Än är det fred, i alla fall till namnet, så vi passar på. Ni vet vägen?"

"Absolut sergeant. Håll ställningarna här uppe så kilar vi ner och gör mullvadarna sällskap."

"Uppfattat löjtnant."

Mannen gjorde honnör, sedan försvann båda soldaterna tillbaka in i skuggorna och lämnade *Jaden* och *Trigger* till synes ensamma.

"Översten väntar inte på ÖB. Här har vi tagit mobiliseringen hela vägen tycks det."

"Ekroth är en klok man och klokskap kan man aldrig få för mycket av."

De tog sina väskor och gick bort mot Arsenalen där den hemliga ingången till berganläggning låg. De turister som vanligtvis drogs till fästningen under sommaren anade föga att en stor del av den militära verksamheten, som officiellt lades ner 1909, istället levde kvar i form av Särskilda Operationsgruppen, Livregementets Husarer, fallskärmsjägarskolan med mera. Den atombombssäkra bunkern skulle garantera att ledningsfunktionerna kunde fortgå även vid en nukleär bekämpning.

Utanför Arsenalen sprang de på ännu fler vakter, men denna gång i form av SOG-operatörer som genast kände igen dem. De vinkades in och snart stod de i hissen på väg ner till första nivån i berget som låg trettiosex meter under markytan.

När de klev ur hissen mötte de fler av Livregementets Husarer, men efter en snabb visuell kontroll släpptes de in. Den fänrik som ledde de två manliga och enda kvinnliga husaren nickade igenkännande mot dem.

"Hur är det ute i världen?"

Jaden himlade med ögonen.

"Ganska ovänligt, och värre kommer det att bli."

"Jag är rädd för det", svarade fänriken med ett tonläge som tydligt speglade hans nervositet och rädsla för det som var på väg att drabba dem. "Ni kvartar i logement tre. Rakt ner och sedan vänster." Han slog ut med handen och *Trigger* nickade, trots att han mycket väl visste var logement tre var beläget. Ingen idé att göra den unga fänriken ännu mer missmodig.

När de kom in i sovsalen letade de upp två lediga sängar. Någon vänlig själ hade lagt fram sängkläder och de bäddade snabbt innan de gled ur sina civila kläder och kröp ner mellan lakanen.

"Åh Gud", muttrade *Jaden* lyckligt. "Jag skulle kunna sova en vecka."

"Vi får vara glada om vi får sex timmar."

"Djävla muntergök."

Han svarade inte på det utan la sig på rygg och tittade upp i taket utan att se något. Eftersom de var nästan fyrtio meter under jord fanns det inga fönster och när ljuset släcktes blev det svart som i en kolsäck. Istället funderade han på de senaste tolv timmarna. I tanken förflyttades han till HMS *Karlstad*, ett fartyg han var väl bekant med, liksom dess befälhavare, örlogskapten Bertil Stålhand. Han tyckte sig känna skrovets darrning när sjömålsrobotarna lämnade sina dolda utskjutningsramper och torpederna jagade iväg genom vattnet.

Han kunde höra kanonen på fördäck som oavbrutet dunkade iväg en stålstorm mot den ryska fregatten för att försöka skjuta ner den moteld som helt säkert avfyrades. Visst var *Visby*-klassens kovetter nästan omöjliga att i krig upptäcka på radar, men i fred hade alla fartyg påmonterade radarreflektorer för att inte avslöja sin smygteknik i onödan. Han hoppades att Stålhand hade hunnit montera bort dem innan slaget börjat och att *Karlstad* nu skulle vara beredd att försvara fosterlandet mot den väntade invasionen.

Under några deprimerande sekunder funderade han på hur många av hans vänner som fortfarande skulle vara vid liv om en vecka. Skulle han vara en av de lyckliga som fortfarande andades? Skulle *Jaden* klara det?

Krig var en skördemaskin som tog de liv som råkade komma i de skärande knivarnas väg. Han hade redan vid flera tillfällen sett skördemaskinen i arbete i Irak, Afghanistan och i Syrien. Det var fruktansvärt. Ingen lämnades orörd och alla kom ut som förlorare. Krig var höjden av människans dårskap och han hade alltid känt det som sin plikt att stå för trygghet i ett samhälle som alltmer kom att präglas av osäkerhet.

När han som ung rekryt hade kommit in vid kustjägarna 2009 hade Ryssland redan haft sitt styrkeprov i Georgien och Vladimir Potemkin hade fått ett kvitto på vad den ryska krigsmakten mäktade med. Därefter hade rustningen påbörjats, men det tog Europa flera år att inse vad som höll på att hända och när ljuset väl gick upp var det på gränsen till försent.

Trigger hade fostrats i en försvarsmakt inriktad på fredsuppehållande åtgärder i tredje världen, snarare än att skydda det egna fosterlandet. När han insett det hade han valt att ansöka till SOG och här var han nu.

De lätta snarkningarna från *Jaden* visade att kvinnan somnat och han kunde inte hålla tillbaka ett leende. Det fanns ingen bättre stridskamrat än hon. Klart att hon skulle klara sig igenom det som väntade. Något annat alternativ fanns inte.

Kapitel 8

Mölltorp
7 km sydväst om Karlsborg
5 maj 2017

Han läste det enda ordet som just anlänt som ett SMS till hans engångstelefon. Sedan plockade han lugnt ur batteriet, petade loss SIM-kortet och bröt det i två delar innan han tog fram ett helt nytt SIM-kort ur plånboken, stoppade det i telefonen och satte tillbaka batteriet.

Först när det var klart tittade löjtnant Victor Dyakov upp på sina män som satt samlade runt honom i den lilla grillen på Järnvägsgatan. De flesta tuggade för fullt medan de tog sig igenom de pizzor som just dukats fram.

"Vi har grönt ljus", sa Dyakov på felfri svenska och de övriga nickade. Ingen behövde fråga vad han menade, alla visste. De tillhörde 16. *Spetsnazbrigaden* och deras uppgift var att slå mot mål som låg på djupet i fiendens land, allt för att skapa oreda och panik, något som skulle försvåra den svenska mobiliseringen.

De var sex högt motiverade män och hade alla erfarenhet från flera av världens konflikthärdar – både de där Ryssland varit officiellt engagerade, men också flera där Kreml ihärdigt förnekade någon som helst inblandning.

Nu slutade de äta och tallrikarna sköts undan. Dyakov slängde en blick på sitt armbandsur och fortsatte.

"Klockan är nu 12:05 och vi ska engagera oss exakt klockan 16:00. Därför utgår vi nu."

Han reste sig upp och männen i hans sällskap följde efter. Utan en blick på personalen lämnade de restaurangen och gick ut till de två hyrda Volvo XC90 som stod parkerade under den gamla eken utanför.

Victor tittade på den röda tegelbyggnaden intill där ordet *Mölletorp* stod med svarta bokstäver mot vit bakgrund och tänkte att det nog var länge sedan det stannat några tåg vid den lilla stationen. Rälsen var borta och man kunde bara svagt ana var den gamla banvallen hade gått fram. Där växte nu mest gräs och sly och människorna var hänvisade till andra färdmedel för att ta sig till eller ifrån orten.

Volvon pep till när sergeant Ovcharenko öppnade dörrarna med nyckelns fjärrkontroll och Victor gled smidigt in på passagerarsätet. Säga vad man ville om svenskarna, men bygga bilar – det kunde de. Sätet var mjuk och formade sig efter hans väl tilltagna muskelmassa. När Ovcharenko backade ut ur parkeringsfickan märktes det knappt att bilen rullade.

Victor svepte mekaniskt av omgivningen, letade efter mönster som inte borde finnas där och som skulle kunna skvallra om att de var iakttagna. På andra sidan korsningen låg det en liten ICA-butik som även tjänade som bensinmack. Några ortsbor rörde sig på parkeringen och en gammal SAAB-kombi fyllde just tanken. Ingen tittade åt deras håll.

På deras sida gatan låg en busshållplats. Ett par skabbigt klädda tonåringar stod och väntade på transport medan en gammal pensionär med rollator sakta passerade framför dem. Allt verkade lugnt och den ökade militära aktiviteten märktes inte av där de var just nu.

Ovcharenko tittade på löjtnanten som nickade jakande på den outtalade frågan.

"Vi besöker rävgrytet först och kontrollerar utrustningen."

Sergeanten la i ettan och bilen rullade ut på järnvägsgatan, tätt följd av den andra, identiskt lika, Volvon.

Rävgrytet var i själva verket en i förväg inköpt sommarstuga som låg ensligt belägen invid Kopparsjöns strand. Det var en svensk, nyttig idiot, som med hjälp av GRU hade köpt sommarstugan två år tidigare och nästan genast hade man börjat föra in vapen och ammunition i TIR-märkta ryska lastbilar. Vapnen och ammunitionen hade sedan omsorgsfullt lagrats i sommarstugans källare. Källardörren hade kamouflerats till en vägg så att ingen full idiot som eventuellt gjorde ett inbrott skulle snubbla över arsenalen av vapen, tillräckligt för att förse ett regemente med eldkraft till att kunna föra krig i en vecka utan problem.

Dyakov och hans män hade vid flera tillfällen besökt sommarstugan och rekat omgivningarna. De kände därför till terrängen som de skulle verka i lika bra som sin egen bakgård.

Inget fick gå fel.

Gjorde det ändå det så var det ingen idé att de återvände till Ryssland. Då var det lika bra att dö i strid – därav den höga motivationen.

Volvon passerade Kyrkvägen och körde in på Skolgatan som försvann in i skogen efter att ha passerat Furugården. En knapp kilometer längre fram svängde bilarna in på en liten skogsväg som inte fanns med på kartan. Vägen var egentligen inte något annat än två hjulspår som ledde fram till stugan efter att ha passerat under en kraftledningsgata.

Den lilla röda stugan med sina vita knutar hade antagligen en gång i tiden varit ett soldattorp, men tjänade nu som en tillfällig retreat för den som ville leva enkelt. Vatten och avlopp saknades helt, liksom elektrisk ström. Det var braskamin som gällde och vattnet hämtade man i en handvevad pump på gårdsplanen. På baksidan och inom lämpligt avstånd från huset, låg ett utedass. Det hela var så pittoreskt svenskt som det bara kunde bli och Dyakov tyckte att det var perfekt.

Stugan var ingen Datja med ryska mått mätt och lämnade en del övrig att önska vad gällde komforten och visst - de kunde inte skjuta in sina vapen här utan att dra till sig oönskad uppmärksamhet, men i övrigt var det ingen som störde.

De båda bilarna parkerade på den minimala gräsplanen framför stugans enda dörr och Dyakov klev ur, blev stående stilla för att lyssna och känna av omgivningen, men inget verkade vara annorlunda.

Han vände sig mot en av männen och sa.

"Zimyatov. Du vaktar infarten. Ni andra. Stugan."

Ilja Zimyatov nickade och lyfte ut en sportbag ur Volvons bagagerum. Sedan försvann han ner mellan träden för att se till att det övriga sällskapet inte överraskades av någon tokig turist eller nitisk polis som valde helt fel tillfälle att undersöka den avsides belägna platsen.

Stugan var byggd på en torpargrund av grovt tillyxade stenar. Från början hade där inte funnits någon källare, den hade tillkommit på 1960- talet när platsen under några år förärades att få härbergera ett hippiekollektiv som behövde ha en sval plats att förvara sin mat. Den jordkällare som en gång funnits hade sedan länge störtat samman och de glatt pårökta ungdomarna grävde därför ut en liten, men yteffektiv källare under huset. Det skedde genom att de slet upp golvet i storstugan och sedan resolut flyttade ett antal kubikmeter jord, sten och rötter med handkraft innan de gjöt ett golv och murade upp lecablock till väggar. Därefter la de på ett nytt golv och lät den enkla trätrappan mynna i en gammal garderob.

När männen nu gick lös på den falska väggen kom den gamla garderoben fram och sedan den svarta öppningen ner i den sex kvadratmeter stora källaren som var så låg att man var tvungen att gå framåtlutad där nere för att inte slå huvudet i taket. Victor tände ficklampan och gick försiktigt ned för den branta trappan.

Väl ner i den fuktiga källaren lät han ljuset svepa över de vattentäta lådorna som innehöll vapnen. Allt såg ut som han mindes det och han ropade därför till de andra att börja lasta upp allt till storstugan.

Det tog en halvtimme att tömma det lilla utrymmet och klockan var nu halv två. De hade två och en halv timme på sig att bli klara och ta sig till målet. Det skulle de hinna. Alla vapen var infettade och i perfekt skick när de lastade in dem i bilarna.

Snart skulle svenskarna få sig en obehaglig överraskning.

Kapitel 9

Den elektroniska plotten visade inget drömscenario när överste John Ekroth tittade på den. Den röda färgen – som visade fientliga styrkor – utklassade den blå – egna eller vänskapliga styrkor – med hästlängder. Han vände sig mot *Trigger* och *Jaden* som stod bakom honom, nu iklädda sina spräckliga fältuniformer av modellen NCU standard. Modellen hade ännu inte kavlats ut, men fanns på prov för fältmässiga tester och skulle på sikt ersätta den gamla m/90 uniformen.

"Fi har ett fältmässigt övertag på ett par hundratusen man, plus flyg, pansar, marina enheter med mera. Vi och finnarna kan initialt skrapa ihop mindre än hundratusen soldater – mer om vi får några veckor på oss."

"Jag tycker inte om att ÖB avvaktar rött läge."

Ekroth tittade på *Jaden* som sög in underläppen och tuggade nervöst på den medan hon studerade plotten.

"Det gör inte jag heller", svarade han bistert. "Men vi gör vårt bästa med det vi har. IE1, Team *Fire,* har utgått till Stockholm för att ta över livvaktsskyddet kring statsministern och ÖB medan IE1, Team *Sandman,* snart ska till Gotland där vi förväntar oss den första anfallsvågen."

"Och vi två?"

"Du *Trigger* står i het stand-by för *special op* enligt tidigare order. *Jaden* kommer från och med nu ansvara för IE2, Team *Lucas.*"

"Vad har hänt med *Lucas*?"

"Blindtarmsinflammation. Åkte in på akuten igår morse, så han är borta ett tag."

Jaden tog några steg närmare den elektroniska skärmen och tittade på de kraftiga, röda pilarna som utgick från Kaliningrad och Sankt Petersburg. De slutade vid Gotland och över Stockholm. Hon läste på truppslagen som stod med svart text i allt det röda.

"Är vi säkra på att vi ställs inför de här trupperna?"

"Troligt är att de sätter in en kombination av VDV från luften och *Spetsnaz* via havet för att ta Gotland, ja."

"Gröngölingarna på Gotland har inte en chans. VDV kommer att skära som en lie genom de där nya. De flesta slutade väl skolan förra året?"

"Det finns yrkessoldater bland dem." Ekroth lät inte helt säker på rösten och *Jaden* vände sig om från plotten och såg honom i ögonen.

"Det finns drygt femtusen svenska soldater på Gotland. I nuläget är noll av dem från SOG, fyrahundra är yrkesofficerare från andra vapenslag. Återstår knappt femtusen killar och tjejer vars främsta stridserfarenhet förmodligen kommer från *World Of Warcraft, Counter Strike* och liknande. Hur mycket *Direct Action* har de övat?"

"Ingen alls, om du menar med skarp ammunition."

"De har med andra ord bara teori bakom sig. När skulle *Direct Action*-övningarna dra igång? På slutövningen?"

Ekroth nickade. *Jaden* hade rätt. Det skulle bli höga förluster och de skulle nog initialt förlora åtminstone Visby, kanske också Slite.

"Snälla, säg att vi åtminstone har FMSF på Gotland."

"Tyvärr. ÖB bedömde behovet större i Stockholm. Att jag skickar IE1 i form av tolv man Team *Sandman* till Gotland är något jag gör på eget bevåg. ÖB har inte gett den ordern."

Jaden sa inget, men suckade uppgivet. *Trigger* klappade henne på axeln, väl medveten om att hon i detta nu föreställde sig den blystorm som skulle drabba de oförberedda soldaterna i Gotlandsbrigaden.

"Något om min *special op*?"

"Inget. Kriget har inte startat än. Vi får avvakta och se. Hur är det med axeln?"

Trigger sträckte på sig, spände bröstmusklerna och rullade med axlarna innan han svarade.

"Med tanke på skadan så är det bra. Stramar lite ibland, men inget som hindrar mig."

"Bra, för vi kommer att behöva dig och varenda tillgänglig operatör. Jag vill att du medföljer Team *Jaden*, före detta Team *Lucas*. Ni ska vakta transformatorstationen vid Klevaberget. Den förser hela Karlsborg med ström och är ett primärt mål för sabotagegrupper. Just nu hålls området av Husarerna, men de har andra uppgifter. Du blir *overwatch*. Frågor på det?"

***

Området kring transformatorstationen var avverkat och lämnade god sikt.

En grusväg gick fram till det tre meter höga, taggtrådskrönta nätstängslet som effektivt höll äventyrslystna tonåringar ute, men knappast högt motiverade elitsoldater. Ett kraftigt hänglås höll grindarna låsta, men en vanlig bultsax skulle göra processen kort med själva stängslet. På andra sidan grinden låg en liten röd trästuga med svarta knutar, byggd på plintar som lämnade en öppen krypgrund under byggnaden. En metalltrappa ledde upp till en intetsägande dörr. Fyra fönster, som alla vette inåt anläggning, tillät vem eller vilka det än var som normalt vistades i stugan att titta ut över området.

Bakom transformatorstationen höjde sig Klevaberget ur skogen, etthundratjugo meter över omgivningen och helst skulle *Trigger* ha velat fatta posto på bergets höga sluttning, men då skulle han hamna i den blinda zonen och inte ha koll över målområdet. Därför hade han efter viss tvekan valt ett ganska nyuppfört jakttorn som låg precis i skärningen mellan skogen och den avverkade, fria ytan runt målet.

Med snabbt avskurna grenar från omgivande granar hade han maskerat tornet för att det inte skulle bli alltför uppenbart och med uppspända kamouflagenät, som ytterligare suddade ut den karakteristiska, kantiga formen, hade han sig ett näste som skulle skydda fram till dess att första skottet föll.

Trigger hyste ingen illusion om att få iväg mer än max tre skott innan *Spetsnaz* hade listat ut varifrån elden kom och därför hade han sparkat ut plankorna som på tre sidor kapslade in plattformen och därmed skapat sig en flyktväg bakåt.

En bred kraftledningsgata ledde fram till anläggningen från väster och fortsatte sedan vidare in mot Karlsborg i öster. Det gick nästan att känna den sprakande elektriciteten i luften som fick de små håren på armarna och i nacken att resa sig.

Trigger andades lugnt och rättade till Ghillie-dräkten. För det här uppdraget hade han valt den mindre och lättare Psg-90 framför den tyngre AG-90. 7,62 millimeter helmantlad ammunition med mjuk blykärna skulle vara lika effektiv som den pansarbrytande 12,7 millimeterskulan som avlossades av det större geväret.

Lugnt spanade han ut över kalhygget. På andra sidan, femhundrasexton meter bort enligt avståndsmätaren, låg ett enormt flyttblock som inlandsisen hade lämnat kvar för tiotusen år sedan. Trigger tittade mot blocket genom sitt kraftiga kikarsikte och såg räfflorna där sten skavt mot sten för så många årtusenden sedan. Nu var det mesta dolt under ett tjockt lager grå-grön mossa.

Utan att röra sig för mycket sög han in plaströret från vattensäcken på ryggen mellan läpparna och tog två klunkar av det ljumna vattnet.

Allt var lugnt. En kråkfågel flög kraxande över området och en svag, västlig vind susade i trädtopparna. Utan att behöva titta på klockan visste han att den snart var fyra på eftermiddagen den 5 maj 2017.

"Silo till *Trigger."*

Ljudet av spanarens röst hördes tydligt i hans aktiva hörselskydd och lugnt svarade han.

"Overwatch!"

"Rörelser i skogen. Flera man i civilt kamouflage. Automatvapen och stora ryggsäckar. Kom"

"Det är uppfattat. Identitet? Är det våra grabbar?"

"Svar nej. Det är inte någon av våra."

"Jaden från Overwatch. Hör du detta?"

"Jag hör. Vi är beredda."

Trigger svängde sakta över pipan åt det håll som fienden förväntades komma ifrån. När han tittade i kikarsiktet hade han en tydlig bild av området. Nu gällde det bara att invänta måltavlorna.

Någonstans bakom honom hördes det rappa ljudet från ett automatvapen. *Triggers* tränade öra uppfattade att det varken var en svensk AK eller ett vapen från tyska Heckler & Koch som flera i gruppen använde sig av.

"Det där var en rysk AK-107", mumlade han tyst i mikrofonen.

Kapitel 10

Grustäkt intill väg 49
Kleven, Karlsborg
5 maj 2017

Victor Dyakov klev ur bilen och såg sig misstänksamt omkring. De två Volvobilarna hade kört av länsväg 49 och in till något som såg ut som en grustäkt. Vägen hade varit spärrad av ett stängsel och två grindar med det hade inte varit någon konst att klippa upp det kraftiga hänglåset, köra in bilarna och sedan stänga efter sig igen. Det låg två röda byggnader med plåttak på området. Den ena var en kombinerad maskinhall och garage medan den andra byggnaden tjänade som arbetarnas barack. De hade parkerat bägge bilarna bakom maskinhallen och satt ett nytt hänglås på grinden. Ingen skulle veta att de var här.

Dyakov öppnade bakluckan på Volvon och började lyfta ur de svarta ryggsäckarna som var och en rymde femtiofem liter packning. De var fyllda till bristningsgränsen med sprängmedel – amerikanska arméns C4 och med amerikanska ID taggar – samt ammunition. Varje säck vägde närmare femtio kilo, men ingen av männen klagade. Det här var det som de tränat för hela livet och de hade gått många marscher under både stekande sol och bitande köld med lika tunga, eller tyngre, ryggsäckar.

Han tog sin AK-107. Kalibern var 5,56 x 39 millimeter, med trettio patroner i magasinet. Till skillnad mot Natoammunitionen med samma kaliber var den ryska hylsan mindre – endast 39 millimeter lång mot Natos 45 millimeter. Lägre vikt betydde möjlighet att bära med sig mer ammunition.

Dyakov ställde sig vid maskinhallens knut och tittade ner mot fyrtionian som låg bortom träden – sly och kanske trettio år gamla tallar. Han lyfte vapnet och tittade genom rödpunktsiktet. Allt verkade vara okej.

Snabbt kontrollerade han att granatkastartillsatsen fungerade och laddade sedan med en fyrtiomillimeters granat innan han med van hand tog loss magasinet och synade pipan. När han var nöjd satte han tillbaka magasinet och säkrade upp slutstycket. Männen under hans befäl hade just gjort en liknande kontroll av sina vapen.

Makarovpistolen i hölstret hade han inspekterat i bilen och visste att den var i topptrim. Nöjd med situationen gick han bort till bilarna där männen väntade. Lugnt såg han på dem. Alla visste vad de skulle göra och inga fler order behövde ges. Fiendens strömförsörjning till hela Karlsborgs militärdistrikt flöt igenom denna transformatorstation och när de var klara skulle det helst inte gå att återställa inom överskådlig tid.

Att de skulle stöta på motstånd betvivlade han inte. Det vore tjänstefel av de svenska militärerna att inte skydda detta objekt, men han hyste inga tvivel om att de skulle kunna nedkämpa hotet.

"Sambandskontroll."

Zimyatov nickade och sa i sin mikrofon.

"Röd etta, klar."

Ovcharenko sa sedan direkt.

"Blå etta klar."

Därefter följde röd tvåa, röd trea samt blå tvåa och trea. När samtliga sex soldater hade kontrollerat att de kunde höra varandra gick de skilda vägar. Röd grupp skulle gå över gropen och sedan 156 meter genom den glesa barrskogen till dess de kom fram till en grusväg som ledde till målet. Blå grupp skulle ta en sydligare kurs och närma sig målet bakifrån. Dyakov själv skulle ta rygg på Röd grupp som back-up i fall det mot förmodan skulle skita sig.

Om svenskarna hade satt husarerna till att vakta kraftstationen skulle det inte bli några problem, men om de där förbannade specialsoldaterna i SOG vaktade blev läget ett helt annat.

Deras träning och utbildning var likartad, men ryska *Spetsnaz* hade aldrig kunnat mäta sig i fält med svenskarna och han visste därför inte hur de var att möta i strid.

Oavsett vad befälen hemma i Ryssland sa om vankelmodiga svenskar så hade han den djupaste respekt för deras specialsoldater som hade visat vad de gick för på sätt som svenska folket inte hade en aning om.

Daesh anfall och totala förlust föregående år i Irak var redan vittomtalat. Där hade svenska jägarsoldater, samt ett fåtal av deras specialsoldater från SOG, inte bara hållit stånd mot en överlägsen numerär, utan även besegrat dem i något som mest liknat en slakt. Man fick aldrig underskatta fienden, något som varje rysk soldat fått lära sig den hårda vägen i Afghanistan.

Röd grupp nådde fram till skogsbrynet. Rent instinktivt spanade Dyakov av himlen, men det enda som flög där var några fåglar som seglade på de ljumma upp-vindarna.

"Röd etta. Har du riktningen?"

"Ja chefen. Vi har vägen hundrafemtio meter öster om oss."

Dyakov andades djupt. Ryggsäcken hängde som en blytyngd på ryggen och han justerade en rem som skavde. Sedan la han tillbaka vapnet i en position som var vilsam, men samtidigt tillät honom att få upp det för att kunna skjuta på kortare tid än ett andetag.

Operatörerna vandrade lugnt fram genom skogen med åtta meters lucka i en gles linje. Emellanåt var de avskilda från varandra av skogens träd, men alla visste att kamraterna fanns där. Ingen av dem noterade en liten upphöjning, knappt större än en murken trädstam.

Victor Dyakov passerade mindre än tre meter från upphöjningen som plötsligt började röra lätt på sig när männen gått förbi. Ett kamouflagemålat ansikte höjdes och två bistra ögon betraktade operatörernas ryggar när de försvann bort.

Silo rapporterade in vad han sett och började sedan försiktigt förfölja den förmodade fienden efter att ha kontrollerat att det inte fanns några eftersläntrare.

***

Samtidigt hade Grupp Blå förflyttat sig med betydligt högre hastighet för att nå fram i tid till sin förutbestämda plats söder om målet. Nu hade även de passerat en bit in i skogen och därmed också sänkt takten i framryckningen.

Blå etta stannade och sa viskande i sin strupmikrofon.

"Femtio meter till målet. Håll utkik efter fiendens soldater."

Det klickade till i hörsnäckan när övriga bekräftade ordern genom att trycka en gång på sändarknappen. Ovcharenko log. Svenskarna var naiva som barn. De hade levt i sin trygga bubbla i mer än tvåhundra år och trodde att krig var något som drabbade andra, inte dem. I morgon vid den här tiden skulle de allra flesta i detta land ha tänkt om.

Han tog två steg innan foten fastnade i en rot som grävts fram av något djur. Ovcharenko kände hur roten högg till om foten och det slog tvärstopp, något som dock inte gällde överkroppen där femtio kilo ryggsäck dessutom tillförde en ansenlig massa som gärna ville fortsätta framåt. Resultatet blev att han föll raklång i lingonriset och slog i marken med en dov duns.

Tyst svor han några svavelosande ryska ramsor och tittade upp. Rakt framför honom, och på samma nivå som han, syntes ett par ögon som iakttog honom. Innan han hunnit fatta vad det var som hände såg han en suddig rörelse i utkanten av sitt synfält och sedan kändes det som om en lans av glödgat stål trängt in i tinningen på honom. Sekunden senare slocknade ljuset, han föll ihop och blev liggande livlös.

Den svenska operatören svor inga ramsor, men beklagade att ryssen hade valt att stupa i backen rakt på honom. Upptäckten i detta ögonblick var oundviklig och han hade därför snabbt dragit sin kniv och stött in den i hjärnan, genom kraniet, innan ryssen fick en chans att varsko sina kamrater.

Mjolner reste sig sakta och tog upp ryssens vapen, en AK-107 såg han direkt. Hans egen AK5 hängde i sin slinga runt nacken. Utan att fundera tog han loss magasinet och gjorde patron ur innan han försiktigt gick fram mellan träden. Magasinet kastade han ifrån sig i samma stund som det hackande ljudet från en Kalasjnikov ekade mellan stammarna.

Något slog med full kraft in i västen och tryckte honom bakåt. *Mjolner* kände hur han förlorade balansen när nästa kula träffade honom i halsen och slet upp pulsådern. Förtvivlat försökte han stoppa fontänen av blod med sina bara händer, men det var lönlöst.

Nu hördes även ljudet från en kulspruta som öppnade eld från Betagruppens eldställning. Striden hade börjat.

Kapitel 11

Kulsprutan dunkade igång och *Jaden* tryckte sig omedvetet djupare ner mot marken, samtidigt som hon slängde ett öga snett upp mot *Triggers* plats i tornet. Svagt kunde hon ana den kamouflerade pipan på prickskyttegeväret som stack fram mellan granruskorna, men än hade han inte öppnat eld.

Försiktigt spanade hon in mot skogen, väl medveten om att hennes egen Ghillie-dräkt gjorde henne i princip osynlig där hon låg på marken bakom en 40 centimeter hög och 80 centimeter bred sten. Kulsprutans spårljus ritade fosforvita streck som jagade över kalhygget och in i skogen. *Jaden* fick en vision av att hon var rebellsoldat som höll tillbaka Imperiets framryckande stormtrupper, men släppte tanken när hon genom sitt rödpunktsikte såg huvudet på en främmande soldat som höll i ett svart och hotfullt vapen. Det var ingen vitklädd stormsoldat utan en mycket realistisk fiende som med stor noggrannhet tog sikte på kulsprutans personal.

"Det är inte din dag idag", sa hon tyst för sig själv och kramade av ett enkelskott. Huvudet rycktes undan och fienden föll. Snabbt rullade *Jaden* i skydd bakom stenen, samtidigt som ilskna bålgetingar slet loss stenflisor som yrde omkring.

"Overwatch. Ser du skytten?"

"Jag ser honom", löd det korta svaret.

Ett skott hördes och AK-107:an tystnade.

"Tack."

"Var så god", hon kunde höra hur han flinade i andra änden.

Något visslade genom luften och *Jaden* hann tänka att minst en av fiendens operatörer hade en granatkastartillsats på sitt vapen, sen detonerade en första laddning nästan mitt i prick på kulsprutan som omedelbart tystnade.

"*Sully* och *Loke* nere", rösten i hörlurarna tillhörde utan tvivel *Fox*.

Hon svor, reste sig och sprang hukande i skydd. Bakom henne detonerade ännu en granat och tryckvågen träffade *Jaden* i ryggen med en kraft som handlöst kastade omkull henne.

"*Jaden*. Är du skadad?"

Hon noterade bitonen av ängslan i *Triggers* röst.

"Jag är okej", flämtade hon. "Såg du var granaten kom ifrån?"

"Jag ser honom."

***

Han såg *Jaden* slungas framåt av tyngden i detonationens tryckvåg och ropade ängsligt över radion för att kontrollera att hon var okej.

Hennes svar kom omgående. Hon mådde bra.

"Såg du var granaten kom ifrån?"

"Jag ser honom", svarade han stilla. *Trigger* hade till slut hittat målet. Den fientliga operatören stod strax till höger om det stora klippblocket på kalhyggets andra sida. Han svängde över pipan och lät kikarsiktet svepa över terrängen. Där var målet.

Sidvinden låg på från väster med sex sekundmeters styrka. Målet var säkert verifierat i siktet på femhundrasexton meters avstånd. *Trigger* drog in luft i lungorna, kontrollerade kikarsiktets inställning på tvåhundra meter i grund och siktade sedan tre knaster upp och sex knaster åt vänster innan han i en utandning lugnt kramade av skottet.

Fienden föll bakåt och *Trigger* drog åt sig geväret. Dags att överge eldställningen. De överlevande *Spetsnaz* skulle vid det här laget förstå var krypskytten som prickade dem befann sig.

Smidigt ålade han sig bakåt och gled över plattformens kant. Mjukt som en katt landade han i det tjocka lingonriset på marken och tog snabbt skydd bakom en yvig gran.

"Du är rätt vig för en kille i din storlek."

Jaden slöt upp intill honom, samtidigt som hon mekaniskt kontrollerade hans Ghillie i jakt på skador, men fann till sin glädje inga avslöjande röda spår.

"Hur många har vi nerkämpat och hur många är det kvar?"

"Du har knäppt två, jag en och ksp-omgången fick en. Det är fyra bekräftade segrar. Skulle tro att det var sex till åtta man på två omgångar. Huvuddelen är alltså bekämpad."

"Egna förluster?"

"*Sully* och *Loke* och sedan får jag inget svar från *Mjolner*. Det betyder minst tre egna förluster."

På andra sidan transformatorstationen öppnades det åter eld. Det hade varit tyst i ett par minuter, men den första skottsalvan besvarades omedelbart av knattret från en HK417 från Heckler & Koch.

"*Funny* verkar i alla fall fortfarande vara med i leken", log *Trigger* svagt när han hörde det bekanta ljudet från den tunga automatkarbinen med sin kaliber på 7,62 millimeter.

Jaden nickade och knackade sedan på sina kåpor innan hon svor ilsket.

"Min radio har lagt av. Måste ha hänt när jag träffades av stötvågen."

"Vi får leva med det. Nu måste vi bekräfta att våra nedkämpade mål verkligen är utslagna."

De båda operatörerna rörde sig in i skogen.

***

Det kändes som en hästspark i överdelen av bröstkorgen och Victor Dyakov slängdes handlöst bakåt. Hans vapen försvann i riset när han landade på rygg med en tung duns. Världen svartnade framför hans blick och det gjorde ont att andas.

Med pipande luftrör försökte han få ner syre i sina plågade lungor, samtidigt som han kände att kroppen ville glida bort i medvetslöshet. Det var med en kraftansträngning som han höll sig kvar vid medvetande.

För tillfället var han förlamad. Musklerna vägrade lyda order och han kunde inte röra sig där han låg. Skottet hade träffat honom rakt över bröstbenet, högt upp på skyddsvästens keramplatta som plattat till kulan till en ofarlig blyklump. Hade han inte haft tilläggsskyddet i västen hade den helmantalade kulan trängt in i kroppen och dödat honom ögonblickligen.

Sakta började musklerna lyda honom igen. Försiktigt trevade han över bröstet och hittade var kulan träffat. Kraften i anslaget hade slitit sönder västens kevlarskydd och bucklat plattan under. Flämtande spottade han blod innan han slutligen lyckades sätta sig upp.

Avlägset hörde han ljuden från en pågående eldstrid, men i hans omedelbara närhet var det tyst. Inte ens surrandet från insekter hördes då naturen tvärstannat för att söka skydd inför människans våldsamhet.

Det prasslade i undervegetationen.

Dyakov vred på huvudet och såg en vandrande komposthög materialisera sig från skuggorna under barrträden. Ett hårt kamouflerat ansikte stirrade på honom och han tittade tillbaka, rakt in i mynningen på en automatkarbin som höjdes och pekade mot hans ansikte.

"Tjort!"

Något träffade honom hårt i huvudet och Dyakov stupade på nytt omkull i riset. Den här gången förblev han liggande.

Kapitel 12

Karlsborgs garnison
Karlsborg, Västergötland
Tidigt på morgonen, 6 maj 2017

Den tunga dörren till cellen öppnades och Dyakov blinkade mot ljuset. En bister major i en kamouflageuniform av främmande snitt, men med svenska förbandstecken, steg in och ställde sig vid sidan av dörren.

"Kom med här! Dags för dig att svara på några frågor." Ordern hade uttalats på felfri ryska och Dyakov ryckte till innan han buttert svarade på sitt eget tungomål.

"Och om jag vägrar?"

"Då har vi ingen användning av dig. Dina landsmän anföll Sverige i en oprovocerad attack sent igår eftermiddag och i och med det är Sverige nu officiellt i krig med Ryssland. Eftersom ni uppträtt i civila kläder, med militär utrustning på svenskt territorium under krigstid, kan vi döma dig efter krigslagarna. För min del betyder det en kula och sedan rapporterar vi uppåt att ingen av fiendens operatörer överlevde sabotageförsöket."

"Ni är svenskar. Ni avrättar inte folk."

"Fel. Vi är Särskilda Operationsgruppen. Vi eliminerar fiender och sedan igår kväll tillhör du fienden. Valet är ditt. Samarbeta och du lever för att utväxlas när kriget är slut. Vägra, och du hamnar i en svart säck."

Ännu en soldat klev in i cellen. Det här var ingen major utan en underofficer som bar en HK417 D12 med 305 millimeters pipa i en slinga runt nacken. Mannen höll ledigt det trubbiga vapnet framför sig och det var ingen tvekan om att han – om majoren gav ordern – skulle fungera som bödel. Dyakov hade sett blicken förr hos män som var bistert beslutsamma att göra vad som krävdes för att lösa en uppgift. Något som helt säkert även gällde att avrätta anonyma ryska soldater utan förbandsbeteckningar. Uppgivet slog han ut med armarna och majoren log ett humorbefriat leende.

"Klokt beslut."

Dyakov försågs med handfängsel och fick en svart huva trädd över huvudet innan en grov hand grep tag om hans arm och mer släpade än ledde honom ut ur cellen. Tyst räknade han hur många steg han tog och i vilken riktning han leddes när de kom ut.

Efter trettionio steg stannade de till och han hörde nycklar i ett lås innan en dörr öppnades och han tog ytterligare fyra steg innan han stoppades. Dörren låstes bakom dem, sedan gick de åt vänster, fyrtioen steg, ny dörr innan han trycktes ner i en stol. Huvan slets bort och han försökte titta på personen som satt på andra sidan bordet. En stark lampa lös honom rakt i ansiktet och gjorde det svårt att se annat än den andres kontur.

"Välkommen löjtnant Victor Dyakov av 16. Spetsnazbrigaden."

Dessa ord uttalades på svenska, men med en brytning som förde tankarna till mellanöstern. Dyakov fick en iskall klump i magen när han insåg varifrån förhörsledaren förmodligen kom.

"Låt mig presentera mig själv. Jag heter Zvi Shiloah och jag kommer ursprungligen från israeliska *ha-Mossad le-Modiin ule-Tafkidim Meyuhadim*, Mossad eller Institutet för underrättelser och särskilda operationer. Du har kanske hört talas om oss." De sista orden uttalades med en mjuk sarkasm eftersom det var mer ett påstående än en fråga.

"Vad gör en Mossadagent i Sverige?" Dyakov sa detta på ryska och Zvi växlade utan problem språk.

"Jag är svensk medborgare sedan nästan tio år. Jag fick fly hit efter en misslyckad operation och svenska staten var vänlig nog att inte bara rädda mitt liv och ge mig en ny framtid. De erbjöd mig även en anställning där jag kunde fortsätta göra samma saker som jag gjort så bra hemma, åtminstone fram till det där lilla missödet vill säga. Kort sagt. Jag står i tacksamhetsskuld till det land som ni valt att anfalla och översten har gett mig fria händer vad gäller att förhöra dig." Mannen skrockade som om orden han använt varit särskilt lustiga. "Jag tänkte ge dig ett erbjudande att snacka innan jag tar till övertalning."

"Ledsen, men jag behöver nog övertalas."

"Jag trodde nog det."

Den svarta huvan träddes åter över huvudet innan han slets upp på fötter. Något fästes i kedjan till handbojorna, sedan rycktes armarna upp över huvudet och han hissades mot taket. Först när han stod på tå slutade man hissa upp honom. Rösten med den sjungande dialekten skrattade och sa sedan.

"Jag går ut ett tag medan mina män mjukar upp dig."

En dörr stängdes och Dyakov ansträngde sig för att inte börja hyperventilera. Det första slaget träffade honom hårt på baksidan av vänster lår. Det snärtade till när gummibatongen landade och nästa slag lät inte vänta på sig. Snart haglade skurar av slag över honom och tillslut kunde han inte hålla tillbaka sina vrål av smärta.

***

Mannen som uppgav sig heta Zvi Shiloah lyssnade till tjuten som svagt trängde ut genom den stängda dörren, sedan vände han sig om mot den bistra majoren och sa.

"*Spetsnaz* är tränade att utstå tortyr. Vi får se hur mycket vår kille där inne känner att han klarar av."

"Jag var med och förhörde en rysk ubåtskapten i oktober 2014", muttrade majoren. "Han bröt ihop på mindre än fyrtioåtta timmar."

Shiloah höjde ena ögonbrynet i en Spock-liknande grimas, skrattade och sa:

"En ubåtskapten säger du, och han höll ut i två dygn. Segt virke i den kaptenen. Hur mådde han efteråt?"

"Ett vrak. Han satt i svenskt fängelse till i början av förra året. Vad som hände med honom sedan vet jag inte."

Den forne Mossadagenten slängde en blick mot celldörren där skriken fortfarande ekade.

"Jag skulle helst vilja att den där typen snackar lite fortare än din ubåtskapten, major. Om två dygn kan det här kriget vara över och då är även Sveriges öde beseglat. Vi behöver veta det han vet och då tänker jag mig lite hårdare tag. Har ni något problem med det?"

Majoren mötte hans blick utan att blinka.

"Inte det minsta problem. För min del får du gärna göra hundmat av honom."

"Det kanske blir så till slut."

Kapitel 13

Dimmigt noterade Dyakov att dörren öppnades, sedan hördes Zvi Shiloahs röst som sa åt vakterna att sluta slå med gummibatongerna innan han vände sig till Dyakov.

"Nå. Vill du berätta det jag vill veta?"

Dyakov spottade blod inne i huvan och kände den metalliska smaken i munnen. Flera av slagen hade riktats mot sidan av huvudet. Inte tillräckligt hårt för att göra honom medvetslös, men hårt nog för att slå loss tänder och få det att ringa i öronen. Axlarna värkte något infernaliskt efter det att tårna förlorat kontakten med golvet. Han sluddrade något på rösten när han svarade.

"Dra åt helvete!"

"Tråkig attityd, men inte oväntad. Gör honom klar för bordet."

Ett metalliskt ljud hördes och kedjan som hissat honom mot taket släppte. Dyakov föll ihop på golvet. Pannan slog emot naken betong. Han såg stjärnor innanför sina slutna ögonlock och ville bara få glida bort i medvetslöshet, men två par händer slet omedelbart upp honom på fötter och kastade ner honom på en skiva av rostfritt stål. Armarna bändes upp över huvudet och låstes fast samtidigt som någon pressade ner hans ben mot skivan. Zvis röst hördes alldeles intill hans öra.

"De gamla kineserna hade stora kunskaper i att förhöra folk och deras metoder har gått i arv genom generationerna. Just den här metoden kallas för vattentortyr. Jag har hört att den är fruktansvärd för den som utsätts."

Rösten skrockade och Dyakov kände hur hans huvud fixerades av två starka händer som böjde skallen bakåt och sekunden därpå träffades huvan över hans ansikte av en vattenstråle. Vattnet trängde in genom näsan och rann bakåt genom luftrören. All syreupptagning blockerades och det brände som eld. När vattnet till slut upphörde försökte han i panik att dra ner luft i sina plågade lungor, men smärtan hindrade honom och sedan kom vattnet tillbaka. Det kändes som en evighet innan han restes upp till halvsittande läge. Någon stödde honom och Dyakov fräste och kippade efter syre. Hjärnan var precis på gränsen till att stänga av och allt han kände var en brinnande smärta och ett lika brinnande behov av att få andas. Den våta huvan klibbade mot ansiktet och för varje andetag han tog sög han även i sig mer vatten. Skallen sprängde, det gick runt för honom. Förtvivlat försökte han ruska på huvudet för att bli kvitt den förbannade luvan vars våta tyg hindrade honom från att få det syre som han så förtvivlat behövde.

"Kan vi prata nu?"

"Sug min kuk din djävul."

"Som du vill, fast jag har nog tänkt mig något som är lite mindre njutbart."

Dyakov tingades på nytt ner på den rostfria bänkskivan medan hans byxor slets av honom. När han var naken på underkroppen togs huvan bort och han kunde äntligen dra ner ett friskt andetag i lungorna. Sedan tittade han upp på förhörsledaren som lugnt mötte hans blick.

"Det här kommer att göra ont. För varje gång som du vägrar svara på mina frågor kommer det att göra lite mer ont och till slut kommer det att göra så ont att du ber mig om att döda dig. När vi kommer dit ... då ökar smärtan ännu mer."

Dörren till cellen öppnades och in kom en kvinna i medelåldern. Hennes runda ansikte betraktade Dyakov med samma intresse som hon förmodligen skulle ha gjort hos slaktaren när hon valde kött. I ena handen bar hon en enkel väska.

"Jag vill presentera dig för Lena. Hon är en av mina personliga favoriter bland de förhörsledare som jobbar på TolkS. Lena tycker mycket om att göra män illa eftersom hon hatar det manliga släktet.

Hon blev utnyttjad som barn och har inte riktigt kommit över det ännu.

En av hennes metoder är att värma upp nålar som hon sedan använder mot vissa kroppsorgan som absolut inte är, ska vi säga: Kompatibla med stål och värme. Om du överlever, och jag vill verkligen poängtera ordet *om*, så kommer du aldrig att kunna bli pappa efter det här."

Lena, eller vad hon nu kunde tänkas heta, ställde ner väskan på ett kantstött och repigt bord som stod upptryckt mot ena väggen. Hon började med att fiska upp en bunsenbrännare med tillhörande gasflaska som hon kopplade ihop och tände lågan.

Därefter kom ett par decimeterlånga nålar fram. Kvinnan vred och vände teatraliskt på nålarna och tycktes betrakta dem ur alla vinklar innan hon lade ner dem på bordet intill brännaren. Därefter fiskade hon upp ett par flamsäkra handskar som hon drog på sig och började sedan värma nålarna över den öppna lågan.

"Vill du berätta något för mig så är tiden nu. När Lena går igång brukar hon vara svår att stoppa och smärtan är större än någon kan stå ut med. I Mossad prövade vi den här metoden vid åtskilliga tillfällen och ingen – jag repeterar – *ingen* fortsatte tiga någon längre stund!"

"Far åt helvete!"

"Skyll dig själv. Han är din Lena. Bara att köra."

Kvinnan vände sig om och log nu ett glädjelöst leende, samtidigt som hon höll upp den glödgade nålen. Dyakov kunde inte släppa den med blicken när hon närmade sig. De två hantlangarna höll ner hans ben och sedan fördes nålen in mellan hans lår.

Det fräste när det glödgade stålet träffade naken hud. En rökslinga steg upp och blixten av smärta som trängde upp från hans skrev var värre än något annat som Dyakov någonsin känt. Skriket som trängde upp genom hans strupe var knappast mänskligt och det ekade mellan cellens nakna betongväggar samtidigt som han försökte kränga med kroppen för att bli fri, men hantlangarna var för starka och tryckte lätt ner honom mot det rostfria stålet. Nästa nål började värmas upp och han kände en pulserande smärta från pungen.

"Det var en av kulorna. En kvar."

Zvis röst var sakligt neutral. Dyakov försökte fokusera blicken på honom, men den slöja som smärtan sänkt över hans blick var för stark och allt han såg var en suddig, ljus oval. När nästa nål träffade honom slog hjärnan ifrån och han svimmade.

Det barmhärtiga mörkret svepte in honom i sin skyddande famn, men just innan smärtan tonade bort kände han ett stick i armen och han tvingades tillbaka till medvetande när noradrenalinet sköljde genom systemet.

Han försökte skrika, men rösten svek honom och allt han fick fram var ett svagt pipande när luften strömmade ur hans mun.

"Är du redo att tala, eller ska vi fortsätta?"

Dyakov riktade blicken mot taket, samlade sig och sa sedan med darrande röst.

"Jag ska berätta vad jag vet."

Kapitel 14

Kreml, Moskva
Ryssland
Förmiddagen 6 maj 2017

Rapporterna från krigets första tolv timmar låg på bordet framför Rysslands försvarsminister, Pjotr Muskin.

Han tittade med avsmak på papperna som beskrev hur de ryska framgångarna hade växt allteftersom de svenska, otillräckligt mobiliserade, förbanden tvingades undan. Svenskarna hade onekligen tagits med byxorna nere, men överlägsenheten var inte så enorm som de ryska generalerna hade utlovat inför presidenten. Faktum var att den svenska marinen hade tillfogat sin ryska motsvarighet svidande förluster under kvällen och natten. De svenska korvetterna och ubåtarna hade samverkat och sänkt betydligt mer tonnage än vad någon räknat med. Samtliga landstigningsfartyg av *Ivan Gren* klass hade gått till botten med ovärderliga förluster som följd. Ett stridsvagnskompani av de hypermoderna T-14 *Armata* låg nu på Östersjöns botten och skulle aldrig kunna sättas in i striderna som det var tänkt.

Visserligen hade dessa ersatts med T-90, men den äldre vagnen saknade många av *Armatans* fördelar, såsom helautomatiskt torn och pansarkärlet som skyddade besättning. Förlusterna skulle bli större, även om T-90 hade skyddssystem såsom *Shtora*-1. Ett system som på elektronisk väg störde ut laserstyrningen och laseravståndsmätarna hos inkommande missiler genom elektrooptisk laserstörning. Detta, tillsammans med *Arena*, ett skyddssystem som sköt iväg raketer för att förstöra inkommande projektiler, var T-90 en mycket kompetent vagn som räknades till en av världens bästa stridsvagnar.

Däremot var förlusten av de tjugofyra Armata-vagnarna svidande då Ryssland ännu inte hade någon större numerär av den nya vagnen.

Muskin suckade och sköt undan rapporterna innan han lutade sig bakåt i kontorsstolen och fundersamt tittade på porträttet av Peter den Store som hängde på motsatta väggen av hans kontor. Den ryska tsaren hade stoppat de svenska Karolinerna vid Poltava i Ukraina år 1709. Den svenska kungen, Karl XII, som dittills hade ansetts som oövervinnerlig hade slutligen mött sin överman. Den ryska segern hade åsamkat svenskarna den tyngsta militära förlusten under hela den svenska militärhistorien. För Rysslands befolkning sågs Peter den Store som hjälten och landsfadern, men Muskin såg förbi hjälteglorian och kunde bara tänka på en sak. Svenskarna hade varit på väg mot Moskva. Undan för undan hade de tvingat undan den ryska armén och det var endast en kombination av den ryska vintern 1708-1709, samt den brända jordens taktik, som tvingat den svenska kungen att vika av söderut för att söka proviant, som räddat Moder Ryssland. Svenskarna var sega, mycket segare än vad Potemkin ville tillstå och dessutom var de uppfinningsrika. Kriget var illa underbyggt. Muskin ville, precis som sin president, se Ryssland stort igen, men inte till priset av en nation i ruiner.

När han tittade in Peter den Stores blick slogs han av kraften i mannens väsen. Det mörka håret, som var delat i en för sin tid typisk mittbena, den höga pannan och de kraftiga ögonbrynen som möttes över en markerad näsa. De mörka ögonen tycktes se in i hans egen blick och de fylliga läpparna, under den svarta mustaschen, log mot honom.

"Rädda Ryssland!"

Muskin nickade mot porträttet. Han skulle göra sitt bästa för att rädda sitt kära *Rodina*, även om det innebar att han skulle tvingas gå emot sin egen president. Beslutsamt lutade han sig fram över bordet och tryckte på knappen som kallade in hans försteadjutant.

Boris Pamerkov var major i armén och lite över de fyrtio. Hans rakade huvud doldes under en enkel militärkeps och när han öppnade dörren till sin chefs kontor såg han sig omkring för att konstatera att de var ensamma. Sedan stängde han noga dörren bakom sig och kom fram till skrivbordet. Muskin reste sig, slog ut med handen och de båda männen lämnade skrivbordet.

När de ställde sig på rummets andra sida plockade Pamerkov upp en liten störsändare, stor som en cigarettask, ur fickan och slog till en brytare. Sändaren skickade ut en frekvens som effektivt satte all avlyssningsutrustning ur funktion. De båda männen såg på varandra.

"Jag tror att vi måste iscensätta Operation Ökenräv."

"Allt är klart. När vill ni köra?"

"Ikväll har Potemkin en samling i Fasettpalatsets bankettsal. Han kommer då att dra läget i kriget. Jag tänker att ordern får gå ut då, medan alla är inriktade på presidentens tal. Risken för att ordern och förberedelserna snappas upp av GRU är som minst just då."

"Och utföraren?"

"Allt bygger på att CIA har kvar sitt kontaktnät, trots vår jakt på *Bratvan.*"

"Då ger jag ordern ikväll under presidentens krigstal."

Pamerkovs röst var helt neutral och visade inga känslor. För en kort sekund kände Muskin en ilning av osäkerhet. Var Pamerkov pålitlig, eller skulle han sälja ut sin chef för möjligheten till eget avancemang? Det gick aldrig att vara hundra procent säker, men han vågade ändå livet på att mannen framför honom var precis så pålitlig som han trodde och hoppades.

"Låt de våra veta att det är dags. Vi måste rädda Ryssland undan denna dårskap."

Pamerkov nickade, vände om och lämnade rummet. Muskin såg efter honom. Mötet hade varat under en minut och den tillfälliga störningen skulle förhoppningsvis passera utan att någon lyfte på ögonbrynen i avlyssningscentralen.

Han visste att FSB rutinmässigt avlyssnade Kreml och dess anställda för att spåra upp och eliminera förrädare. Den enda som med säkerhet inte avlyssnades var presidenten, Vladimir Iljitj Potemkin.

Han gick sakta tillbaka till sitt skrivbord. En sur känsla i maggropen sa honom att han nu hade satt något i rullning som antingen skulle rädda Ryssland, eller leda till dess undergång.

Nervöst slängde han en blick på Peter den Stores porträtt.

"För Ryssland", viskade han tyst medan blicken flackade från porträttet, över till skrivbordet, innan den åter sögs mot tsarens granskande blick.

***

Boris Pamerkov stängde dörren till försvarsministerns kontor och blev sedan stående några korta ögonblick i korridoren medan han samlade sig. Att ge order om Operation Ökenräv skulle sätta igång ett mindre skred av handlingar som inom några dygn skulle leda fram till något som antingen var en formidabel succé eller ett katastrofalt misslyckande. I det senare fallet räknade han inte med att gå levande ur situationen. I ett sådant läge skulle han hellre använda sitt tjänstevapen mot sig själv än att falla i händerna på GRU eller FSB.

Operation Ökenräv hade planerats i två år. Pjotr Muskin hade fruktat för vad som skulle hända om Potemkin valde att göra allvar av sina krigsplaner på ett stadium där Ryssland omöjligen kunde vinna ett krig mot Nato.

Operationen bestod av flera olika scenarion och han visste att scenario B var det som bäst svarade upp mot den nuvarande situationen. Det handlade om att kriget hade startats utan en total överblick av situationen. Visserligen hade Muskin och han själv stött planerna på en expansion av Rysslands gränser, men inte nu. Det hade varit bättre att vänta till 2020 och det amerikanska presidentvalet.

USA:s nuvarande president, Mike Phipps, hade inte helt oväntat blivit omvald förra året och Pamerkov visste att Phipps var en stark och karismatisk ledare som inte skulle tveka att komma till Europas försvar. Hade motkandidaten valts hade situationen varit en annan, men det amerikanska folket älskade sin president och ville ge hans administration ytterligare fyra år i Vita Huset. Det gjorde det troligt att Nato snart skulle blanda sig i aktivt, om de inte redan hade gjort det.

Med andra ord var det bättre att Ryssland avvaktade och byggde upp sin militära styrka, men så såg inte Potemkin det. Hans opinionssiffror hade vikit och även om han fått *Bratvan* på knä var det inget som borgade för att han skulle kunna hålla sig kvar vid makten. Ytterligare fyra år skulle ha kunnat innebära att han avlägsnats från Kreml genom en kupp från någon av hans många fiender inom dessa murar. På så sätt var det ett logiskt drag att gå i krig nu eftersom krig alltid stärkte den sittande presidenten mer än något annat. Den saken hade visats i både Georgien och på Krim.

Pamerkov började sakta gå mot sitt kontor. Han hade förberedelser att ta itu med.

Kapitel 15

Karlsborgs garnison
Karlsborg, Västergötland
Tidig eftermiddag, 6 maj 2017

Med en belåten min slog överste Ekroth ihop den gråa mappen med dubbel röd ram som var märkt *Kvalificerat Hemlig* på framsidan. Sedan lutade han sig bakåt i stolen och tittade rakt över bordet på överste Dahlman.

"Tänk vad man kan få fram med lite forcerad övertalning. Nu har vi ett guldkorn i vår hand. Stämmer uppgifterna kan vi sjösätta Operation Loke snarast."

Dahlman nickade, men en bekymrad rynka mellan ögonen skvallrade om att han inte var helt med på tåget.

"Uppgifterna är inte verifierade. Jag skulle vilja få dem bekräftade via en yttre resurs innan vi drar igång Loke. När operationen väl har startat kommer vi att röja de flesta av våra kontakter i Baltikum och Ryssland. Det i sin tur gör att vi inte kan använda oss av dem igen om det visar sig vara ett falskt bete och dessutom riskerar vi då att förlora vår bästa operatör helt i onödan."

Ekroth suckade, men var tvungen att hålla med Dahlman på samtliga punkter. Det hade tagit åratal av hårt arbete med att bygga upp det östra kontaktnätet. Deras agenter på KSI - Kontoret för särskild inhämtning – som sorterade under den militära underrättelsetjänsten MUST, hade jobbat fram ett grovmaskigt nät av samarbetspartners som försåg KSI med uppgifter som sedan delvis låg till grund för hotbedömningar, verksamhetsstöd med mera.

När Operation Loke arbetades fram för ett år sedan hade KSI sett till att skaffa ett brett stöd hos sina resurser på fältet. HUMINT -

personbaserad underrättelseinhämtning, eller *Human Intelligence* som var den engelska lydelsen, var lika viktig idag som när som helst tidigare under historiens gång.

En agent på fältet kunde se, känna och förstå på ett sätt som ingen satellit eller UAV kunde göra. När sedan HUMINT, SIGINT (signalspaning), IMINT (satellitspaning) och MASINT (radar- och objektsspaning) slogs samman växte en underrättelsebild fram som ofta, men inte alltid, låg nära sanningen.

Att ruinera den resursen utan att vara helt säkra på att uppgifterna de fått under förhöret stämde, var visserligen en kalkylerbar risk, men också en osäkerhetsfaktor som man måste minimera. I dagsläget var de personella resurserna på fältet värda sin vikt i guld.

"Har vi underrättat finnarna?"

Dahlman skakade på huvudet.

"Inte än, men vi vet att de mer än gärna står till tjänst med sina Sissistyrkor."

"Se till att få uppgifterna konfirmerade. CIA, NSA, DIA eller någon annan av deras underrättelsebyråer sitter på uppgifter. Kontakta våra vänner på andra sidan gölen och se vad de kan bistå med."

Dahlmans rynka mellan ögonbrynen slätades ut och han log för första gången under samtalet.

"Jag ringer min resurs och kollar läget. Med lite tur har de snappat upp något som våra kontakter inte har lyckats få fram till oss."

"Det är gott Dahlman. Gör så."

Översten nickade kort, vände sig om och lämnade det lilla sammanträdesrummet i bergets mitt. Ett rum som kallades *ubåten* av alla som visste hur det var uppbyggt. Ett rum säkrat mot all form av avlyssning som till och med stod på vibrationsdämpande gummiklossar som avskärmades av en Faradays bur, inbyggd i konstruktionen. Det som sades i *ubåten*, stannade i *ubåten*. Ingen elektronisk eller mekanisk avlyssning var möjlig.

Ekroth tog ett djupt andetag, tittade på klockan och funderade över om det skulle gå att få tag på ÖB där han satt i bunkern i Kolmården. Enda sättet var att göra ett försök och han drog till sig den gamla hederliga sladdtelefonen som stod på bordet.

Telefonen saknade nummerskiva och var röd, en hänvisning till det gamla uttrycket *Heta Linjen,* men Ekroth struntade i symboliken utan lyfte istället luren och lyssnade till knäppningarna som kopplade samtalet till bergets växel. När en ung, kvinnlig röst svarade sa han kort.

"Finns det en chans att etablera samband med Riksbunkern?"

"Ett ögonblick", svarade rösten och han fick sedan lyssna till flera klickande ljud innan en mansröst svarade.

"Berget. Generalmajor Stefan Tysk."

Linjen var full av brus och krypteringen gjorde att rösten lät platt, men att det verkligen var Stefan Tysk i andra änden rådde det ingen tvekan om.

"Karlsborg här. Överste John Ekroth."

"Hej du din gamla stridstupp." Tysk skrockade i luren och Ekroth såg honom framför sig där han stod med telefonen i handen, djupt nere under Kolmården. "Vad kan vi göra för Särskilda Operationsgruppen då?"

"Meddela ÖB att vi med stor sannolikhet kan igångsätta operation Loke inom det närmaste dygnet."

Med ens hörde han hur Tysk rätade upp sig och slutade skratta. Några sekunder var det helt tyst i luren, sedan hördes på nytt generalmajorens röst.

"Hur säkra är vi?"

"Inte helt säkra. Vi har bearbetat en rysk krigsfånge som har gett oss uppgifter som vi just nu försöker få bekräftade via HUMINT och SIGINT. Lyckas det kan vi dra igång Loke snarast."

"Finnarna. Vet de?"

"Inte ännu, men de kommer snart att göra det. Ville informera krigsledningen först."

"Ni gjorde helt rätt överste, Loke har högsta prioritet. Är *Trigger* på plats?"

"Han vilar just nu. Han och team *Jaden* hade den första stridskontakten och på något sätt överlevde en *Spetsnaz*-operatör mötet med *Trigger* och hans Psg-90."

"Underbart. Full fokus på den operationen. Har Affe-styrkan kommit fram än?"

"Team *Striker* förväntas landa mellan klockan 21 och 22 ikväll."

Det blev tyst i luren några ögonblick och sedan kom Tysk tillbaka. Han var nu mer lågmäld när han sa.

"ÖB har kallat till ett sammanträde, så jag måste snart gå. En viktig sak dock. Vi tror vi har en eller flera mullvadar i organisationen så håll kretsen som har information om detta så snäv som möjligt. Vi vet just nu inte vem läckan är, men vi tror att det är hyfsat högt upp."

"Det är uppfattat, generalmajor. Här är det bara jag själv, överste Dahlman, löjtnant *Trigger* och fänrik *Jaden* som vet. Jag tänker hålla det så, så länge som det är möjligt."

"Gott överste, jag önskar er god jaktlycka. Berget, slut."

Sakta la Ekroth tillbaka bakelitluren i dess klyka, samtidigt som han tänkte på vad Tysk sagt om en mullvad. De hade varit så upptagna av sina krigsförberedelser att ingen tänkt på möjligheten att även SOG kunde ha infiltrerats. Om så var fallet riskerade Operation Loke att röjas.

Med en allvarlig min reste han sig och lämnade *ubåten* innan han styrde stegen mot signalspaningsrummet. Om en infiltratör lyckades förmedla sin kunskap till omvärlden var det viktigt att man letade efter signalen och störde ut den omedelbart, något som var en uppgift för löjtnant Vogel som var chef över deras signalspaningsresurs.

Kapitel 16

Vita Husets krisrum
60 meter under östra flygeln
Natten till den 7 maj 2017 (GMT - Greenwich Mean Time)

USA:s president, Mike Phipps, tittade lugnt på sin försvarsminister innan han med allvarlig röst sa:

"James. Meddela samtliga våra förband runt om i världen att vi går till DEFCON 2. Undantaget är hangarfartygsgrupperna *George H.W. Busch* och *John C. Stennis.* De går direkt till DEFCON 1 och *Stennis* lägger sig närmare den norska kusten. General Howard. Hur går det med omlokaliseringen av stridsflyg till norska och danska baser?"

General Rick Howard, Allied Command Transformation (ACT) svarade rappt.

"Blev klart under natten, herr president. Vi har nu etthundratjugo stridsflygplan på plats i Norge och Danmark och vi har kapacitet för att snabbt tillföra hundra till, utöver de som finns ombord på *Stennis* och *Bush*"

"Gott. Soldater?"

"Totalt tjugotusen man framme. Ytterligare femtiotusen på väg. Då är inte de cirka tiotusen soldaterna i Baltikum medräknade"

"Duger inte. Öka takten. Vi måste ha minst hundratusen soldater redo att möta första vågen av nysovjetiska krigare."

Aktiviteten i krisrummet, eller som det officiella namnet sa - *Presidential Emergency Operations Center* - var hög när USA:s olika försvarsgrenar gjorde sina förband insatsberedda. Ingen tvivlade på att kriget, som börjat i Sverige och Finland, inom några få dagar skulle sträcka ut sina klor för att grabba tag om Natoländerna och i samma stund som Norges eller Danmarks territorium kränktes av beslutsamma Ryssar så skulle artikel 5 i Natofördraget omedelbart aktiveras och Nato var omisskännligen i krig med Ryssland.

Under en dryg timmes tid rådde en febril aktivitet i krisrummet innan en major räckte över ett förseglat kuvert till presidenten och sa. "Herr president. En oväntad öppning."

Mike Phipps tog emot kuvertet, öppnade det, läste och spärrade upp ögonen. Sedan läste han det en gång till.

"Ring upp amiral James Trikoupis åt mig. Det här måste jag prata med honom om – på videolänk i mitt rum."

Presidenten vände om och lämnade krisrummet medan en löjtnant etablerade kontakt med SACEUR i Europa.

***

Med ett demonstrativt lugn satte sig presidenten i den mjuka läderfåtöljen som stod bakom det tunga skrivbordet i mahogny. En major slog på den sjuttiofem tum stora OLED-teven som hängde på ena väggen. Sedan gjorde han honnör mot sin överbefälhavare och lämnade rummet. Mike Phipps lutade sig bakåt och lyssnade till frasandet från lädret i fåtöljen. Framför honom på teven flimrade bilden ostadigt under några sekunder medan den avlyssningssäkra satellitlänken skakade hand med sin motsvarighet i Europa.

Amiral James Trikoupis, för de flesta känd som SACEUR - *Supreme Allied Commander over armed forces in Europe* – framträdde med en bild från sitt tjänsterum på *Supreme Headquarters Allied Powers Europe* (SHAPE) i Bryssel. Amiralens utseende skvallrade för presidenten att hans högra hand i Europa om möjligt fått ännu mindre sömn det senaste dygnet än vad presidenten fått.

"Herr president. Jag trodde nog att ni skulle ringa."

"Du vet att jag alltid finns där för dig, James." Mike Phipps log och leendet besvarades. "Är vi ostörda?"

Frågan var egentligen överflödig. Han visste att SACEUR tömt sitt kontor i samma sekund som det inkommande samtalet från presidenten nådde fram.

"Vi är ostörda och kryptot fungerar."

158

"Gott. Vi har fått samstämmiga uppgifter från flera oberoende källor. Kan du berätta mer?"

"Absolut herr president. Först meddelade svenskarna att de fått fast en *Spetsnaz* som börjat prata efter viss övertalning."

"Menar du att svenskarna använder sig av tortyr?" Phipps lät road på rösten. "De som protesterade så högljutt över vårt Guantanamo."

"De sa det inte rent ut, men vi vet båda att vad man säger och vad man gör är två olika saker."

Presidenten nickade. Han var väl införstådd med att den militära underrättelsetjänsten i Sverige svarade direkt under ÖB och att ÖB sedan kunde välja vilken information han ville skicka vidare till politikerna. Han tvivlade på att den svenska statsministern till fullo var införstådd med vad som skedde bakom lyckta dörrar när förhörsledarna tvingade fram information.

"Förlåt att jag avbröt dig, James. Fortsätt."

"Som sagt. Först kom svenskarna med en förfrågan om vi hade några underrättelser rörande den ryska presidentens planer de närmaste dagarna. Förfrågan kom inte direkt från deras krigsledning, utan via en kontakt hos deras specialförband SOG. De hade fått veta att presidenten ska hålla ett tal i Sankt Petersburg, måndagen den 8 maj klockan 09:00 lokal tid. Svenskarna vill tydligen likvidera Potemkin och har till och med en färdig plan för det som de kallar Operation Loke, efter den nordiska Asaguden som förrådde Asarna vid Ragnarök."

Trikoupis tystnade för att låta presidenten ta in det som han sagt hittills. När han åter tog till orda var det med något större allvar i rösten.

"Sedan, bara ett par timmar senare, fick jag ett samtal från ett mycket oväntat håll. Det var Pjotr Muskin som ringde direkt till min privata mobil och begärde en säker kontakt."

Phipps lutade sig fram över skrivbordet och tittade rakt mot SACEUR.

"*Den* Pjotr Muskin? Försvarsministern?"

"Stämmer herr president. Han meddelar kort att han behöver etablera en säker kontakt för att överlämna information gällande den oönskade konflikten, som han uttryckte det. Jag gav honom en adress till ett säkert hus i Moskva och bara en halvtimme efter samtalet dyker en civilklädd rysk armémajor upp med en mapp som bar det malplacerade namnet Operation Ökenräv."

"Och denna major, har han ett namn?"

"Boris Pamerkov, herr president. Han är Muskins adjutant och närmaste man och han bekräftade de uppgifter som svenskarna redan fått till sig. Han erbjöd också en fullständig plan för hur man kan smuggla in en ensam skytt som kan likvidera Potemkin i Sankt Petersburg när han håller sitt tal på Marsfältet."

"Och exfiltrering?"

"De kan ta skytten från den heta zonen, men inte mer och där kommer svenskarna in. De har en plan för att ta hem skytten, men det förutsätter att det är en svensk SOG-operatör. De har en man och de får hjälp av finnarna. Jag har läst dokumenten och jag tror att det kan fungera om vi sjösätter det nu."

"Så sent som för några dagar sedan trodde jag aldrig att jag skulle vara med om att planera mord på en statschef, men nu är vi där. Ni har mitt fulla stöd amiral. Använd de resurser som behövs och sätt svensken på rätt plats. Potemkin måste bort."

"Det är uppfattat herr president. Jag ska omedelbart ta kontakt med svenskarna."

Bilden flimrade till och skärmen blev svart. Mike Phipps drog in ett djupt andetag. Det kändes som att han just hade släppt ut anden ur flaskan.

Kapitel 17

Karlsborgs garnison
Karlsborg, Västergötland
Tidig morgon, 7 maj 2017

Trigger gick upp i enskild ställning när överste Ekroth klev in i det lilla rummet i *ubåten*. Han hade just purrats av en fänrik från husarerna som kort meddelat att översten ville träffa honom i *ubåten* omedelbart. Eftersom han hade en aning om vad det kunde betyda hade han snabbt fått på sig uniformen och skyndat iväg. När han nu mötte Ekroths blick behövdes inga ord – de hade fått grönt ljus för Loke.

"Lediga."

Ekroths enda ord kom som en pisksnärt och *Trigger* kunde ana den underliggande tröttheten i överstens röst. En soldat behövde sömn för att fungera, men en officer kunde inte alltid unna sig den lyxen.

Översten drog ut en stol och satte sig vid det lilla konferensbordet och slog sedan ut med handen för att visa att han förväntade sig att *Trigger* skulle göra detsamma. Ekroth la upp en nött pärm på bordet och Trigger kunde läsa ett enda ord som stod skrivet på en lapp på pärmryggen. Där stod *Loke*.

"Den här informationen är endast för dina öron och får under inga omständigheter föras vidare utanför *ubåten*. Är löjtnanten införstådd med detta?"

"Ja överste. Det är fullt klart. Har Loke fått grönt ljus?"

Ekroth besvarade hans blick med ett helt nollställt ansikte, sedan sprack den allvarliga minen och översten log.

"Loke har fått klartecken och vi får hjälp från flera håll. Du kommer att få läsa detaljerna från den här pärmen medan jag sitter bredvid dig.

Pärmen kommer endast att lämna *ubåten* i mina händer och sedan direkt låsas in i säkerhetsskåpet. Det som kommer hända i stort är följande."

Ekroth harklade sig och hällde upp vatten i en plastmugg från en tillbringare som stod på bordet. Han tog några djupa klunkar innan han sedan fortsatte.

"Först kommer du att lyftas över härifrån Karlsborg till en Natobas i Norge. Utförseln kommer ske med hjälp av en NH90 från tredje helikopterskvadronen i Ronneby. Väl på plats i Norge ställer Nato upp med två F-15E *Strike Eagle* som kommer att flyga dig och ditt bagage i överljudsfart till Bialystok i Polen. Där kommer ett ryskt affärsplan vänta för att föra dig den sista sträckan fram till Pulkovo-flygplatsen i utkanten av Sankt Petersburg."

"Ända fram till Pulkovo? Är inte det dumdristigt? FSB och GRU borde ju svärma som flugor kring en sockerbit kring alla in- och utfartsställen i Ryssland."

"Du kommer få veta detaljerna när du läser pärmen här."

Ekroth klappade på den nötta luntan på bordet.

"Du ska ta med dig din AG-90. Den är inskjuten och vi har inte tid eller möjlighet att ge dig ett oprövat vapen på plats. Det kommer att krylla av FSB-agenter på platsen och även om vi har en väl förberedd plan för exfiltrering så måste vi vara beredda på att saker kan gå snett. Är din ryska fortfarande felfri?"

"Som en infödd", svarade *Trigger* på ryska innan han växlade tillbaka till svenska. "Hur kommer exfiltreringen att ske?"

"Det finns i pärmen. Ta dig tid att läsa och memorera. Sedan går du till logementet och rakar dig. Du kommer att uppträda som en nobel affärsman, en *oligark*, med koppling till Gazprom i Sankt Petersburg. Det blir din väg in, förbi alla säkerhetskontroller."

"Potemkin har ju krossat *Bratvan*."

"Inte fullständigt. Bara den så kallade *kriminella Bratvan* är borta. Den delen som består av Potemkin-trogna finns kvar. Till exempel ledningen för Gazprom, med Dmitrij Meldevev och Alexander Millovic i spetsen. Din *cover* finns utförligt beskriven i pärmen. Läs nu och gör dig sedan klar! "

***

En timme senare slog *Trigger* ihop pärmen och lämnade tyst över den till Ekroth. Varenda detalj hade memorerats och planen var så galen att den faktiskt kunde lyckas, även om han kände en viss bävan över det faktum att okända, lokala förmågor på plats skulle hjälpa till. Han visste att KSI hade byggt upp ett agentnätverk i Sankt Petersburg, men det fanns ingen garanti för att detta nätverk inte var infiltrerat av ryska dubbelagenter, men priset var värt risken. Hans egna chanser till överlevnad var inte höga, men om ett skott, ett taget liv, kunde förhindra den slakt som just nu pågick på slagfälten i Sverige och Finland – då var hans eget liv ett lågt pris att betala.

Utan att säga mer reste han sig och lämnade *ubåten*. Överste Ekroths blick tycktes bränna hans rygg, men han vände sig inte om för att se efter. Istället gick han direkt till logementet och plockade fram rakgrejerna.

Innan han började hyvla av skägget med trimmern tittade han på sitt ansikte i spegeln. De kornblå ögonen stirrade tillbaka på honom och han undrade om detta var sista gången han såg sig i spegeln. Med en axelryckning sköt han fram strömbrytaren och trimmern surrade igång.

Tio minuter senare lämnade en nyrakad *Trigger* hygienrummet och gick in på logementet

Kapitel 18

Den mörkt gröna helikoptern med fennummer 44 satte ned landningshjulen mot asfalten och *Trigger* skyndade fram mot den öppna dörren i helikopterns sida. Med sig bar han en väska som innehöll hans personliga Barrett M82, i Sverige kallad för automatgevär 90, eller kort och gott AG-90C. Vapnet vägde laddat 16,4 kilo och var halvautomatiskt med kaliber .50 eller 12,7 millimeter. Magasinet rymde tio patroner och hade en effektiv räckvidd på 1850 meter med stöd. *Trigger* visste att han kunde pricka mål på upp till tusen meter stående utan stöd, men för det här uppdraget skulle avståndet vara kortare.

Ammunitionen han bar med sig var pansarbrytande, tillverkad av volframkarbid och kunde slå sönder en skottsäker talarstol och träffa den talare som gömde sig där bakom. Likaså kunde den penetrera de flesta förstärkta bilar. Det var ett fruktansvärt kraftfullt vapen och *Triggers* favorit i arsenalen som SOG: s operatörer hade att röra sig med. Efter att ha skjutit med en AG-90 kändes en AK5 som ett leksaksvapen som inte ens kunde penetrera förstärkningsplattan i en vanlig skyddsväst.

Han nickade mot besättningsmannen som hukade bakom den kulspruta 58 som var monterad i sidodörren. Soldaten besvarade nicken och gav sedan piloten klartecken att stiga. Total tid på marken hade varit under trettio sekunder. Medan NH90:an steg flackt och försvann bort över vallarna, spände *Trigger* fast sig i kabinen och tog på sig hörlurarna så att han kunde kommunicera med den övriga besättningen som bestod av två piloter och två skyttar, en för vardera kulsprutan.

Så fort helikoptern kom fri från bebyggelsen sänkte piloten ner den så att man flög i höjd med trädtopparna för att försvåra både visuell upptäckt och radarupptäckt. Visserligen var NH90 gjord för att ha minimal radaprofil, samt att det för motorerna fanns IR-dämpande avgasutblås och partikelseparatorer monterade, men det var dumt att utmana ödet.

Han visste vidare att NH90 helikoptrarna var utrustade med både hotvarnare och ett VMS-system med laser- radar- och robotskottvarning. Dessutom hade den möjlighet att vid aktivt hot fälla IR-facklor och remsor för att förvilla inkommande missiler. Detta skulle dock hjälpa föga om en rote MiG-jaktplan fick syn på dem. Automatkanoner lät sig inte avledas av aluminiumremsor eller brinnande facklor.

Norr om dem kunde han ana Töreboda i fjärran och fick genast upp en gammal punklåt i skallen. Som ung hade han lyssnat mycket på Törebodas stoltheter och nu trängde sig de inledande stroferna till deras låt *Landsplikt* på honom.

Trigger suckade. Här satt han nu, på väg att göra sin landsplikt och försvara sitt fosterland. Lyckades det skulle kriget förhoppningsvis sluta innan det knappt hunnit börja. Misslyckades han däremot, ja då skulle konsekvenserna var oberäkneliga och han slog bort tanken medan helikoptern fortsatte vidare mot Vänerns vattenspegel.

***

En dryg timme senare flög helikoptern in över Moss flygplats vid Rygge, sextio kilometer söder om Oslo.

Flygplatsen hade anlagts så sent som 2007 och hade varit tänkt som en bas för lågprisflyget och som en andra flygplats för Oslo. Nu hade dock kalkylen spruckit fullständigt och 2016 hade man tvingats slå igen. Istället hade Nato tagit över och gjort Moss till en militär flygbas.

Trigger såg minst trettio F-16 som stod uppställda på betongen samt flera transportflygplan än han orkade räkna. Ett gytter av maskiner och människor rörde sig på marken och när den svenska helikoptern landat steg en norsk kapten från flygvapnet fram och gjorde honnör när *Trigger* klev ur.

"*Velkommen til Norge. Jeg håper til turen gikk god.*"

Trigger kunde inte låta bli att le åt norskan. Norrmän lät alltid så glada och gemytliga när de talade och han nickade uppskattande mot kaptenen.

"Tack. Det var en resa utan intermesson och utan oönskad uppmärksamhet."

"*Den lar god. De venter på du. Følg meg.*"

Kaptenen vände sig om och *Trigger* följde efter mot två amerikanska F-15E *Strike Eagle* som stod uppställda en bit bort. Piloterna stod nedanför sina plan och väntade. När den norska kaptenen och *Trigger* kom fram gjorde de båda honnör. Den främsta piloten, en ung löjtnant, steg fram och sa på sjungande Texasdialekt.

"Välkommen löjtnant. Vi har fått order att flyga dig och väskan ..." han nickade menande mot *Triggers* bagage, "... till Bialystok i Polen där andra tar över. Har ni flugit stridsflygplan tidigare?"

Trigger nickade.

"Skolversionen av JAS *Gripen.*"

"*Well*, då vet ni vad det handlar om. Vi fick era mått och har faktiskt lyckats få fram en G-dräkt och en hjälm som bör passa. Hoppas ni inte är prydd, men jag är rädd att löjtnanten får byta om här och nu, inför öppen ridå."

"Inga problem. Jag har varit med om värre." Han log mot löjtnanten och tog emot dräkten som den andra piloten sträckte fram till honom. Snabbt gled han ur sin uniform och drog på sig G-dräkten som visserligen spände en smula över axlarna, men annars satt som den skulle. Löjtnanten tittade på honom.

"Ni får flyga med mig. Väskan blir passagerare i *Eagle's* kärra." Han nickade mot den andra piloten. Två män från markpersonalen kom fram och tog väskan och *Trigger* övervakade noga att den kom med som den skulle. När väskan var ordentligt förankrad i rote-tvåans plan äntrade *Trigger* stegen, klättrade upp och klämde ner sig i den trånga sittbrunnen där han sedan fick hjälp med att spänna fast sig. Väl på plats stängdes huven och de båda stridsflygplanen började taxa ut på startbanan.

"Var beredd", sa piloten, som enligt hjälmen hade anropsnamnet *Savage*. "Det blir ganska många G."

Med de orden drog han på gasen och F-15 planet rusade iväg längs banan och kastade sig upp i luften. *Trigger* kände hur G-dräkten kompenserade för trycket. Det kändes som en elefant satt sig på hans bröstkorg. Med fullt motorpådrag steg de snabbt till sextusen meter med kurs söderut.

Kapitel 19

Bialystok Krywlany
Polen
Eftermiddag, 7 maj 2017

Den sista av de två F-15 planen lyfte från startbanan med bara något tiotal meter till godo fram till den smala åkerremsan som sedan blev ett lika smalt skogsparti som skilde sportflygfältet från villaområdet på andra sidan.

Trigger tänkte stilla att det hade varit säkrare om de landat och startat på den polska landsvägen, 67B, som gick rak och fin förbi villorna. Som det nu var hade F-15 planen gjort något som han mest kunde likna vid en kontrollerad kraschlandning. Det hade faktiskt förvånat honom att de till synes klena landningsställen inte hade smulats sönder när piloten satte ner planet med samma stil som en kastad handske, men uppenbarligen var han van.

Innan piloterna startade på nytt hade stridsflygplanen rullat bort till banänden där de släppt av *Trigger* och hans bagage för att sedan få nytt bränsle från en militärgrön tankbil som hade rullat in slangarna och försvunnit som en avlöning i samma stund som de båda kärrorna var fyllda.

Piloterna hade lakoniskt vinkat adjö och sedan på nytt rullat ner till den sydöstra banänden innan de med fullt motorpådrag kastade sig upp i skyn och försvann. Kvar stod *Trigger* och såg sig omkring.

När man sagt att han skulle flygas till *Bialystok Krywlany* i Polen så hade han förväntat sig en mindre inrikesflygplats, men detta var till och med mindre än så. Ett sportflygfält med en drygt tusen meter lång betongbana som egentligen var på tok för kort för en F-15 att använda, men som ändå hade fått rycka in. Han misstänkte att piloterna normalt landade på hangarfartyg, för de hade uppenbarligen inte tyckt att den korta banan varit något hinder.

Intill betongbanan fanns ett stort, öppet fält med formen av en trubbig triangel. Några sportflygplan stod slarvig uppställda framför ett par hangarbyggnader. Den ena såg ut att arkitektoniskt härröra från Sovjettiden, medan den andra var av modernare snitt. En civil husbil kom sakta rullande över gräset och stannade intill honom. Föraren vevade ner rutan och sa.

"Den svenska löjtnanten, *Trigger?*"

Mannens accent skrek östkust och de ivrigt tuggande käkarna bearbetade ett tuggummi modell större. Han log mot *Trigger* som rappt svarade:

"Vem frågar?"

"Kapten Stan Winford, US Marines."

Kaptenen sträckte fram ett ID-kort som *Trigger* tog emot utan att släppa mannens ansikte med blicken. När han backat undan några steg tittade han på den militära legitimationen och jämförde med ansiktet innan han nickade och lämnade tillbaka ID-handlingen.

"Det är jag som är löjtnant *Trigger*. Svenska Försvarsmakten."

"Sedan i förrgår är det väl snarare den svenska Krigsmakten, eller hur?"

Mannen öppnade dörren och klev ur bilen. Han var civilklädd och bar ett par ljusa chinos och en roströd skjorta med en knapp för mycket uppknäppt som visade en imponerande bröstbehåring. På fötterna bar han ett par seglarskor och huvudet pryddes av en svart keps där ett par solglasögon satt fast över skärmen. Ansiktet var solbränt och slätrakat. Ett fyra centimeter långt, vitt ärr sträckte sig över vänstra kinden med början strax över mungipan.

När mannen såg *Triggers* blick strök han sig över ärret innan han sa.

"Ett minne från Afghanistan och en annan tid. Då hette fienden Al-Quaida och Usama Bin Ladin. Nu är det *Daesh* och Abu Bakr al-Baghdadi, eller vad han nu heter som leder de där galningarna för tillfället. Olika namn, samma sneda ideologi."

Mannen tystnade och vände sig om. Ännu en man gjorde dem sällskap. Till skillnad mot Stan Winford var denna man klädd i marinkårens spräckliga uniform och med dess blå och röda sigill på ärmen. *Trigger* noterade majors grad samt att mannen var runt de sextio med grå-sprängt hår, ljusblå ögon och en läderartad hy som var van att vistas i solen.

"Major."

Kapten Winford sträckte upp sig när befälet kom fram till dem. Utan ett ord inspekterade han *Trigger* uppifrån och ner och var tydligen helt eller delvis nöjd med vad han såg.

"I Vietnam kom ofta order om *action* snabbt, men sedan dess har vägen från beslut till genomförande varit segdragen. Idag drabbades vi av en mindre explosion av händelser. Det mynnade ut i att vi står här. Jag tänker inte fråga varför, eller ens hur, men jag hoppas att det är något som kan inverka på det här förbannade kriget som ni svenskar gick och drog på er."

Majoren slängde en snabb blick på kaptenen som nickade. Sedan fortsatte han.

"Husbilen *lånade* vi av en inte helt samarbetsvillig polsk husvagnsförsäljare. Resten har vi köpt och jag hoppas att det passar."

"Major Stenner menar att vi har en kostym som du ska byta om till. Vi tar hand om G-dräkten och ser till att den kommer tillbaka till norrmännen. Axelhölstret som ligger på kostymen ska du också ha. Byt om nu."

Kaptenen nickade mot husbilen och *Trigger* flinade mot honom. Han förstod att både kaptenen och majoren var nyfikna, men ingen av dem ville ge sken av att bry sig. Lugnt gick han förbi dem och in i bilen. Den trånga dörren tvang honom att både huka och gå med sidan före för att inte fastna i dörrhålet. Väl inne i bilen såg han en kostym ligga upplagd på ett bord. Ovanpå kläderna låg mycket riktigt ett axelhölster i cordura som innehöll en svart Beretta 92 med niomillimeters ammunition. Magasinet var ett standardmagasin för femton patroner 9x19. Han ställde ner sitt bagage och började snabbt byta om.

***

Ljudet från det annalkande flygplanet var först lågt, men stegrades ju närmare fältet det kom.

Trigger skuggade ögonen med handen och tittade mot nordväst där han nu såg maskinen komma över trädtopparna. När den kom närmare såg han att det var en Cessna 550 *Citation II* affärsjet med två turbojetmotorer från Pratt & Whitney. Hon var drygt fjorton meter lång och lite över fyra och halv meter hög med utfällda landningsställ.

Planet tog mark och reverserade motorerna kraftigt för att få stopp på den korta banan och han såg små rökpuffar slå upp från de hårt bromsande hjulen i landningsstället. Kapten Winford flinade mot *Trigger* och sa.

"Hoppa in så åker vi bort till henne. Enligt uppgift ska hon ha startat från ett annat polskt flygfält så vi behöver inte oroa oss för tankning."

Trigger klev in i husbilen som omedelbart började skumpa fram över fältet. När de stannade la major Stenner sin hand på *Triggers* axel och såg honom rakt i ögonen.

"Vad du än ska göra gosse, så gör det bra!"

Trigger nickade tyst innan han krånglade sig ut ur bilen och gick fram mot Cessnan där en infälld trappa i dörren hade öppnats upp. En vacker, mörkhårig flygvärdinna klev ut och log mot honom. På ryska sa hon.

"Välkommen. Vad är ditt bokningsnummer?"

Trigger tänkte två sekunder och svarade sedan på flytande ryska.

"AR-810"

"Ah, det stämmer. Välkommen till Gaznata Air och MDC-497."

Hon steg åt sidan och släppte in honom i kabinen innan dörren stängdes mjukt bakom dem. Han gick fram till ett säte vid fönstret framför vingen och satte sig till rätta. Väskan med vapnet ställde han mellan sina fötter innan han fällde bak stolsryggen och tittade ut genom det lilla, ovala fönstret. I tankarna gick han igenom sitt uppdrag och var knappt medveten om att flygvärdinnan passerade honom på sin väg till cockpit.

Starten var nästan lika spännande som den tidigare landningen, men med minsta möjliga marginal kom de upp i luften och började genast

stiga medan piloterna tog ut kursen som skulle föra dem mot målet -
Pulkovo-flygplatsen i utkanten av Sankt Petersburg!

Kapitel 20

Pulkovo Air Port
S:t Petersburg, Ryssland
kvällen, 7 maj 2017

Den svarta Mercedesen, *Maybach* S-klass, stod och väntade ett tiotal meter från Cessnan. De tonade sidorutorna var upphissade, men genom vindrutan tyckte han sig ana en chaufför bakom ratten.

Med vapenväskan i ett fast grepp promenerade han lugnt bort mot bilen, samtidigt som en taxi svängde in och stannade trettio meter bort. *Trigger* slängde en blick mot den. En tunnhårig man klev ur och slog igen dörren innan han började gå mot flygplanet som han själv nyss lämnat. När *Trigger* väl försäkrat sig om att mannen inte utgjorde något hot klev han de sista stegen fram till Mercedesen. Den ena sidorutan bak gled tyst ner och visade ett kraftfullt ansikte med intensivt blå ögon som betraktade honom.

"Loke från Asgård?"

"Om det är Oden som frågar så är svaret ja."

Lösenorden var utväxlade och utan ett ord öppnade mannen dörren innan han hasade sig över till andra sidan av sätet. *Trigger* ställde ner väskan och granskade bilen. Det fanns två personer i den. Chauffören, som gjorde en perfekt imitation av Sfinxen, samt mannen som bar kodnamnet Oden.

Lugnt klev han in i baksätet och lyfte därefter in väskan och placerade den mellan sig och dörren. Om mannen bredvid honom skulle visa sig utgöra ett hot ville han inte ha något emellan dem som skulle hindra hans rörelser. Oden granskade honom, samtidigt som chauffören startade motorn innan bilen började röra sig framåt.

Med en långsam rörelse tryckte Oden på en knapp och en tjock glasskiva gled upp och avskärmade dem från chauffören. När de var ostörda sträckte han fram handen.

"Du kan kalla mig Charles", sa mannen på felfri svenska. "Jag är sambandsexpert här i Sankt Petersburg."

"KSI Alltså." Trigger log trött och tittade närmare på sin kollega. Charles var någonstans mellan fyrtiofem och femtio år gammal. Håret var stubbat och hade börjat gråna vid sidorna medan kråksparkarna vid ögonen skvallrade om att han började bli till åren. Axlarna var breda och kroppen vältränad. Utan tvekan var mannen en gammal specialsoldat som på äldre dagar sadlat om, men fortsatt att tjäna konungen.

"Kustjägarna?"

"Inte riktigt. Jag har mitt ursprung i Fallskärmsjägarna, senare GSI och numera KSI, men det har du väl antagligen redan gissat."

Trigger nickade och Charles fortsatte.

"Du känner till planen, hoppas jag. I morgon, vid klockan nio på förmiddagen, kommer Potemkin att hålla ett tal här i Sankt Petersburg. Det sker på Marsfältet och det är där du ska få din chans att ändra historiens gång."

"Det kommer att krylla av FSB, GRU, poliser och militär där. Vad är tanken?"

"Du heter Boris Tjerkov om vi blir stoppade för kontroll, här är dina papper förresten." Han sträckte över en tjock grå mapp som *Trigger* tog emot. "Du jobbar som konsult för Gazprom. Gazprom råkar ha en våning i Catharina I:s palats som ligger intill fältet och eftersom även jag jobbar som konsult åt nämnda bolag så har jag tillträde till våningen som normalt är en representationsvåning när Gazprom ska smörja potentiella partners, kunder med mera. Du ska ta skottet därifrån. Enda problemet är att området kring Marsfältet är avspärrat flera kvarter bort."

"Ja, det är onekligen ett problem."

"Men inte ett olösligt sådant." Charles skrattade torrt innan han fortsatte. "Inte långt från Marsfältet ligger Vinterpalatset som började byggas av Peter den Store 1711. Hans sonson, Peter II, fortsatte att expandera byggnaden och det hela avslutades med att kejsarinnan Anna av Ryssland gav byggnaden en sista touch. Det fina förstår du är att Ryska ledare i alla tider har lidit av förföljelsemani, släkten Romanov visade sig ju ha ett visst fog för sin rädsla, och därför lät de alla bygga en serie av tunnlar under staden som de kunde fly igenom i händelse av krig, belägring, uppror eller vad det nu var som skrämde dem."

"Ja, nog hade de ett visst fog för sin rädsla. De förtryckte det ryska folket i 300 år."

"Det gjorde de, på olika sätt, men de besegrade även stormakten Sverige." Charles lät sig inte avledas av *Triggers* kommentar utan fortsatte.

"En av tunnlarna mynnar ut i källaren på Catharina I:s palats. Visserligen lät Stalin mura igen alla ingångar under sin tid vid makten, men själva tunnlarna finns kvar och via dem kan vi ta oss innanför avspärrningarna utan att FSB ser oss."

"Har du varit i tunnlarna själv?"

"Jag har varit i flera av dem. Mitt kontaktnät här i Sankt Petersburg råkar bestå av en före detta stadsarkitekt som visade sig ha en gammal kopia av ritningarna över tunnelsystemet som Stalin satte samman 1941, innan han murade igen skiten. Vi går ner via en krypta i Kazankatedralen och sedan tar vi oss fram genom tunnelsystemet och upp i källaren."

"Och alla murade väggar är rivna?"

Charles skrattade.

"Sedan flera år tillbaka. *Bratvan* använde tunnlarna för att smuggla gods igenom och väggarna är sedan länge ersatta av fuskväggar som går att öppna och stänga. Några av de gamla banditerna ingår numera i vårt nätverk. De har så att säga en del att ge igen för på Potemkin."

"Det låter bra, men borde inte tunnelbanesystemet ha förstört de flesta tunnlarna och vad har vi för back-up?"

"Tunnelbanan ligger mycket djupare än de här tunnlarna gör. Visserligen utplånades flera av tunnlarna under byggandet av tunnelbanan på 1950- talet när man grävde ut för stationer och liknande, men tillräckligt många av tunnlarna finns kvar och har reparerats och byggts på av *Bratvan* under de senaste årtiondena. Vad gäller back-up har vi runt trettio man som kommer att hjälpa till. De är indelade i celler och varje cell har precis så mycket kunskap som de behöver …"

"… för att kunna lösa sin uppgift så att ingen kan gola på hela organisationen", avslutade *Trigger* meningen. Charles nickade.

"Från början hade vi tänkt att vi kanske skulle smuggla in dig till Moskva med en cirkus eftersom ryssarna är galna i cirkusar, men när vi fick veta att Potemkin skulle hålla sitt tal till massorna här i Sankt Petersburg blev det plan B istället. Ett bättre alternativ med tanke på exfiltreringen sedan."

"Hur mycket känner du till om den?"

Charles tittade fundersamt ut genom bilrutan och verkade inte ha hört *Triggers* fråga. De körde just nu längs den snörräta Moskovsky Avenyn och passerade precis över Reka Fontanaka, ett av de många vattendrag som skar igenom staden. Han skulle just ställa frågan igen när Charles vred på huvudet och såg på honom.

"Jag vet tillräckligt mycket, och jag hoppas du har is i magen för du kommer tillbringa en del av morgondagen på Hotell Proba i Petergof, om allt går enligt plan vill säga. Resten får du veta senare."

"Vem blir min spanare då?" *Trigger* tittade uppfordrande på den äldre mannen som tittade tillbaka med spelad förvåning.

"Det blir ju jag. Var själv prickskytt under min tid i fallskärmsjägarna, så du kan lita på mig. En prickskytt är ingenting utan sin spanare."

***

Bilen svängde upp och stannade intill den hästskoformade pelargången som ledde till Kazankatedralens port.

Charles klev ur bilen och *Trigger* bökade sig också ut och slog igen bakdörren innan han lyfte upp vapenväskan. Så fort de var ute rullade chauffören iväg. *Trigger* tittade efter bilen innan han långsamt vände sig mot Charles.

"Det kommer finnas transport när det är klart." Charles nickade lugnt mot *Trigger* som såg sig omkring.

Pelargången infattade en del av torget framför katedralen likt en halvmåne och förde tankarna till Vatikanen och Peterskyrkan. Ett gäng ungdomar hängde på sina cyklar framför katedralens port och några vanliga människor strök förbi i periferin, men det verkade som att kriget gjort att folk mestadels höll sig inne.

Innan chauffören släppt av dem hade de företagit sig en kort sightseeing i kvarteren runt marsfältet för att betrakta avspärrningarna samt alternativa flyktvägar. *Trigger* hoppades att vägen in även skulle vara vägen ut, för chansen att till fots ta sig bort från området efter att ha skjutit Rysslands president var lika med noll.

Med en sista svepande blick över området följde han efter Charles in i pelargångens skugga och de promenerade de dryga femtio meterna som låg mellan dem och portarna in till katedralen.

Inne i byggnaden rådde en mörk halvdager. Altargången ramades in av mäktiga, romerska kolonner som i det mörka ljuset tycktes skimra i blått. Längst fram i kyrkan öppnade en kupol upp sig och släppte in dagsljus över altaret där en uppstigande sol, omgärdad av sin strålkrans, symboliserade den gode Gudens ljus. *Trigger* undrade hur Potemkin fick detta att gå ihop med sitt nystartade krig.

Charles drog med honom fram till en dörr i kyrkans ena sida. På dörrens motsatta sida löpte en smal stenlagd gång som slutade med en trappa ner i underjorden. När de kom ner till foten av trappan var *Trigger* tvungen att böja sig lätt framåt eftersom takhöjden inte var mer än drygt en och åttio. Det luktade unket och instängt och murstenarna längs väggarna tycktes ha vittrat. Charles såg hans blick.

"Katedralen byggdes under åren 1801 – 1811, men det har funnits bebyggelse på platsen åtminstone sedan medeltiden och en del av de gamla husens källare infattades i den nya katedralens katakomber. Den här väggen är troligen från fjortonhundratalet."

De fortsatte och kom slutligen fram till en bastant dörr, gjord i ett mörkt träslag som sedan förstärkts med järn. En modern tvärslå i stål låg över dörren och hölls på plats av ett kraftigt hänglås. Charles plockade fram en nyckelknippa och låste upp innan han drog undan tvärslån och öppnade dörren.

Innanför bredde ett rum ut sig som var kanske tio gånger sju meter i storlek och bestod av valvbågar som höll upp taket, allt byggt i blekt, rödbrunt tegel. Även det ojämna golvet bestod av nött tegel och på dess mitt stod ett grovt tillyxat bord som såg ut att vara jämngammalt med rummet som det stod i. Runt bordet stod bastanta, trebenta stolar på vilka det satt tre män som tittade uppfordrande på dem. Ledaren var en man med rakat huvud och svart helskägg, vars näsa uppvisade spår av att ha brutits fler än en gång. När han reste sig var han nära att slå huvudet i taket och till och med *Trigger* var tvungen att titta upp mot honom, något som inte hände ofta. Han noterade vapnen som låg på bordet. Det var toppmoderna AK-107:or med granattillsats.

"Charles", sa mannen på ryska med en utpräglad Sankt Petersburgdialekt. "Vi var rädda för att något hänt. Är det här skytten?" Han slog ut med handen mot *Trigger.*

"*Da Jeirgif.* Det här är *Trigger.*"

"Klarar han av det? Svenskar är inte så krigiska." Jeirgif tittade misstänksamt på *Trigger* som lugnt svarade honom på ryska.

"Jag klarar av att pricka ett rörligt mål, till exempel din tjocka skalle, på tusen meter utan stöd, så nog ska jag kunna träffa Potemkin på ett par hundra meters avstånd."

Mannen ryckte till, överraskad över att höra sitt modersmål från denna bleka svensk. Under ett par sekunder stod männen och mätte varandra, sedan brast Jeirgif ut i ett bullrande skratt.

"Fan, svensken har kulor. Det gillar jag."

"Du glömmer allt som oftast bort att även jag är svensk", log Charles.

"Din mamma var svenska ja, men din far föddes på den Sibiriska tundran."

"Pappa föddes i gulag. Inget trevligt ställe att växa upp på."

Ryssen skrattade och bjöd in dem att sätta sig ner runt bordet. Innan de satte sig slängde han upp en ryggsäck på den grova skivan och sa:

"Ni kan fan inte gå runt i katakomberna i kostym. Byt om! I väskan finns kläder som duger bättre. Kängor finns det också." Han slog ut med händerna och visade på två par nötta kängor som stod på golvet under bordet, tillsammans med ytterligare väskor.

När han hade gett dem de grova kläderna pekade han på sina två vänner och *Trigger* behövde bara slänga ett öga på dem för att förstå att det här inte var några hederliga ryska medborgare. Det här var före detta *Bratva*-medlemmar som överlevt Potemkins utrensningar.

"Låt mig presentera Jurij och Alexandrov. De kommer att hjälpa till att skydda era ryggar medan ni sätter punkt för tyrannen."

De båda skurkarna nickade buttert utan att yttra ett ord och *Trigger* kunde ana hatet som pyrde ur deras porer. När Potemkin 2008 hade initierat sin kamp mot den organiserade brottsligheten, *Bratvan*, för att få in mer pengar till staten som kunde satsas på en upprustning av den sorgligt eftersatta ryska armén, hade dessa män haft allt. *Datjor*, lyxbilar och lyxprostituerade hade runnit likt sand mellan deras fingrar, men plötsligt hade jakten inletts. En jakt som slagit hårt, brutalt och skoningslöst mot de organiserade ligorna.

Ett mindre krig hade utbrutit där förluster förekommit i stort antal på bägge sidor. I Moskvas tunnelbana hade en sinnrik bomb exploderat och kostat många Moskvabor livet. När räddningsinsatserna kom igång hade nya bomber briserat och dödat framför allt poliser, brandmän och ambulanspersonal. Det var med andra ord inga änglar som satt framför dem, men i krig väljer man inte alltid sina allierade – de väljs av kriget. Något *Trigger* var mycket väl införstådd med.

"Så, vad är planen?" Jeirgif lutade sig fram över bordet och tittade uppfordrande på Charles.

Kapitel 21

Majestic Boutique Hotel DeLuxe
Sadovaya, 22, S:t Petersburg, Ryssland
Natten till den 8 maj 2017

Det gick inte att somna! Han hade legat och vridit sig i sängen i mer än två timmar nu utan att få en blund i ögonen. Resignerad satte sig Pjotr Muskin upp och slängde benen över sängkanten. Där blev han sedan sittande ett par minuter medan han gnuggade sig i ögonen och kastade en förstulen blick på klockan. Den var strax efter ett på natten och om cirka nio timmar skulle det ske, om allt gick som planerat.

Att amerikanerna fått meddelandet visste han. Boris Pamerkov hade meddelat att SACEUR mottagit det som skickats och första delen av planen hade redan återrapporterats. Muskin hade lite förvånat fått höra att det var en ensam svensk som hade klivit ombord på planet i Bialystok i Polen. Han hade förväntat sig att CIA skulle skicka någon, men det var faktiskt bättre att det var en svensk.

Skulle något gå fel och mannen tillfångatogs eller dödades skulle inte krisen eskalera när det visade sig att det var en redan krigförande part som försökt mörda Rysslands president. Om CIA klantade sig, något som hänt förr, skulle USA onekligen dras med i kriget i samma ögonblick som det stod klart för Potemkin att den amerikanska underrättelsetjänsten försökt mörda honom.

Muskin reste sig från sängen och ställde sig vid fönstret i sviten där han tittade ut över Sadovajagatan. På andra sidan gatan kunde han skymta konturerna av Ekaterininskiy-parken. Himlen var mörk och det enda ljuset som fanns var det som reflekterades från månen. Inga gatlyktor lös på grund av kriget. Ingen trodde på allvar att vare sig svenskarna eller finnarna skulle anfalla det ryska moderlandet, men USA hade ett hangarfartyg i Östersjön och försöken att sänka henne hade delvis misslyckats. Med andra ord behövde man inte underlätta för fienden, även om MQ-9 Reaperdrönarna lätt skulle hitta sitt mål ändå genom sina IR-kameror.

Han lät blicken svepa över den mörka gatan. De hade sopat igen spåren efter sig. Gaznata Air, MDC-497 hade utplånats och kontraktsmördaren hade försvunnit utomlands. Operation Ökenräv löpte på och nu var han själv bara en passagerare på tåget mot upplösningen.

Muskin misstänkte att den svenska krypskytten skulle slå till under morgondagens tal eller möjligen direkt efteråt, kanske först ute på Pulkovo, han visste inte säkert. Marsfältet var ordentligt avspärrat. FSB och GRU hade, tillsammans med reguljära trupper, slagit en järnring runt området, men ingen kedja är starkare än sin svagaste länk och som Rysslands försvarsminister var Muskin denna kedjas svagare länk.

Operation Ökenräv var väl förberedd. Ingenting fick gå fel. Gjorde det så var det hans huvud som skulle rulla först, något som i förlängningen skulle innebära slutet för hans kära *Rodina*.

***

Viktor Vaslov såg hur skuggan i fönstret backade undan och lät gardinen falla tillbaka. Han var säker på att försvarsministern inte sett honom där han stod dold under träden snett över gatan. Viktor tittade på klockan. Den var 00:28 på natten och Sadovajagatan låg mörk, tyst och öde så när som på Viktor och ytterligare ett tiotal man ur *Spetsnaz* Alpha-grupp som sorterade under Federala Säkerhetstjänsten FSB.

Alpha var specialiserade på bekämpning av inhemsk terrorism och hade aktiverats för att skydda presidenten och dennes hov under vistelsen i Sankt Petersburg. Viktor var inte helt odelat förtjust i att president Potemkin valt att hålla sitt brandtal till nationen här i staden. Närheten till fienden var lite för påtaglig och hur mycket man än förseglade området kring Marsfältet fanns det alltid variabler som ingen räknat med. Inte blev det bättre av att deras signalspaning hade indikerat att något kunde vara på gång.

Det klickade till i öronmusslan och sedan hörde han Kostenka Bezrukov säga med låg stämma.

"*Alpha* fyra till *Alpha* ett. Jag hör ljud från parken. Anhåller om att få undersöka."

"*Alpha* ett till *Alpha* fyra. Beviljas."

Ett tryck på sändarknappen från Kostenka bekräftade att han mottagit beviljandet. Viktor vände tillbaka uppmärksamheten mot Sadovajagatan och fasaden till Majestic Hotell. Ljuden från parken var förmodligen bara några förälskade tonåringar som trotsade nattens mörker för en stund i avskildhet, något som strax skulle komma att kullkastas.

Klockan var 00:37. Viktor huttrade lite i den kyliga majnatten. Avlösningen skulle komma 01:00 och sedan skulle det bli några timmars sömn innan hans grupp skulle infinna sig på Marsfältet för ett sista svep före talet.

Omedvetet rätade han till vapnet, en Kalasjnikov AK-102 med Natoammunition 5,56x45 millimeter, och försökte kväva en gäspning. Den senaste veckan hade sömnen fått stå tillbaka och han längtade efter att få krypa ner mellan svala lakan och sova.

Kapitel 22

Finska robotbåten Pori
Finska Viken
Natten till den 8 maj 2017

Antti Pekkala blickade ut över det svarta vattnet.

Han befann sig ombord på robotbåten *Pori* som var av Hamina-klass och Finlands modernaste militära sjöfartyg. Hon var sjösatt 2006 med hemmahamn i Obbnäs, tillhörande *Finska vikens marinkommando*. Fartyget var drygt femtio meter långt och beväpnat på fördäck med en Bofors 57 millimeters allmålskanon Mk 3, samt fyra Saab RBS-15 sjömålsrobotar. Till skillnad mot sin närmaste svenska motsvarighet, Visbykorvetterna, hade *Pori* även luftvärn bestående av två stycken 12,7 millimeters NSV luftvärnskulsprutor samt åtta stycken ItO 2004 Umkhonto-IR Luftvärnsrobotare.

Poris besättning bestod normalt av tjugo officerare och sju värnpliktiga, men hade denna natt utökats med två grupper om totalt sexton man från de finska Sissi-trupperna och Antti, med majors grad, var högst ansvarig chef för de två grupperna – fyra omgångar av de finska jägarna.

De hade lämnat Obbnäs i skymningen den sjunde maj och ångat snett över finska viken i drygt trettio knops fart innan de nådde Viinistu i Estland. Därefter hade de i lägre hastighet följt den Estniska kusten österut, förlitande sig på *Poris* smygegenskaper för att undvika den ryska radarn.

När Antti nu befann sig på bryggan kunde han långt bort vid horisonten ana ljusen från Konnovo och Tiskolovo på den ryska sidan av den estniska gränsen. Det var som att kriget inte existerade och alla ljus var på som i högfredens tid. Han misstänkte och hoppades att det skulle se annorlunda ut i området kring Sankt Petersburg. Det var varmt på bryggan där han befann sig. Ett lätt duggregn hade under den senaste timmen svept in *Pori* i ett skirt dis, något som gladde besättningen då det i ännu högre grad skulle försvåra en visuell upptäckt – både av själva fartyget som av det omisskännliga kölvattenspåret som de lämnade efter sig.

Vid två tillfällen hade den passiva radarn upptäckt högt flygande ryska stridsflygplan och båda gångerna hade besättningen gjort sig redo för strid, men ingenting hände.

Pori var till största delen byggd av aluminium och målad med en radarabsorberande färg som gav henne goda smygegenskaper. Den låga radarprofilen, nattens mörker och det dåliga vädret hade hittills bistått dem väl, men snart skulle det första, gryende dagsljuset leta sig fram mellan molnen och då skulle *Pori* söka sig längre ut från kusten för att inte kunna siktas visuellt från land och därmed kanske också bekämpas av kustrobotbatterier med kort till medellång räckvidd. Under nattens mörker hade istället landmassan tjänat som ytterligare en radarabsorbent.

"Tror majoren att svenskarna lyckas knäppa Potemkin?"

Den unga löjtnanten som satt i stolen intill honom släppte inte havet med blicken när han ställde frågan. Antti tittade fundersamt ut i diset innan han svarade med den släpiga, karelska dialekt som var hans kännemärke.

"Man vet fan inte med svenskarna. I ena stunden är de tjurigt rigida och i nästa stund är de som rytande lejon. De satans soldaterna de har där i Sverige slåss för sin överlevnad, precis som vi. Jag tror nog fan att Putte har sett sin sista gryning, ja."

Löjtnanten nickade, men sa inget mer. Antti såg de nervösa ryckningarna i mungipan och förstod att den unge mannen var på helspänn. När som helst skulle någon av ryssarnas kustradarstationer kunna få håll på dem och sedan skulle det inte dröja innan de hade attackflyget över sig. Antingen det, eller så kom de inom akustiskt höravstånd från någon av ryssarnas ubåtar och då var det torpeder eller kryssningsrobotar som var faran. Själv föredrog han att inte tänka på det. För mycket oro satte bara ner stridsförmågan och ökade därmed risken för att gå och bli dödad. Istället gick han igenom förutsättningarna för uppdraget. *Pori* skulle släppa av dem norr om det lilla ryska samhället Staroye Garkolovo och där skulle motståndsmän – han uppfattade dem i alla fall som motståndsmän – hämta upp dem med lastbil och köra in dem till Petergof där de skulle möta upp svensken för att exfiltrera honom efter utfört uppdrag.

För att smälta in bar de civila kläder, men medförde uniformer i ryggsäckarna tillsammans med sina vapen. Den finska arméns standardvapen var en förbättrad kopia av den gamla ryska AK-47 och kallades för RK62. Det vapnet var på tok för klumpigt för att lätt kunna döljas och därför hade de lättare närstridsvapen. Samtliga soldater medförde varsin Heckler & Koch MP7A1.

Det 638 millimeter långa vapnet var utrustat med magasin för trettio skott pansarbrytande ammunition 4,6x30 millimeter som slog igenom de vanligaste skyddsvästarna. Totalt hade varje man med sig sex magasin samt tre handgranater. Helst såg Antti att de inte skulle behöva avlossa ett enda skott, men om det kom till strid med de ryska inrikestrupperna kunde han och hans män bita ifrån sig rejält.

***

Hydrofonmatrosen ombord den ryska *Lada*-ubåten B-587 *Petrozavodsk,* kallade till sig sin kapten och sa, med viss darr på stämman:

"Kapten, jag tror att jag har något här."

"Tror du, eller vet du?"

Örlogskapten Aloysha Semonov spände blicken i den unga matrosen och förbannade tyst att han blivit tvungen att gå ut i krig med en ny och dåligt övad besättning. På grund av de bristande förutsättningarna kunde inte *Petrozavodsk* jaga i Östersjön utan hade kommenderats att patrullera djupt inne i Finska Viken. Örlogskapten Aloysha var redan irriterad över det faktum att han förmodligen skulle tvingas se på tredje världskriget från läktaren, utan möjlighet att avlossa en enda torped. Sin besvikelse hade han tagit ut på besättningen som tvingats till dubbla arbetspass för att träna sina färdigheter.

Matrosen svalde och pekade på sin skärm.

"Här kapten, precis i gränslinjen för vår hydrofons räckvidd. Ett fartyg med vattenjetaggregat som gör drygt tjugo knop. Hon verkar följa kusten och har bäring rakt in i Finska Viken."

"Vet vi vilket fartyg det är?"

"Nej kapten. Vi är för långt borta. En gissning är antingen en finsk robotbåt av Hamina-klass eller en svensk korvett av Visby-klass, men för att veta säkert måste vi komma närmare."

"Vad är det som säger att det inte är sälar?"

"Med all respekt, kamrat örlogskapten. Svenskarna kanske kallar våra ubåtar för sälar, men jag är helt säker på att det här inte är ett djur."

Semonov betraktade skärmen några sekunder. Kanske skulle kriget trots allt inte avnjutas från läktarplats när allt kom omkring. Han bestämde sig och vände sig till styrman.

"Öka till tjugo knop, riktning babord 45 grader, kurs två-två-fem grader sydväst."

En lätt darrning i skrovet skvallrade om att dieselmotorn varvade upp och ubåten lutade en smula under kurskorrigeringen.

"Alle man till sina stridspositioner. Ladda torpedtuberna!"

Petrozavodsk kom till sin nya kurs och började sin jakt för att genskjuta det andra fartyget. Semonov gnuggade händerna. Om han sänkte en fiende som kanske var på väg för att skjuta mot Sankt Petersburg skulle han med stor sannolikhet befordras. Drömmande såg han i tanken hur han tog emot Ryska Federationens Hjälte ur president Potemkins hand.

Kapitel 23

Krypta under Kazankatedralen
Sankt Petersburg, Ryssland
Natten till den 8 maj 2017

Timmarna i kryptan hade sniglat sig fram. *Trigger* hade efter en sista genomgång av planerna lagt sig tillrätta på ett liggunderlag som de tre råskinnen haft med sig och sedan somnat. Han misstänkte att detta skulle vara sista chansen på ett tag och såg därför till att sno åt sig några timmars välbehövlig sömn.

Han hade nu fått de sista detaljerna. Potemkins tal skulle inledas vid klockan nio på morgonen. Vid åtta skulle säkerhetsdetaljen göra ett sista svep av området och därefter försegla husen. Det var då de skulle smita in genom den hemliga ingången. När Charles hade gjort sin dragning kunde inte *Trigger* hålla tillbaka sin fundering utan rakt ut frågat hur Bratvamännen tagit sig in i kryptan när de själva hade låst upp från utsidan.

Jeirgif hade brutit ut i sitt nu välkända, bullrande skratt och bett *Trigger* följa med honom till andra änden av kammaren där han tryckte in en sten som stack ut någon centimeter från väggen. När han gjorde det hördes ett distinkt *klick* och en sektion av väggen svängde upp och blottade ett svart hål på andra sidan.

"Mycket praktiskt när man vill förflytta sig utan att tjekan får veta något."

Trigger hade plockat upp en kraftig ficklampa från den utrustning som männen medförde innan han klev in i det svarta hålet och lät ljuskäglan spela över väggarna. Gången var byggd av tegel och natursten och sträckte sig åt höger där den sakta krökte sig så att ljuset bara föll på den bortre väggen. Det droppade från taket, men samtidigt kände han ett svalt vinddrag som visade att gångarna genomluftades kontinuerligt genom kontakt med markytan.

"Är det samma kvalité på hela tunneln?"

"Nej, absolut inte. Det mesta är murat av sten som fanns på platsen och på flera sträckor fodrade man med brädor som ruttnat sönder under århundradenas lopp. När våra företrädare ..." Jeirgif drog medvetet på orden innan han fortsatt. "När våra företrädare hittade gångarna någon gång under femtiotalet hade flera av dem störtat in. Andra slutade tvärt mot de nya husens betonggrunder eller vi en av de nya tunnelbanestationernas väggar, men tillräckligt många gick att rädda. Sedan har vi undan för undan förbättrat dem. Stalin hade visserligen plomberat ingångarna, men tunnlarna fanns kvar och de var ovärderliga fram till kollapsen."

"Och den här?"

"Under nittiotalet hade vi en liten lönsam svartkrog här, men var tvungna att slå igen när tjekan började jaga oss. Sedan har den här delen stått oanvänd tills Charles förklarade sina avsikter."

"Svartkrog? Under en katedral?"

"Finns inget bättre ställe. Tjekan kontrollerade aldrig katedralen, men strömmen av människor drog till sig oönskat intresse. Därför tvangs vi avveckla det hela."

Trigger hade inte kunnat låta bli att flina mot ryssen som medvetet använde det gamla ordet för FSB. Tjekan, eller den hemliga polisen, hade grundats av Lenin i december 1917 med Felix Dzerzjinskij som sin förste chef. Därefter hade namnbytena radat upp sig som smultron på ett strå – GPU, OGPU, NKVD, MGB och slutligen det namn som alla förknippade med Kalla Kriget, KGB.

Trigger gäspade.

Liggunderlaget isolerade honom från det kalla golvet och tio minuter senare sov han gott.

Jeirgif betraktade nu den sovande svensken och ruskade på huvudet innan han vände sig mot Charles och sa.

"Din landsman kan verkligen slappna av."

"Det utmärker en god soldat att kunna vila inför ett uppdrag. När det gäller kommer handen vara stadig och blicken skarp.

Morgondagens gryning kommer vara den sista som Potemkin får uppleva."

"Och ni är säker på att försvarsministern kommer ta makten?"

"Helt säker kan man aldrig vara. Det finns vargar i den ryska duman och på flera andra platser i Kreml, *Silovik,* med Vladimir Orlov i spetsen, är ett exempel. Om någon av dessa beslutar sig för att manövrera ut Muskin så kan vad som helst hända. Vi tar en kalkylerad risk här och får inte glömma bort vad som hände i Irak efter att Saddam Hussein försvann."

"Eller efter att Muammar Abu Minyar al-Gaddaf störtades i Libyen", spottade Jeirgif ur sig. "Det var många ryssar som satsat på al-Gaddaf och vi var inte helt nöjda med det som hände."

Charles svarade inte på det. Han visste att *Bratvan* hade haft ett brett samarbete med Gaddafi och tjänat stora pengar utan någon större ansträngning. Även Potemkin själv hade haft ett nära samröre med den forne diktatorn och att manövrera ut *Bratvan* hade onekligen utökat presidentens personliga förmögenhet med åtskilliga miljoner dollar. Charles vägrade tänka i rubler. Rubler var monopolpengar och inte gångbara på den internationella marknaden där det var dollar, pund och euro som gällde.

Istället slängde han en blick på klockan och tittade sedan på Jeirgif.

"Hon är strax efter två på natten. Jag behöver också sova innan det smäller."

"Var bara lugn min vän. Vi vakar över er, som hökar."

Charles slängde en lång blick bort mot Jurij och Alexandrov som satt kvar vid bordet, tydligt ointresserade av samtalet. De båda männen rökte stinkande, filterlösa ryska cigaretter och tuggade på något som i bästa fall var choklad och i sämsta fall någon form av knark.

"Se till att hålla dina vildhundar i koppel bara. De ser inte helt pålitliga ut."

"Jag kan gå i god för att både Alexandrov och Jurij skulle ta en kula för dig om det innebar att nästa kula fällde Potemkin."

"Jag hoppas du har rätt", svarade Charles innan han rullade ut ett liggunderlag och la sig intill *Trigger.* Några minuter senare sov han lika gott som operatören.

Jeirgif ruskade förundrat på huvudet medan han betraktade de sovande svenskarna, sedan vände han sig till sina kumpaner.

"Jurij. Ta vakten utanför. Du vet vad du ska göra om någon blir närgången."

"Da, da", svarade banditen surmulet och plockade upp sitt vapen innan han lämnade kammaren och stängde den tunga dörren efter sig.

"Alexandrov. Du vaktar tunneln."

Mannen svarade inte utan reste sig bara och drog åt sig sin Kalasjnikov innan han försvann in i tunneln. Jeirgif sträckte på sig och gick fram till bordet. Sakta plockade han upp sitt vapen och tittade på det under några sekunder.

Han var inte främmande för att döda och hade gjort så åtskilliga gånger under sin tid i Afghanistan på 1980- talet och sedan under sin lukrativa karriär som skurk i en döende skurkstat där nationens tillgångar var till salu åt högstbjudande. Allt ifrån officersmössor till atomvapen hade han varit med om att sälja och inte sällan hade en annan skurkstat varit en ivrig köpare, nämligen Nordkorea som köpt på sig ett antal ryska stridsspetsar.

Normalt skulle Jeirgif inte sörja om Kim Jong-un beslutade sig för att använda sin arsenal på någon av sina grannar, exempelvis Sydkorea som alltsedan Koreakriget hade gått i USA:s ledband, men han visste att Kim Jong-un inte vågade. Åtminstone inte så länge som Taepodong-2 missilerna inte klarade av att bära kärnstridsspetsarna till det amerikanska fastlandet – oavsett vad som hävdades från Pyongyang. Landet var en militärmakt, men med en svältande befolkning och Kim behövde stärka sina relationer med omvärlden och taffliga försök hade gjorts. Han undrade om Kim sov lika gott om natten som de två svenskar som låg vid hans fötter och snarkade lätt. Förmodligen inte, bestämde han sig för. En man som avrättar folk med luftvärnskanon efter att de fällt en nedsättande kommentar om ledaren, eller somnat under ett möte, sov förmodligen inte bra. En sådan man såg bara fiender runt omkring sig.

Han trädde vapenremmen över huvudet och satte sig sedan på en av stolarna. Tre timmar skulle svenskarna få. Sedan måste de börja sin förflyttning mot målområdet.

Kapitel 24

Finska robotbåten Pori
Utanför den ryska kusten
Tidig morgon, 8 maj 2017

Pori låg ett par kilometer norr om Staroye Garkolovo och tre distansminuter utanför kusten när kommendörkapten Taavetti Hyytiäinen kom upp på bryggan och ställde sig bredvid Antti Pekkala. De två officerarna stod tysta några sekunder innan Taavetti sa med släpig röst:

"Där borta ligger Staroye, på andra sidan udden. De satans ryssarna har inte vett att släcka ner ens i krigstid. Fan, amerikanerna på *USS George H.W. Bush* kan ju skicka upp bombflyget och utradera deras djävla hålor."

Antti smackade med läpparna innan han dystert svarade:

"*Bush* tog ordentligt med stryk igår. Vad jag hört lär det inte skickas upp så många plan från hennes däck på ett tag."

"Satan Potemkin och hans satans pack. Hoppas svenskarna skickade rätt kille att skjuta honom."

"Det är en av deras specialsoldater. Får han bara rätt läge så är det tack och adjö med Potemkin." Antti sneglade på Taavetti när han sa det och såg hur kommendörkaptenen gjorde en grimas.

"Hoppas du och dina pojkar kan få ut honom levande."

"Sissi är experter på att verka bakom fiendens linjer. Vi ska nog kunna ställa till med ett krig i kriget i Petergof om det vill sig illa."

Kommendörkapten svarade inte på det med mer än en stilla nickning samtidigt som han sneglade på klockan. I öster höll himlen på att färgas av den uppstigande solen och nattens skuggor blev allt blekare. *Pori* höll sju knop och skulle inom kort ankra på grunt vatten och sjösätta ribbåten för att köra Sissi-operatörerna in till land.

Antti blickade framåt. Det svarta vattnet tycktes äta upp det lilla ljus som fanns och om inte himlen sydväst om dem färgats av ljusen från Staroye hade det varit omöjligt att se var vattnet slutade och landmassan tog vid. Nu såg han dock en mörkare skugga som höjde sig framför dem och efter att ha studerat sjökorten visste han att det där framme fanns en smal sandstrand som sedan försvann in i en massiv tallskog. En grusväg gick genom skogen, ner till stranden och han visste även att det längs strandlinjen låg förrädiska klippor som hotade att skära upp skrovet på ett skepp om en oförsiktig kapten dristade sig att gå för nära.

Vid den här tiden på året var strandremsan bara en bit öde sand som ingen besökte och viken var därför perfekt för avsläppet. Sedan skulle *Pori* gå längre ut från kusten och lägga sig stilla. För sjömännen skulle det vara tålamodsprövande att ligga på fientligt vatten och vara helt tysta, men det var ack så nödvändigt. Utan ljud skulle det bli svårt för en ubåt att få korn på henne och *Poris* låga radarprofil skulle skydda henne från hot ovanför ytan. Om det ändå skulle dyka upp hot var Taavetti övertygad om att robotbåten skulle kunna möta alla aggressioner, så länge de inte kom från en ubåt.

Hamina-klassens robotbåtar hade både luftvärn och sjömålsrobot tillsammans med 57:an på fördäck, men saknade *Rauma*-klassens släphydrofon, den så kallade *Toadfish* IIRC. Visserligen medförde man sjunkbomber och sjöminor, men utan öron som kunde berätta var hotet fanns skulle fällningen ske i blindo. Före kriget hade diskussionens vågor gått höga över varför den avancerade fartygsklassen inte utrustats för ubåtsjakt och ett halvt löfte om att i framtiden skaffa denna förmåga kändes i detta nu rätt ihålig. Taavetti antog att det var ungefär så svenskarna kände sig efter att Visbykorvetterna hade snuvats på sitt luftvärn. Dessa å andra sidan hade utmärkta redskap för ubåtsjakt och de två fartygen tillsammans skulle ha varit fantastiska parhästar. Det var synd att den möjligheten inte hade erbjudits, men både Finlands och Sveriges båda flottor var ansträngda till det yttersta med att möta hotet mot det egna territoriet. Egentligen var det ett mindre mirakel som gjorde att detta samarbete kommit till stånd.

Taavetti visste inte hur högt upp i kedjan som kontakten knutits, men ordern hade kommit direkt från befälhavaren Mika Junttila som kallat det hela för en krigsavgörande insats. Hur det var med den saken lät Taavetti vara osagt, men om den svenska specialoperatören lyckades med sitt uppdrag fanns det en god chans att punktera hela den ryska nationen. Om så skedde kanske, men bara kanske, skulle kriget ta en helt ny vändning.

Det var när han stod i dessa tankar som högtalarna på bryggan vaknade till liv.

"Klart skepp. Klart skepp. Misstänkt ubåt sextio grader nordost om *Pori*. Avstånd sextonhundra meter. Samtlig personal till sina drabbningsplatser!"

Meddelandet följdes av larmsignal och han ryckte till som om någon lett 230 volt genom kroppen på honom.

"Helvete!"

Kommendörkaptenen lämnade bryggan och skyndade sig ner till stridsledningscentralen. Kvar stod Antti och svor svavelosande, samtidigt som han försökte att inte befinna sig i vägen för manskapet som skyndade till sina drabbningsplatser.

***

Petrozavodsk gled fram på trettio meters djup.

Ljuden från det fientliga ytfartyget hade avtagit när dess hastighet sjönk. Hydrofonmatrosen hade klassbestämt det till en finsk robotbåt av *Hamina*-klass som för närvarande gick med knappt sju knops fart in mot kusten.

Örlogskapten Aloysha Semonov gnuggade händerna. Det här skulle bli som att skjuta på sittande fågel. *Hamina*-klassen hade ingen ubåtsjaktförmåga och inga av de för *Petrozavodsk* så livsfarliga torpederna. Han kunde redan höra ljudet av deras egna torpeder som detonerade i det finska fartygets skrov.

"Periskopdjup. Jag vill se henne innan jag dödar henne."

193

Styrmatrosen nickade och *Petrozavodsk* började sakta stiga uppåt. Strax innan hennes torn bröt ytan vägde matrosen av och uppstigningen avbröts. Semonov höjde periskopet och spanade av ytan. Sextonhundra meter rakt föröver såg han robotbåten som fortfarande styrde in mot land. Snabbt slog han ihop periskopets handtag.

"Periskop ner. Tub två och fyra. Mål sextonhundrafyra meter. Eld!"

De båda avfyrningarna kom med endast två sekunders mellanrum och den sjuttonhundra ton tunga ubåten riste till när den komprimerade luften sköt iväg de två 533 millimeters torpederna mot den intet ont anande besättningen ombord på det finska fartyget. Semonov tittade på klockan.

Hydrofonmatrosen ropade att det finska fartyget hade ökat farten, men Semonov var inte orolig. De två torpederna skulle massakrera robotbåten. Egentligen hade det räckt med en torped för att sänka henne, men med två fiskar i vattnet ökade chansen till träff. Han räknade ner sekunderna till finnarnas död och *Petrozavodsk* första insats i detta krig.

Kapitel 25

Klockan hade inte blivit sex än, men redan hade Marsfältet börjat fyllas med ryssar som på nära håll ville höra sin segerrika president tala. Viktor Vaslov suckade. Han hade i alla fall fått tre timmars sömn och det fick han vara nöjd med under omständigheterna. Nu skulle man göra en sista säkerhetsrunda innan fastigheterna runt fältet slutligen plomberades. All verksamhet i husen som hade direkt utsikt mot fältet hade fått evakuera, något som fått somliga kontorschefer att knorra, men det hade snabbt tystnat. Bara en idiot knorrade inför en vältränad *Spetsnaz* med befogenhet att bruka det våld som krävdes för att säkra området. Viktor och hans kamrater skulle alltså se till att ingen smugit sig in i husen under natten innan de sedan låste samtliga dörrar och placerade ut beväpnade vakter.

Han gnuggade sömnen ur ögonen samtidigt som han klev ur pansarbandvagnen MT-LB och sträckte på sig. Solen hade gått upp, men dess strålar värmde ännu inte och han kunde inte riktigt förstå de människor som strömmade till trots att Potemkin inte var att vänta på scenen förrän tidigast om tre timmar.

Pansarbandvagnen hade släppt av honom och tio andra *Alpha*-operatörer på Marsovogatan som löpte längs Marsfältets västra långsida. Rakt norrut låg floden Neva och på fältets motsatta sida låg Sommarträdgården, en skogbevuxen lunga mellan Marsfältet och kanalen Fontanaka.

På Viktors vänstra sida låg Catharina I:s palats. Den pampiga gula byggnaden var ännu ett minne av tsartiden som idag tjänade mer profana värden. Han lät blicken svepa längs gatan. Marsfältet hade inför dagens tal avskärmats med ett över två meter högt trådstängsel som fodrats med presenningsväv för att hindra insyn från gatunivå. Samtidigt hade pansarfordon spärrat av alla till- och frånfartsvägar till området och människor fick gå genom metalldetektorer innan de släpptes in. Säkerheten var med andra ord rigorös, men han visste att det alltid fanns luckor.

"Viktor. Tillbaka från Athen?"

Viktor vred på huvudet och betraktade talaren. Det var Lev Roerich, en yngre löjtnant som just hoppade ur ett annat pansarfordon och som han var bekant med från tidigare uppdrag. Eftersom Lev tillhörde en annan *Alpha*-grupp var det inte så ofta som deras vägar korsades i tjänsten och sist de pratat med varandra skulle Viktor iväg för att på nära håll följa den svenska kulturministerns besök i Athen.

"Kom tillbaka för några dagar sedan, just när den här skiten startade."

"Ja, våra kamrater får kämpa i ärorika slag för fosterlandets framtid. Vi får vakta vår president. Var skulle du helst vilja vara?"

Viktor svarade inte. Den nyinrättade Politiska Kommissarien, *Politruken*, kom gående emot de båda grupperna och minsta lilla felsägning som nådde den mannens öron skulle i bästa fall sluta i en reprimand och ett förbiseende vid nästa befordringstillfälle. I värsta fall kunde det leda till ett nackskott och han ville inte utmana ödet.

De tjugotvå operatörerna ställde upp sig och *Politruken* ställde sig jämte FSB-majoren.

"Kamrater. Om tre timmar kommer vår älskade president att tala till folket från scenen bakom mig. Om tre timmar måste vi ha svept området. Inga hot får finnas som kan skada vår president. Har jag uttryckt mig klart nog?"

"Ja, kamrat major!"

"Gott. Gruppcheferna kommer att dela upp er i sökteam och tilldela er områden. Ni vet era befogenheter. Vid motstånd har ni rätt att skjuta verkanseld."

Majoren klev åt sidan och *Politruken* klev fram. Mannens kalla ögon svepte över dem och Viktor kunde inte låta bli att dra en parallell mellan honom och nidbilden av Nazitysklands SS-officerare. *Politrukens* blick stannade på Viktor, som om han kunnat läsa hans tankar, sedan sa han.

"Både vår SIGINT och HUMINT säger att det kan komma att utföras någon form av attentat riktat mot vår president under hans vistelse i Sankt Petersburg. Det är ni som ska se till att det inte sker. Håll er skärpta. Misslyckande bestraffas hårt. Är det uppfattat?"

"Ja, kamrat kommissarie!"

Viktor kände tröttheten välla upp inom sig. Kräket framför honom skulle nu gå tillbaka till sin bil och sätta sig att vänta på att de underlydande skulle göra skitjobbet. Om de lyckades och inget hände skulle *Politruken* ta åt sig äran. Gick det åt helvete skulle de få skulden. Utvecklingen hade inte gått speciellt långt inom det politiska området sedan *Det Stora Fosterländska Kriget*. Då hade *Politrukerna* beväpnat kulsprutorna som mejat ner de egna soldater som inte fullföljde ett anfall mot de tyska linjerna. Flera av soldaterna hade varit obeväpnade, tillsagda att plocka upp de stupades vapen och fortsätta framåt. För den enskilda soldaten fanns valet att dö för en tysk kula eller sovjetisk.

Samma sak tycktes gälla nu. Det enda som skiljde var att då hade presidenten hetat Stalin och nu hette han Potemkin.

När gruppcheferna hade delat upp dem fick Viktor ansvaret för Peter Nasagin som blev hans partner. Nasagin var samma FSB *Alpha* som varit med honom under uppdraget i Athen och de kände varandra väl.

"Kommer det att hända något tror du?"

Viktor skakade på huvudet.

"Inte troligt. Både svenskarna och finnarna har arslet fullt och amerikanerna kan inte ha hunnit sy ihop något."

"Inte troligt att deras hangarfartyg skickar upp en *Predator*?"

"Vårt missilangrepp på den amerikanska fartygsgruppen igår skadade dem så pass att de nog har fullt upp med att rädda sig själva. Dessutom skulle vår radarbevakning upptäcka om en *Predator* närmade sig. Jag är mer orolig över att CIA har vilande agenter på plats som just smugit sig in i folkhavet framför scenen."

Nasagin slängde en blick mot fältet.

"Då är det *Operativa underrättelseavdelning* vid GRU som har den huvudvärken. De ansvarar för säkerheten inom den inre cirkeln. Kom nu så får vi det här gjort."

Viktor nickade. Nasagin hade rätt. Femte avdelningen fick sköta sin säkerhet så skötte *Alpha* sin. De båda operatörerna skyndade in i fastigheten och ägnade inte fler tankar åt GRU.

Kapitel 26

Finska robotbåten Pori
Utanför Staroye Garkolovo, ryska kusten
Morgon, 8 maj 2017

Radaroperatören i *Poris* stridsledningscentral reagerade direkt när radarn gav utslag för en liten, men kompakt radarreflektion i höjd med vattenytan. Det fanns bara en sak som kunde generera ett sådant radareko – ett ubåtsperiskop som snabbt avsynade havet innan ett anfall.

Radaroperatören höjde rösten för att påkalla uppmärksamhet från den officer som för tillfället var chef.

"Chefen – larmrapport. Misstänkt ubåt sextio grader nordost, avstånd sextonhundra meter."

Kaptenlöjtnanten Oskari Mustonen uppmärksammade omedelbart den unga operatören.

"Uppfattat. Misstänkt ubåt, sextio grader nordost, sextonhundra meter."

Han slog till larmet och grep mikrofonen.

"Klart skepp. Klart skepp. Misstänkt ubåt sextio grader nordost om *Pori*. Avstånd sextonhundra meter. Samtlig personal till sina drabbningsplatser!"

Mustonen såg sig omkring och fortsatte sedan.

"Vi gör en Mannerheim-manöver. Full fart mot stranden. Roder, var beredd."

Pori ökade farten och dess för klöv vattenytan som eggen på en nyslipad yxa. Djupmätaren visade hur botten tycktes rusa upp för att möta fartyget när det jagade in mot stranden. Mustonen behövde ingen hydrofon för att veta att det just nu befann sig minst en, förmodligen två, torpeder i vattnet som närmade sig *Pori* med över fyrtio knops fart. Deras egen topphastighet låg på trettiotvå knop så att köra ifrån torpederna var inte möjligt. Istället fick man försöka lura dem och Mannerheim-manövern hade de tränat på så sent som för några veckor sedan.

Namnet på manövern, som den finska kustflottan hade tänkt ut och sedan testat för att se om den funkade i praktiken, var lånat från Carl Gustav Mannerheim, Marskalk av Finland och den tongivande ledaren under Finska Vinterkriget. Nu skulle de få se om teorin matchade praktiken.

Poris hastighet ökade och Mustonen gjorde allt för att inte visa sin nervositet för de andra i stridsledningscentralen. Djupmätaren skulle snart slå i botten och man skulle stå på land om inte rodermatrosen var stadig på handen. *Poris* djupgående var endast en och en halv meter och det skulle utnyttjas till max för att manövern skulle fungera.

Det var nu sex meter mellan *Poris* bottenskrov och botten och siffran sjönk stadigt. Kommunikationsradion sprakade till och en röst som tillhörde en matros på bryggan hördes.

"Två, repeterar två torpedspår på ingång. Avstånd fyrahundra meter och närmar sig snabbt."

"Uppfattat."

Mustonen noterade i ögonvrån hur kaptenen kom in i centralen och skyndade till sin plats. Han lyfte blicken och fick ögonkontakt.

"Mustonen har fortfarande befälet. Fortsätt."

Taavetti Hyytiäinen spände fast sig i sin stol. Han visste vad som snart skulle ske när botten kom farande mot dem. Nu var det bara tre meter mellan skrov och botten och han spände sig omedvetet.

"Torpeder på hundra meter och närmar sig."

Två meter till botten. De två vattenjetaggregaten som drev *Pori* framåt pressades till sitt yttersta.

"Torpeder på trettio meter och närmar sig."

Två kraftiga detonationer ruskade om *Pori*, samtidigt som fartyget svängde. Taavetti kunde höra hur skrovet skrapade emot botten och stridsledningscentralen svajade så att allt som inte var fastspänt kastades omkring. Han slöt ögonen. Var det slut nu?

***

De båda detonationerna fortplantade sig genom havet och vibrationerna kändes i fötterna, genom däcksplåten. Semonov log inombords när hydrofonoperatören meddelade att han hörde ljud som tydde på skrovsammanbrott.

"Periskop upp."

Semonov skickade upp periskopet, grep tag om handtagen och lutade huvudet mot ögat på periskopet. Det han såg var upprört vatten i rörelse och ett moln av vattenånga. Han vred något på periskopet och fångade upp en rörelse i periferin. Det tog någon sekund innan han kunde fokusera på föremålet. Tre snabba ljusblixtar syntes när den finska robotbåten avfyrade sin däckskanon.

"Satan. Periskop ner. Dyk, dyk!"

Det var försent!

Den första pansarbrytande granaten från *Poris* 57:a träffade tornluckan snett uppifrån och trängde utan problem igenom och detonerade inne i tornet. Ett hål slets upp och vatten skummade in. De två efterföljande granaterna slog ner i vatten precis framför tornet, som befann sig under ytan, och detonerade mot dess sida.

Petrozavodsk rullade åt sidan. Stötvågen från explosionerna sprängde den inre luckan under tornet och vattnet rusade in. Männen som befann sig i skottet under tornet dog direkt av kraften i explosionerna och Semonov fick inrikta sig på att försöka rädda fartyget.

Han beordrade att blåsa barlasttankarna och stiga till ytan. I samma stund som den skadade ubåten bröt de skvalpande vågorna avlossade *Pori* en RBS-15 som i över åttahundra kilometer i timmen, och tätt över vågtopparna, jagade fram mot *Petrozavodsk* där den detonerade mot ubåtens för och rev upp ett hål samt skickade en ny stötvåg genom fartyget som sprängde de kvarvarande skotten, dödade besättningen och vattenfyllde det som fanns kvar. Inom några sekunder försvann *Petrozavodsk* från ytan och påbörjade sin sista färd mot botten

***

Han kunde inte tro att det var sant!

Antti stod på bryggan och såg hur *Pori* i vansinnesfart jagade mot stranden i något som såg ut som ett försök att undkomma torpederna genom att köra upp *Pori* på den smala sandremsan mellan vatten och skog. De livsfarliga klippblocken i strandlinjen tycktes kraftigt förstorade och växte hela tiden inför hans förfärade blick.

Sekunden innan han var övertygad om att de skulle ränna in i klipporna och få skrovet uppslitet, girade *Pori* kraftigt åt babord. Samtidigt släpptes två sjunkbomber från bombrälsen i aktern och detonationerna kom nästan direkt när bomberna kom i kontakt med vattnet. Två enorma uppkast syntes i aktern och *Pori* lyfte under några sekunder baken i luften som om en jätte försökt lyfta upp fartyget. Genom allt oväsen hörde han det gnisslande ljudet när skrovet strök mot botten och sedan, nästan direkt, kom två nya explosioner när torpederna detonerade i det upprörda vattnet efter sjunkbombsexplosionerna.

Pori vände fören ut mot vattnet. Kanonen gick ur sitt viloläge och riktades in mot platsen där ubåten skjutit sina torpeder. Strax därpå hördes tre snabba knallar när 57MK3 kanonen avlossades. Antti vände blicken ut mot havet och såg träffarna i mål. Strax därpå bröt ett taggigt ubåtstorn ytan och *Pori* avlossade en sjömålsrobot.

Med förbluffad min såg Antti roboten träffa målet och döda ubåten med dess trettioåtta man starka besättning. Striden hade varit över på ett ögonblick och det enda som syntes på den skummande ytan var lite oljespill.

Aldrig hade han sett ett ytfartyg sänka en ubåt utan hjälp av torpeder, endast med vapen avsedda att bekämpa andra ytfartyg. Manövern hade aldrig lyckats om inte den ryska ubåtens befälhavare hade varit så övermodig att han gett *Pori* något att skjuta på. Insikten att de varit bara sekunder från att själva dö slog honom, samtidigt som han kände sig märkligt lugn. Ubåten var död och *Pori* levde – det var det enda som betydde något!

Kapitel 27

Under Catharina I:s palats
Sankt Petersburg
Morgon, 8 maj 2017

Ljudet av soldaterna som genomsökte byggnaden ekade mellan väggarna. Charles lutade sig bakåt och tittade roat på *Trigger* som till synes uttråkad satt lutad mot tunnelns motsatta vägg.

Här, under palatset, var väggarna murade. Somliga partier såg ut att härröra från 1700- talet medan andra kunde ha murats upp någon gång under de senaste årtiondena, vilket förmodligen var fallet.

Jeirgif berättade att han själv varit med om att återställa delar av tunnelsystemet som rasat in, eller varit i så dåligt skick att det snart skulle ha gjort det om inget hänt. Charles såg det ironiska i att de tunnlar som från början byggts för att den ryska aristokratin skulle kunna fly staden osedda, nu skulle användas till att lönnmörda den nya tsaren av Ryssland – Vladimir Iljitj Potemkin.

Med en suck tänkte han tillbaka. Egentligen hade hela denna cirkus startat i och med det andra Tjetjenienkriget som bröt ut 1999, strax efter det att Vladimir Potemkin hade valts till Rysslands premiärminister. Det första kriget från 1994 till 1996 hade varit en katastrof för den ryska armén och i lärdom av detta hade man ändrat taktik, men det hade ändå inte gått så bra.

Sedan var det kriget i Georgien 2008. Detta krig fick fungera som en värdemätare på de förändringar som gjorts, men Potemkin insåg snabbt att det var långt kvar innan Ryssland skulle kunna hävda sig militärt igen.

Den småskaliga konflikten i Georgien hade trappats upp till ett regelrätt krig där Ryssland visserligen stod som någon form av segrare, men Potemkin hade inte varit nöjd med hur armén hanterat konflikten och hade därefter börjat vidta åtgärder för att rusta och förstärka den forna stormaktens nedgångna militära enheter. Kriget mot *Bratvan* var en av åtgärderna som dels syftade till att ge resultat som vanliga ryssar kunde förlika sig med, men lika viktigt var det att styra om *Bratvans* inkomster till den ryska staten istället för ett fåtal organiserade, kriminella *oligarker*.

Kriget hade lyckats, men med vissa kännbara förluster och det var under denna process som Charles hade trätt in på den ryska scenen där han först hade infiltrerat Gazprom, den ryska statens olje- och gasdistribuerande företag.

Med falska vitsord från en tidigare svensk delägare hade han lyckats få anställning på Gazproms Sankt Petersburgkontor och efter flera års varsam kamp hade han skaffat ett kontaktnät värdigt vilken mästerspion som helst under det kalla kriget.

Till slut hade han träffat Jeirgif och vunnit dennes förtroende och en äkta vänskap hade utvecklats mellan de båda männen, trots deras skilda bakgrunder. Att Charles far skulle vara född under det ryska straffsystemet gulag var en lögn. Det var en del av hans *cover* och den enda del som skavde en smula mot samvetet eftersom han kommit att respektera Jeirgif och det kändes inte bra att ljuga för en vän.

För ett år sedan hade KSI – *Kontoret för Särskild Inhämtning* – som sorterade under den svenska Militära Underrättelse- och Säkerhetstjänsten MUST, kommit med en begäran. Han skulle undersöka möjligheterna för en svensk krypskytt att i ett skymningsläge till följd av krig, kunna avrätta Rysslands president.

Charles, som sett hur ett krig tedde sig alltmer oundvikligt, hade gripit sig an uppgiften och genom sitt kontaktnät hade han byggt upp basen för ett sådant uppdrag. Det fanns två scenarion. Scenario A var det svåraste, nämligen att mörda Potemkin medan han befann sig i Kreml. Scenario B var enklare och byggde på det som just iscensattes, nämligen ett mord utfört i Sankt Petersburg.

Det hade dock hela tiden funnits en smolk i bägaren och det var hur skytten, spanaren och alla inblandade skulle överleva efteråt. Historien visade att mord på statsöverhuvuden, speciellt i krig, straffades mycket hårt och urskillningslöst. Om något så var Operation Valkyria, eller mordförsöket på Adolf Hitler den 20 juli 1944, ett dystert exempel på denna urskillningslösa hämnd.

Men – som så ofta i krig – kan komplexa problem få de enklaste lösningar och allianser skapas där man minst väntade dem. Ett meddelande på kryptolänk från Sveriges nygamla ÖB hade ställt saken på sin spets. KSI hade varit i kontakt med SACEUR som varit i kontakt med finnarna som skulle bistå med exfiltrering. Ordern kom från högsta ort och med två tydliga budskap – döda Potemkin, men skada under inga omständigheter Pjotr Muskin!

Charles förstod så mycket att detta bara kunde betyda en sak. Muskin hade ett finger med i plotten och eftersom det gick via Nato i Bryssel måste det betyda ett kuppförsök där Muskin skulle gripa makten och avsluta stridigheterna. Om det var utgångspunkten så var detta uppdrag det viktigaste som iscensatts militärt sedan Operation *Overlord* den 6 juni 1944 när de allierade invaderade Normandie. Därför var Charles idag beredd att offra sitt liv för att *Trigger* skulle få till ett lyckat skott.

Han sneglade på klockan. Den svagt självlysande urtavlan visade att den var halv sju på morgonen. Om en och en halv timme skulle Potemkin kliva upp på scenen i Marsfältets bortre ända och med Neva som fond tala till det ryska folket. Om en och en halv timme skulle detta förhoppningsvis vara hans sista ord till nationen.

***

Byggnaden var tom!

Viktor Vaslov och de övriga operatörerna hade minutiöst genomsökt huset, rum för rum och låst varje dörr bakom sig när de var klara. Alla utrymmen som kunde dölja en angripare hade kontrollerats och sedan plomberats. Bombhundar hade nosat omkring för att leta efter sprängämnesrester, men inget hittat.

Nere i källaren hade en hund markerat mot en hög med skräp, men när man genomsökt den hade man endast hittat en död råtta och ett par använda kondomer, något som fick operatören som hittat dem att snabbt slänga fyndet ifrån sig med en äcklad min.

Det fanns inget i Catharina I:s palats som skulle kunna skada deras president och som sista man ut låste Vaslov dörren efter sig samt hängde på en kätting med ett rejält hänglås med härdad bygel. Därefter drog han ett djupt andetag av den friska morgonluften och vände ansiktet mot den bleka majsolen som hade brutit igenom nattens kompakta molntäcke.

Bortifrån fältet hördes de första stroferna ur *Hymn till Sovjetunionen* och snart sjöng hela den mångtusenhövdade människoskaran med. Ljudet ekade mot de kala stenhusen och Vaslov log medan han nynnande med i texten:

Hell dig, o fosterland, frihetens fosterland
löftet om folkens förbrödring och fred
framtidens trosbanér, frihetens folkbanér
tänd oss till seger, mot seger oss led

Han visste att nu satt partitopparna och de höga militärerna redan på sina platser. Den enda som ännu saknades var presidenten själv som inte skulle släppas fram på scenen förrän samtliga gruppchefer hade rapporterat att området var säkrat.

Inifrån fältet stämde folket upp den andra versen och Vaslov tog ett par steg ut i gatan där han vanemässigt lät blicken svepa över omgivningen. Idag fanns inga andra bilar än de militära pansarfordonen parkerade där, vilket minimerade risken för bilbomber. Alla gatubrunnar hade sökts av för att sedan plomberas med tunga järnlock. På andra sidan Marsfältet, i Sommarträdgården, patrullerade *Alpha*-team 2 bland träden för att hindra en attack den vägen. Trinitybron, som korsade Neva rakt norr om Marsfältet, hade blockerats i båda ändar av flera BMP-3 pansarskyttebandvagnar vars 100 millimeterskanoner var riktade ut mot Nevas vatten på brons bägge sidor.

Både på västra och östra sidan av Trinitybron spärrades vattenleden i sin tur av med hjälp av två motortorpedbåtar av 206M *Sjtorm*-klass som var beväpnade med 57 millimeters automatkanoner samt 25 millimeters luftvärnskanoner. Den *Sjtormbåt* som låg väster om bron hade skrovnummer R-221 och var normalt fast stationerad i Östersjöflottan, medan den östra torpedbåten bar beteckningen R-25 och hade nyligen flyttats från flottan i Kaspiska Havet.

Publiken på fältet hade kommit till den fjärde versen. Vaslov fattade posto intill pansarbandvagnen. Han kände sig lugnt. Ingenting skulle hända.

***

Jeirgif tittade försiktigt ut genom öppningen och lät blicken noga söka av den skräpiga källargången utanför, sedan vände han sig in mot tunneln.

"Det är fritt fram. De har *säkrat* huset och nu befinner sig samtliga utanför."

Charles följde i ryssens fotspår och rätade på ryggen. Klockan var halv nio. Om en halvtimme skulle Potemkin kliva på scenen. Mekaniskt kände han efter i fickan att alla nyckelkopior låg där de skulle – ett rent tvångsbeteende. Han visste mycket väl att de låg där, noggrant inlindade i mjukt bomullstyg för att inte ge ifrån sig några avslöjande ljud.

Trigger ställde sig vid hans sida och såg sig omkring.

"Gå först du som hittar."

Charles skrattade åt den vardagliga meningen. Killen var verkligen iskall och, det måste han tillstå, påminde om honom själv för tjugo år sedan. Med en vink till de andra att följa honom klev han runt skräpet och styrde mot närmaste trappa. Försiktigt tittade de sedan ut över en ödslig korridor på markplanet innan Charles styrde stegen mot en bred marmortrappa som ledde uppåt.

Han visste precis var de skulle!

Kapitel 28

Utanför Staroye Garkolovo,
Ryska kusten
Morgon, 8 maj 2017

Ribbåten styrde ut från stranden och återvände till *Pori*, lämnandes Antti och femton man på stranden att klara nästa etapp på resan för egen maskin.

Solen hade gått upp och delvis skingrat det tidigare molntäcket när Sissi-operatörerna satte sig i rörelse mot skogen. Deras ankomst till Ryssland, eller Nya Sovjet som Potemkin utropat det till, hade inte varit fullt så ljudlös som de hoppats på. Exploderande sjunkbomber, torpeder, automatkanoner och slutligen sjömålsrobotar som detonerat i, och sänkt, en rysk ubåt borde ha kunnat väcka upp även de döda. Därför gällde det att snabbt komma i skydd av skogen för att sedan söka efter de ryska motståndsmän som skulle ta dem den sista biten till deras rendezvous med Ödet.

Så fort de kommit en bit in bland träden sträckte Antti upp en knuten hand innan han sjönk ner med ett knä i marken och drog fram kartan. Hans gruppchefer anslöt medan de övriga operatörerna bildade en *igelkott*, det vill säga en ring runt befälen med vapen och uppmärksamhet riktade utåt, sökandes efter hot.

"Vi är här!" Antti pekade på kartan. "Och vi ska hit. En sträcka på fyrahundra meter. Borde ta max ett par minuter. Alla vet vad de ska göra?"

Gruppcheferna nickade allvarligt och Antti fortsatte.

"Alfa-team, fyra man rekar fram längs färdvägen. Paavo ansvarar. Beta-team, fyra man täcker kön. Ansvarig chef blir du Risto." Han nickade mot sin yngsta fänrik. "Övriga bildar kärntrupp. Slut. Frågor?"

Männen ruskade på huvudet. Ingen utöver Antti hade sagt ett ord. "Satan gubbar. Nu kör vi."

Tyst genomfördes ordern och inom trettio sekunder var de på väg med Alfa-teamet cirka femtio meter före huvudgruppen. De rörde sig snett åt sydost och kom till slut fram till något som bäst kunde beskrivas som två hjulspår genom skogen. Trettio meter ner längs stigen stod en rostig lastbil och nonchalant lutad mot främre stänkskärmen stod en man och rökte en stinkande rysk cigarett. När han omringades av Alfa-teamet skrattade han bara tyst och sa på knagglig finska.

"Lugn grabbar. Jag är er taxichaufför för ikväll."

Antti klev fram och tittade först misstänksamt på mannen som med sina nikotingula fingrar, tobaksfläckiga tänder och pergamentartade hy såg ut som han skulle kunna dö vilken sekund som helst. När vinden vände och började blåsa från mannen, mot Antti, var han ett kort ögonblick övertygad och att mannen redan var död och hade börjat ruttna. En osund stank av tobak, orena kläder och dålig andedräkt slog emot honom som en fullträff av en proffsboxare i toppform.

Därefter skärskådade han lastbilen, övertygad om att den inte gått en mil under femtiotusen. Mannen, som presenterade sig som Sergei, såg hans kritiska blick och skrattade muntert.

"Hon är inte så illa som hon ser ut. Motorn är bytt tämligen nyligen och det mesta är genomgånget. Vi - jag, vill bara att hon ska se ut som skit, för då struntar den lokala polisen i oss och gör de det inte, kräver de inte så stor muta. Hade hon varit i toppskick hade snuten stoppat oss hela tiden för att kräva dyra mutor. Det är så det fungerar i Ryssland."

Antti nickade. I den mån som den vanliga ryska polisen fick sin lön i tid var den i allmänhet så usel att ingen kunde leva enbart på lönen utan måste dryga ut den på allehanda sätt, vilket lett till att den ryska poliskåren tillhörde en av de mest korrupta i världen.

"Ikkari, du sitter i hytten med Sergei. Övriga tar plats på flaket."

Ikkari rynkade näsan när han kom inom doftavstånd från Sergei och gav sin chef ett långt, mörkt ögonkast innan han klev upp i hytten och försiktigt drog igen dörren efter sig. Strax därpå spann motorn igång och lastbilen började skumpa fram på den primitiva skogsvägen.

***

Den ryska konvojen av arméfordon mötte dem efter cirka en mil.

Antti visste inte säkert hur långt de åkt då han satt ner i skydd av flakets lemmar när Ikkari bultade på den spräckta ruta som skilde hytten och flaket åt. När Antti tittade upp såg han genom rutan och rakt ut på vägen.

Det var ingen jättekonvoj, men det spelade ingen roll. Fyra BTR-80 pansarterrängbilar med uppsutten trupp innebar som mest fyrtio man om man räknade med vagnchef, skytt och förare. Huvudbeväpningen, som bestod av en 14,5 millimeters kulspruta, skulle kunna förvandla deras gamla lastbil till metallflis på några ögonblick, utan att de tjugoåtta soldaterna ens behövde kliva ur.

Svärandes några finska eder kröp han omedelbart ner i skydd och gav tecken till de övriga att hålla huvudena nere. Några spända sekunder gick innan de över den något lägre baklemmen såg de fyra pansarfordonen passera och fortsätta sin färd.

"Satan, jag hoppas *Pori* hunnit bort från kusten", muttrade Paavo medan bilarna försvann bakom en böj.

Antti höll med. Visserligen var fienden förmodligen reservtrupper, kvar på fosterlandsjorden för att kunna skydda Moder Ryssland från oväntade anfall från annat håll än från fronten, men deras vapen var lika dödliga som elitsoldaternas.

När de andats ut återgick gruppen till att följa med i lastbilens krängningar, orsakade av sedan länge uttjänta stötdämpare. Vid ett tillfälle passerade ett antal Tupolev Tu-95MS på hög höjd med riktning ut över Östersjön och strax därpå klövs himlen av dånet från två rotar av lågt flygande Su-34, jakt- attackplan.

De mötte ytterst få andra trafikanter eftersom kriget innebar att alla drivmedel omfördelades till krigsmakten och de enda som rörde sig på vägen – förutom ett fåtal andra lastbilar i nästan lika uselt skick som deras egen - var en och annan cyklist som vinglade fram i vägrenen när lastbilen stånkande passerade.

Solen hade hunnit en bit upp på himlen när Sergei körde in till vägkanten och stannade. Ikkari stack ut huvudet genom sidorutan och ropade bak mot flaket.

"Petergof. Nu är vi nästan framme gubbar."

Kapitel 29

Catharina I:s palats
Sankt Petersburg
Förmiddag, 8 maj 2017

Rummet var stort och upptogs till större delen av ett avlångt konferensbord, flankerat av arton bekvämt stoppade stolar. I rummets ena kortsida fanns en vit skrivtavla samt en nedsänkbar projektorduk. Längs innerväggen stod flera skåp med stängda dörrar som han misstänkte innehöll konferensmaterial. Där fanns även en kaffekokare, modell lyx, vattenkaraffer och skålar med godis.

De två banditerna tittade först in i rummet efter att Charles låst upp med sin huvudnyckel, sedan – efter att ha konstaterat att rummet var tomt – gick de iväg genom korridoren och ryckte i alla dörrar. Först därefter placerade de sig i närheten av trappan för att hålla vakt.

Jeirgif gick förbi Charles in i rummet och undersökte skåpen, konstaterade att samtliga var låsta och ställde sig sedan i dörrhålet där han hade uppsikt över både korridoren och rummet.

"Gör det ni ska göra nu", sa han med spänd röst. "Sedan försvinner vi härifrån fortare än tsar Peters soldater vid Narva."

Trigger gick bort till fönstret, ställde ner väskan på golvet och tittade ut. Från andra våningen hade man perfekt vy över Marsfältet och de tiotusentals ryssar som samlats där. Tonerna från *Hymn till Sovjetunionen* ekade ur tusenden av strupar när den nationalistiska yran grep omkring sig. *Trigger* pekade mot bordet i rummets mitt.

"Hjälp mig skjuta fram det där en bit mot fönstret."

Charles nickade och tillsammans flyttade de båda männen på bordet. Medan *Trigger* packade upp sin AG-90, tog Charles fram en glasskärare som han med hjälp av en sugpropp satte fast på rutan, fällde ut en arm och skar sedan upp ett perfekt cirkelrunt, tjugo centimeter, stort hål i glaset

AG-90:n var monterad på under minuten. *Trigger* fällde ut stödbenen och ställde vapnet på bordet innan han drog fram en stol och satte sig, riktade mynningen mot scenen och sa:

"Avstånd?"

"Tvåhundraåttiosex meter. Västlig sidvind, en till två sekundmeter."

Trigger tittade kritiskt genom siktesoptiken, direkt mot talarstolen som stod mitt på scenen. Bakom talarstolen fanns dubbla stolsrader uppställda. På dessa satt redan många av de höga militärerna, representanter för det Nya Sovjets olika vapengrenar. Rakt fram från hans sneda position i förhållande till scenen, såg han ett bekant ansikte. Sergej Gerasimov, chefen för den ryska generalstaben, satt lugnt tillbakalutad intill en tom stol och eftersom *Trigger* inte såg till Pjotr Muskin i massan av digniteter på scenen, förstod han att stolen tillhörde försvarsministern. Ordern var att Muskin inte skulle skadas, men ordern sa inget om blodstänk. *Trigger* flinade bakom vapnet. Nu saknades bara huvudpersonen – sedan kunde spelet börja.

Sidvinden var måttlig, avståndet perfekt liksom sikten. I periferin vajade några halvnakna grenar från ett av de träd som ramade in Marsfältet. Det var som om självaste krigsguden Mars var med dem idag och storsint hade dukat bordet för den svenska krypskytten.

***

Ljudet från fältet tystnade under några sekunder när den sista strofen i *Hymn till Sovjetunionen* hade klingat ut, sedan bröt ett öronbedövande jubel ut. Viktor Vaslov förstod att Potemkin just hade klivit på scenen eftersom folkmassans vrål aldrig tycktes ta slut.

Den uppspända presenningen hindrade honom från att se något från scenen utan han fick nöja sig med att lyssna till ljudet av presidentens röst som nu dånade genom högtalarna.

"Kamrater, Sovjeter och medborgare i det Nya Riket. Det är en glädje och en ära att få stå inför er här idag på Marsfältet, här i Sankt Petersburg, det Nya Sovjets vagga. Det var härifrån som frihetskampen började. Det var här som vi kväste *Bratvan* och återinförde lag och nationell stolthet till vårt nya rike. Nato, som i årtionden trampat på vårt nationella arv, är besegrat i Östersjön som nu ligger under Sovjetiskt styre - som ett sant *Mare Balticum*."

Rösten tystnade. Vaslov kunde föreställa sig hur den lilla mannen med det enorma egot just nu stod på scenen och insöp stämningen på fältet. Alla de tusenden av människor som andlöst lyssnade till mannen som var den direkta anledningen till att så många hustrur blivit änkor, mödrar som inte längre hade sina söner kvar och barn som aldrig skulle återse sina fäder. Människorna tycktes glömska av allvaret i denna stund. Glömska av det grymma krig som rasade bara några mil bort i Finland.

Vaslov rös. Potemkin hade allt som en ledare för ett stort folk skulle ha, inklusive avsaknaden av empati. Allt han rörde vid blev antingen till guld i hans händer eller till aska i hans fienders.

Ett skratt rullade ut genom högtalarsystemet och människorna vrålade ännu högre. Sedan hördes det karaktäristiska ljudet av ett grovkalibrigt vapen och allt blev plötsligt dödstyst.

***

Trigger såg nu Potemkin genom kikarsiktet.

Presidenten bar en skräddarsydd kostym från något av Londons finare skrädderier. Dess smala kritstrecksränder, tillsammans med den prydligt hopvikta näsduken i bröstfickan, vittnade om makt och pengar. Arrogansen som formligen dröp om mannen spädde bara på *Triggers* beslutsamhet att Potemkins dagar nu var räknade.

"Vind?"

"Fortfarande en sekundmeter väst."

Han drog in andan, fångade presidenten i kikarsiktet och såg munnen röra sig. Potemkin höll tal till plebejerna på fältet. Tydligen eldade han på de patriotiska känslorna eftersom jublet trängde ända in i palatset.

Trigger släppte långsamt ut luften i samma stund som Potemkin vände sig om. Fingret kramade sakta in avtryckaren och vapnet kickade bakåt när skottet gick av. Genom siktet såg han hur presidenten träffades mitt i ryggraden. Kulan fortsatte utan problem rakt igenom kroppen och ut genom bröstet innan den slog in i överdelen av Sergej Gerasimovs bröstkorg. Generalstabschefen slungades bakåt och blod stänkte över Pjotr Muskin som chockat stirrade på Potemkin vars ben långsamt vek sig.

Presidentens kropp föll framåt. Muskin hann se det svarta hålet i bröstet innan Potemkin slog i golvet och blev liggande stilla. Ljudet av skottet rullade över fältet. Under två korta sekunder var allt knäpptyst. Sedan exploderade scenen i en serie händelser när livvakterna kastade sig över sina skyddsobjekt för att få bort dem från det som nu hade förvandlats till en skjutbana.

Panikslagna generaler och politiker dök mot golvet medan soldater, som stått på vakt framför scenen, höjde sina vapen och sköt på måfå ut mot träden i Sommarträdgården.

Människorna på fältet följde den naturliga instinkten som alla får när ljudet av maskineld skoningslöst hamrar mot sinnena – de kastade sig i skydd!

Flera automatvapen blandade sig i leken och med ens hade krigets vansinne blivit brutalt uppenbart för Sankt Petersburgs invånare som hunnit glömma stadens fasor från andra världskriget.

Ljudet från eldstriden ekade mot paradgatans byggnader och ingen verkade vara medveten om att det bara var de egna vapnen som lät. Fienden hade endast skjutit ett skott, men det skottet var det enda som räknades.

Kapitel 30

Kolonistskiy Park
Petergof, Sankt Petersburg
Förmiddag, 8 maj 2017

Sergei hade släppt av dem söder om Sankt Petersburgesplanaden, i höjd med Kolonistskiy Park – det parkkomplex som, tillsammans med Peterhofpalatset med sin övre och nedre park, dominerade centrala Petergof. Strax söder om dem låg den stora dammen Olgin Prud, som i sin tur dominerade parken.

Inte många av samhällets över 73 000 invånare syntes ute och det var därför ingen som tog notis om de sexton männen som vigt hoppade ner från lastbilsflaket och krängde på sig sina ryggsäckar innan de försvann in i parken.

Den öppna delen norr om dammen erbjöd inget särskilt skydd med endast några få träd utspridda som alléer längs dammens stränder. I gatans förlängning såg Antti de lökformade tornen på en rysk-ortodox kyrka som stack upp över de omgivande hustaken och han log för sig själv när han tog ledningen.

Männen rörde sig mot strandkanten och slog in på den grusade gångstig som ledde runt den lilla sjön. Vänligt nickade Antti mot ett äldre par som häpet tittade på dem när de passerade, men ingen sa något. Antti stannade vid en parkbänk där han satte sig ned och ställde ryggsäcken mellan benen innan han tittade på sina följeslagare.

Betagruppen, som leddes av Paavo Ristanen, fortsatte längs stigen innan de slog sig ner på nästa parkbänk. Antti tänkte att precis vem som helst med den minsta militära utbildning skulle se att detta var en grupp elitsoldater, men de hade inte så stort val. Istället slog han på sin komradio och sa i den lilla, väl dolda mikrofonen.

"Alfa till Beta. Sambandskontroll."

Det sprakade till i öronmusslan och sedan hördes Paavos röst.

"Hör dig klart och tydligt chefen."

"Bra. Order kommer. Hotell Proba ligger i Eremitaget intill palatset, endast några hundra meter från vår nuvarande position. Som ni vet kommer svensken att ta sig dit om allt går som det ska. Vår uppgift är att se, men inte synas, för att kunna agera som förstärkt livvakt eftersom vi misstänker att Ivan kan bli lite upprörd över att få sin president likviderad mitt i centrala Sankt Petersburg. Alla vet sina roller?"

Han tystnade några sekunder medan han lyssnade till Paavos svar, sedan fortsatte han.

"Vi har några hundra meter att avverka och vi gör det i två omgångar längs två rutter. Alfa-teamet leds av mig och Beta-teamet leds av Paavo. Vår återsamlingsplats är Samsonfontänen vid slottsparken Peterhof. Order slut. Uppfattat?"

"Uppfattat chefen. Team Beta går först. Vi sammanstrålar vid Samsonfontänen i slottsparken Peterhof.

"Det är gott. Frågor?"

"Regler för eldöppnande?"

"Endast vid akut hot. Vi är inte här för att invadera Ryssland. Vi ska få ut en tokig svensk som fått ett självmordsuppdrag."

Männen skrattade innan de lyfte upp sina ryggsäckar och justerade remmarna till dess att de satt perfekt. Därefter försvann Beta-teamet och Antti följde dem med blicken några sekunder innan han vände sig mot de sju män som var kvar runt honom.

"Om vi grips i civila kläder vet ni vad som väntar. Så fort vi nått målet åker uniformerna på och därefter är det fri eldgivning vid varje militärt hot. Undvik att skada civila ryssar. De är oskyldiga till det här spektaklet. Uppfattat?"

"Uppfattat chefen. Hur känner vi igen svensken?"

"En blond viking med en kropp som Hulk, sa de. Det plus numret till hans hotellrum på Proba."

"Borde med andra ord sticka ut som en slaktare på veganernas årsmöte."

"Tyvärr gör vi det också. Rena rama underverket att vi inte har stött på någon rysk patrull ännu."

***

Paavo gick främst tillsammans med Kimmo.

Trots tidpunkten en måndag förmiddag var det väldigt lugnt och gatorna låg övergivna. Parkerade bilar vittnade om människors närvaro och någonstans skällde en hund. Under hundens hesa skällande hördes på avstånd det dämpade ljudet av en dieselmotor, vilket indikerade att någon form av mänsklig aktivitet ändå pågick. Från en anslutande gata kom några pojkar i tioårsåldern farande på sina cyklar. Ljudet av spelkort som slog mot ekrarna vittnade om att de, liksom världens alla andra barn, drömde om en framtid där de som vuxna själva skulle kunna välja sitt öde, kanske som motorcyklister. Här och nu var det dock bara spelkort.

Den främsta pojken bromsade sin framfart och gjorde en snygg sladd på den övergivna gatan innan ekipaget slutligen stannade. Med uppspärrade ögon tittade han på de åtta männen och sa något till sina kamrater som även de tittade på finnarna.

"Vad säger grabbarna?"

Paavo tittade på Kimmo som var den enda i gruppen som talade ryska.

Han säger att vi är soldater, men han tror att vi är ryska *Spetsnaz*."

"Då vill jag gärna hålla kvar dem i den tron. Säg åt dem något."

"Vad vill du att jag säger då?"

"Inte satan vet jag. Säg något Spetsnazaktigt."

Kimmo vände sig mot grabbarna och sa till den främsta killen på ryska. Pojkarna spärrade om möjligt upp ögonen ännu mer innan de fick fart under hjulen och tog sig därifrån.

"Vad sa du?"

"Jag sa något Spetsnazaktigt."

Kimmo flinade innan han fortsatte.

"Jag sa åt dem att cykla hem eftersom vi förväntade oss ett flyganfall av Natoplan snart."

"Inte undra på att de fick eld i baken." Paavo skrockade och såg efter killarna som just försvann ur synhåll in på en tvärgata.

**

Alfa-teamet vek av in på Razvodnayagatan som låg väster om Övre Slottsparken. Gatan löpte spikrakt förbi parken och erbjöd inte några större möjligheter till att förflytta sig obemärkt. Antti var glad över att de flesta ryssar tycktes föredra att hålla sig borta från gatorna. Eller var de inne i Sankt Petersburg för att se Potemkin tala? Tanken slog honom som helt naturlig. Det skulle förklara frånvaron av människor och känslan av att vandra runt i en spökstad.

Om så var fallet skulle de få sig en uppvisning som de säkerligen inte hade räknat med – om nu svensken fick till skottet, vill säga. Det kunde man inte vara helt säker på. Området borde krylla av säkerhetstjänstens folk och alla soldater som inte var upptagna av kriget i Finland och Sverige skulle förmodligen ha gjort Sankt Petersburg till en belägrad stad. Att en ensam svensk krypskytt skulle lyckas få till ett skott på Rysslands president under de förutsättningarna skulle vara ett smärre mirakel.

Antti ruskade av sig tanken.

Hela deras operation byggde på att svensken gjorde sitt. De var exfiltreringsstyrkan som skulle skydda kollegan under återtåget, under förutsättning att han klarade sig ur getingboet och tog sig hit alltså.

Antti fnös. Han hade inga dubier om vad som skulle hände dem om de åkte fast. Det var bara att hoppas på en snabb död i eldstrid för att slippa FSB och deras förhör i Lubjankafängelsets tortyrkammare under byggnaden vid Lubjankatorget.

Det var just då som en BMD-3, infanteristridsvagn, svängde runt vägkorsningen i slutet av gatan och närmade sig den lilla gruppen män som stirrade in i den svarta mynningen på 30- millimeterskanonen.

Kapitel 31

Catharina I:s palats
Sankt Petersburg
Förmiddag, 8 maj 2017

Den korta, hårda smällen från ett grovkalibrigt vapen hördes över jublet från folkmassan och där Viktor Vaslov stod rådde det ingen tvekan. Skottet hade kommit inifrån den tillbommade byggnaden - Catharina I:s palats – som de nyss hade sökt igenom.

Han hann inte mer än sno runt och börja avsöka fönstren förrän automatgevärselden började knattra ilsket inifrån parken. Från palatset hördes inget mer och inga rörelser syntes. Viktor ansträngde ögonen. Där – där fanns ett mörkare parti i en av glasrutorna. Inga solkatter syntes där någon hade avlägsnat precis så mycket glas att ett gevär kunde riktas in mot sitt mål från någonstans inne i rummets skuggor.

Viktor gav hals.

Han ropade till sig de män som stod närmast och pekade upp mot fönstret, samtidigt som en annan del av honom började tänka. Hade gärningsmannen lyckats? Var deras president död?

En helig ilska grep tag om honom när han slet åt sig den soldat som hade nycklarna till låsen.

"Öppna. Öppna för helvete! Någon har skjutit vår president."

Soldaten hivade fram nyckelknippan och började desperat leta efter rätt nyckel, hittade den, men tappade knippan i marken av nervositet.

Viktor svor en ohelig ed över hans föräldrar, knuffade undan mannen och öppnade eld med sin Kalasjnikov mot dörren. Kulorna splittrade låset och han sparkade bort det som var kvar innan han sprang in, tätt följd av de övriga soldaterna.

Det tog några värdefulla sekunder innan ögonen anpassade sig till den dunkelt upplysta hallen innanför dörren. Vaslov hörde ett skrammel från höger och snodde runt åt det hållet. Ljudet av ett slutstycke som gled på plats fick honom att kasta sig åt sidan i samma ögonblick som ett gäng ilskna kulor väste fram genom den luft som hans kropp nyss hade ockuperat.

Kulsvärmen träffade operatören bakom Vaslov i bröstet och mannen stapplade rätt i armarna på nästa soldat. Viktor öppnade eld utan att se sitt mål. Kulor träffade månghundraåriga stenväggar och gnistor från rikoschetterna lyste kortvarig upp hallen. Han såg en man vid foten av trappan, men innan han hunnit skjuta hade mannen glidit i skydd. En rökgranat kom seglande genom luften och studsade mot marmorgolvet samtidigt som en tjock, grå-vit rök spyddes ut.

Förblindad öppnade Viktor eld på måfå genom röken, samtidigt som han ropade till de andra att rycka fram. Den främsta soldaten slet en handgranat från sin stridspackning, armerade och kastade i samma rörelse. Viktor sjönk ner på golvet, täckte öronen och öppnade munnen. Röken stack i halsen, men trycket från detonationen utjämnades och han sparade sina trumhinnor.

Med knattrande vapen ryckte soldaterna fram, men svarselden uteblev. I den tjocka röken var han tvungen att beordra eld upphör, annars skulle risken vara stor att de sköt varandra istället för fienden.

Någonting låg på golvet och Viktor snubblade till. När han tittade närmare såg han en kropp. En man med brutalt utseende där halva huvudet och ena benet var bortsprängt, låg vid toppen av källartrappan. Marmorgolvet var halt av blod och annat som han helst inte ville tänka på. Mannens vapen låg några trappsteg ner.

Med ett vrål hoppade han över kroppen och såg sig om över axeln. De övriga följde honom i tät formering. Vapnen var hela tiden riktade åt det håll där hotet förmodades befinna sig. Två man täckte kön bakåt.

Viktor skyndade ner för den tvådelade trappan, noga med att hela tiden täcka sin sektor och inte glömma spana av utrymmet framåt. På var sin sida om honom, två steg bakom, kom nästa led och så nästa.

Männen var snabbt nere i källaren. Här fanns inga marmorgolv och belysningen bestod av lysrör där hälften slocknat för ett årtionde sedan och den andra hälften matt lyste upp det mörka utrymmet, oförmögna att jaga undan de envisaste skuggorna. Vaslov såg något som rörde sig längre fram i den mörka gången och duckade för kulorna. Utan att sikta öppnade han eld rakt mot mynningsflammorna. Nöjt hörde han kulorna träffa en kropp som föll till marken. Han klev ner det sista trappsteget och kom ut i en ljus-ö från en av de fåtaliga armaturerna.

Längre bort, där kroppen fallit, såg han en annan kropp ta form. En blond jätte till karl steg fram med armen höjd. En kort insikt av igenkännande slog honom innan en blixt, följd av en snabbt övergående smärta, skickade Viktor Vaslov till golvet när kulan från *Triggers* pistol träffade honom i huvudet.

***

Trigger tittade lugnt genom AG-90:ans kikarsikte.

Utan några känslor såg han Potemkin falla till marken, död i samma stund som kulan trängde in i hans rygg, slet sönder ryggraden och alla de inre organen i bröstkorgen. Han såg hur Pjotr Muskin föll på knä bredvid sin chef och sedan tittade upp. En kort sekund såg *Trigger* den andre mannen rakt i ögonen, innan Charles sa.

"Kom nu. Ett skott. En träff. Dags att dra."

Trigger nickade och plockade snabbt isär vapnet. Han lade ner delarna på sina rätta platser i vapenväskan och stängde låsen. trettio sekunder efter skottet gick de ut genom dörren och fram mot trappan där Jurij och Alexandrov nu påtagligt nervöst väntade på dem.

De hade bara hunnit ta ett par steg ner när ljudet av ett automatvapen slet sönder stillheten i palatset. Skottlossningen följdes av ett brak när den yttre dörren brutalt sparkades in.

De två Bratvamännen skyndade ner för trappan. Orutinerade banditer, hann *Trigger* tänka när den ena av dem släppte fram sitt slutstycke med ett ljudligt *klonk*. Sekunden därpå öppnade Alexandrov eld med sitt vapen. *Trigger* såg inte verkan, men tyckte sig höra ljudet av kulor som träffade en kropp.

Alexandrov tog ett steg bakåt för att komma i skydd när svarselden smattrade mot dem. Jurij slet fram en rökgranat, osäkrade och kastade den samtidigt som Alexandrov åter sköt. Den gråa röken la en skyddande dimma mellan dem och fienden och *Trigger* skyndade mot trappan.

Kulorna for runt omkring dem och han kände hur vapenväskan nästan slets ur handen på honom när minst en kula träffade. De var halvvägs ner för trappan när Jurij ropade:

"Granat!"

Gangstern kastade sig framåt för att sparka bort det livsfarliga föremålet som kom glidande över golvet, men var inte snabb nog. Granaten briserade rakt framför honom och Jurij föll.

Jeirgif gav *Trigger* en hård knuff i ryggen innan de dök ner i källaren. Väl nere i mörkret sprang han in i gången de kommit ifrån och öppnade det dolda utrymmet. Charles följde tätt efter medan Alexandrov tog kön. När ryssarna kom ner för trappan öppnade han eld, men mynningsblixtarna avslöjade hans position och den väldrillade Spetsnazoperatören besvarade elden.

Alexandrov träffades i halsen och överdelen av bröstet innan han föll. *Trigger* drog sin pistol, klev fram, siktade på soldaten som skjutit och kramade avtryckaren. Mannen ryckte till av träffen innan han föll. Snabbt dök *Trigger* åter in i mörkret och drog igen den falska väggen.

Kapitel 32

Marsfältet
Sankt Petersburg
Förmiddag, 8 maj 2017

Allt hade gått så snabbt. Ena sekunden hade Potemkin eldat massorna med sin patriotism – nästa sekund var han död! Pjotr Muskin hade snabbt konstaterat det senare och det rådde inget tvivel – Rysslands nye tsar var död! Frågan nu var om han själv skulle kunna manövrera för att ta över makten. För att göra det behövde han vara i Moskva.

"Jag måste till Moskva", sa han med vresig röst till den kostymklädda FSB-agenten som just slog igen bildörren. I samma stund trampade chauffören gasen i botten och den svarta Lexusen sköt fart med skrikande däck. Framför bilen kastade sig folk ur vägen för att inte mejas ner av den hänsynslösa framfarten.

Muskin höll upp händerna framför sig. De var täckta med blodstänk, men han visste inte om det var Potemkins blod eller Sergej Gerasimovs. Irriterat konstaterade han att händerna darrade och han vände sig på nytt mot FSB-agenten.

"Jag måste till Moskva, sa jag. Kör direkt till Pulkovo."

Agenten besvarade ordern med en iskall blick innan han med känslokall röst sa:

"Jag har order att ta försvarsministern till ett säkert hus."

"Det bryr jag mig inte om. Jag måste till Moskva. Landet befinner sig i krig och vår president har just blivit skjuten. Jag måste till Moskva för att se till att inte våra fiender utnyttjar detta tillfälliga maktvakuum.

Oavsett vem som gett dig dina order så är jag över personen i rang. Kör till Pulkovo – nu!"

Agenten dröjde med blicken ett kort ögonblick vid försvarsministern, som nu troligen var den nya presidenten, medan han snabbt kalkylerade för och emot. Att gå emot sin chefs order skulle leda till en reprimand, löneavdrag och kanske degradering. Att gå emot presidentens order kunde sluta i döden. Han bestämde sig.

"Vi kör till Pulkovo", sa han till chauffören som bara nickade tyst till svar.

Resan söderut gick i ett rasande tempo där Lexusens signalhorn användes flitigt för att bana väg. Överallt hade ryssar stannat och klivit ur sina bilar eftersom nyheten om mordet just kavlades ut via Radio Svoboda. Chockade ryssar visade därmed sin sorg genom att spontant hålla en tyst minut längs vägkanten.

Muskin undrade om de skulle vara lika pigga på att sörja om de visste vilken katastrof för Ryssland som Potemkin försatt dem i. Nu var det avgörande för landets framtid att han hann till Moskva för att reda ut det hela innan någon i *Silovik* hann före till makten. Om så skedde skulle förmodligen nästa kula som avlossades vara ämnad för honom.

Inombords kokade känslorna, men till det yttre försökte han hålla uppe masken av bestörtning över det som hänt och till viss del behövde han inte spela. Han hade inte på fullt allvar trott att CIA, eller vem nu skytten var, skulle kunna få till ett dödande skott under själva talet. Han hade mer trott att mordet skulle äga rum senare, kanske ute vid Pulkovo under återresan. Att istället få in en skytt mitt i hjärtat av Sankt Petersburg under den mest bevakade av alla Potemkins framträdanden de sista veckorna, var mycket djärvt. Han hoppades att skytten skulle klara sig undan, även om han inte var beredd att satsa mot de oddsen.

Bilen sladdade in framför Pulkovos terminal 1 och den följdes av ytterligare två bilar som spydde ut sitt innehåll av nervösa FSB-agenter som slöt upp likt en mänsklig mur kring Pjotr Muskin som snabbt leddes in i terminalen och bort mot gaten där det väntande planet stod. Så fort som försvarsministern var ombord stängdes planets dörr och piloten började taxa ut till startbanan. Flygledartornet hade redan fått order om att avleda eller stoppa allt annat flyg och därför var den ryska motsvarigheten till Air Force One ensam på taxibanan.

När piloten drog på gasen och jetplanet kastade sig upp mot himlen tittade Muskin ut genom kabinfönstret där han såg flygplatsbyggnaderna krympa under dem för att sedan försvinna. Förstulet tittade han på klockan. Det hade gått mindre än en timme sedan Potemkin blivit skjuten.

Kapitel 33

Under Kazankatedralen
Sankt Petersburg
Förmiddag, 8 maj 2017

Den sista skottsalvan hade träffat den gamla stenväggen till vänster om *Trigger* och pepprat honom med damm och tegelsplitter. Soldaten hade tagit skydd i en anslutande tunnel medan *Trigger* tryckte sig mot den andra väggen samtidigt som han försökte blinka dammet ur sina svidande ögon.

Jeirgif öppnade eld till dess slutstycket klickade i sista skottläge och ställde sig sedan bredvid honom medan han stoppade i ett nytt magasin, tittade längs tunneln och sa:

"Mitt sista magasin. Är du träffad?"

"Nej, men jag fick ögonen fulla med damm så jag ser inget."

"Det är inte långt kvar nu." Det var Charles som muttrade mellan sammanbitna käkar. Hans vänstra arm hängde oanvändbar längs sidan och var indränkt med blod efter att axeln hade träffats av en förlupen kula. *Trigger* blinkade en sista gång och lyckades äntligen fokusera blicken.

"Nu får det vara slut på de här djävla dumheterna", mumlade han och öppnade vapenväskan samtidigt som han konstaterade att de två kulhålen hade missat det dyrbara geväret. Han satte snabbt ihop vapnet och höll upp det framför sig för att kontrollera att allt var som det skulle, sedan tittade han på Jeirgif.

"Jag vill att du skriker av bara fan, springer ut i gången och avlossar en kort salva mot fienden innan du sätter av åt motsatt håll. Dags att göra slut på den har charaden."

Jeirgif nickade och flinade mot honom.

"Jag är klar när du är det, Sverige."

"Vad väntar du på då?"

Den ryska gangstern skrattade och hoppade ut i gången, vrålandes för full hals medan han sköt ner genom tunneln för att sedan nedhukad börja springa. *Trigger* väntade två sekunder och rullade sedan fram, tog sikte och avlossade ett skott med geväret.

De två kvarvarande ryska soldaterna hade lämnat sitt skydd efter Jeirgifs uppvisning, antagligen invaggade i tron att gangstern sköt nedhållande eld för att de övriga skulle hinna undan. De var inte alls beredda på den syn som mötte dem när en blond jätte rullade ut i tunneln med ett enormt prickskyttevapen i händerna. Den helmantlade kulan penetrerade utan problem den främsta soldatens skyddsväst där den tog med sig splitter från den krossade plattan in i kroppen tillsammans med benflisor från bröstbenet. Projektilen penetrerade även ryggplattan utan problem, men började wobbla när den slet av soldat nummer två hans högra arm i höjd med armbågen. Mannen snodde runt, vapnet föll, tillsammans med resterna av underarmen, och blev hängande i sin slinga när soldaten stapplade två steg, krockade med väggen och sjönk till golvet.

Trigger reste sig, drog sin pistol och klev fram till den ryska soldaten. Mannen var vit i ansiktet av chocken och blodförlusten efter träffen. Med rödsprängda ögon tittade han upp på svensken. I det flackande ljuset och de djupa skuggorna trodde han sig se en demon som tornade upp sig över honom. Den svarta mynningen på ett otäckt vapen riktades mot hans ansikte och demonen sa:

"Do svidanija!"

Det blixtrade till och det totala mörkret sänkte sig för mannens blick. *Trigger* hölstrade pistolen och vände tillbaka till kamraterna.

"Slut på dumheterna. Nu ser vi till att komma härifrån."

Han lyfte upp AG:n och stoppade snabbt ner den i väskan innan han stöttade Charles som började bli allt blekare. När de klev in i kryptan under Kazankatedralen hade redan Jeirgif plockat upp första förband ur de kvarlämnade väskorna. Med gemensamma krafter klädde de av Charles på överkroppen och förband såret.

"Hur illa är det?"

Trigger såg Charles i ögonen och flinade.

"Med tanke på den övriga uppsättningen ärr som jag kan se här så har du råkat ut för värre skador. Kulan gick igenom mjukdelarna, men missade de viktigaste benen. Du har förlorat en del blod, men det har nästan slutat blöda nu. Största risken är om du fått in skräp i såret som kan bli infekterat, men vi har desinficerat efter bästa förmåga. Däremot vore det bra om en läkare fick titta på det och sedan tråckla ihop dig lite bättre än vad vi kan göra här. Jag försluter sårkanterna med hudlim och sedan första förband – tillsvidare."

"Det är okej. Jag tog en kula i bröstet under MONUC-insatsen i Kongo-Kinshasa 1999 och då trodde jag att det var slut, men här är jag så det här är en baggis."

Det bleka leendet besvarades och Jeirgif böjde sig över honom.

"Du skulle vara en oerhörd tillgång för *Bratva*, min vän."

"Jag kanske tar dig på orden en dag, men den dagen är inte idag."

Jeirgifs bullrande skratt ekade mellan de gamla tegelväggarna.

"Idag är *Bratva* svag, nästan krossad av Potemkin. Nu när Potemkin är borta kommer *Bratva* att växa igen." Mannen blinkade mot *Trigger* som sneglade på klockan. Det hade gått knappt en timme sedan det dödande skottet och Sankt Petersburg borde vid det här laget vara mer eller mindre hermetiskt tillsluten. Han tittade på Jeirgif.

"Hur tar vi oss härifrån? Vid det här laget vet de att vi använder de gamla tunnlarna så det är bara en tidsfråga innan vi sitter i en rävsax här."

"Lugn Sverige!" Jeirgif höll demonstrativt upp händerna i en avvärjande gest. "Jag sa att *Bratva* var svag, inte utplånad. Vi har understöd. Vi måste bara ta oss upp härifrån."

"Så vad väntar vi på? Hjälp mig på med kläderna innan jag fryser ihjäl."

Charles röst avslöjade hur trött han var, men det gick inte att ta miste på kampviljan som glödde i hans ögon.

Snabbt bytte de tillbaka till kostymerna innan Jeirgif försiktigt tittade ut genom porten innan han vinkade till sig *Trigger* som stödde Charles när de tog sig upp för trappan och in i katedralen som nu var fylld med människor som samlats för att sörja presidenten.

Trigger slängde en snabb blick mot den ortodoxa prästen som ledde församlingen i bön, men ingen verkade ta notis om de tre männen som försiktigt banade sig väg längs katedralens ena vägg.

Ute i vapenhuset öppnade *Trigger* porten och tittade ut. Ljudet av flera helikoptrar hördes i luften och på Alexander Nevsky Avenyn stod ett bepansrat trupptransportfordon i form av en BTR-80 parkerad. De sju soldaterna höll just på att sitta av och *Trigger* svor tyst medan han försiktigt drog igen dörren och berättade för de övriga vad han sett.

Kapitel 34

Petergof, Sankt Petersburg
Förmiddag, 8 maj 2017

Stridsfordonet närmade sig och gnisslet från larvfötternas färd över asfalten skar som knivar genom medvetandet på de åtta männen. Antti såg sig omkring, men läget var det sämsta tänkbara. Till höger hade de ett järnstaket med förgyllda spetsar som inhägnade den Övre Slottsparken och till vänster en rad med ungträd som skärmade av gångvägen från Razvodnayagatan där en låg häck växte med ett glest, knoppande lövverk. På andra sidan gatan fanns en öppen park och fler träd som skapade en allé längs en anslutande väg, men inget som erbjöd något fenomenalt skydd vid en eldstrid.

"Har de sett oss tro? Vagnchefen sitter nere i vagnen och det finns både träd och bilar i vägen?"

Antti funderade en halv sekund samtidigt som han tecknade åt männen att ta skydd. Det var inte helt givet att pansarfordonets besättning hade sett dem och om det här fordonet tillhörde inrikestrupperna var det med all sannolikhet inte toppmodernt, kanske hade det inte ens FLIR. Han beslöt sig för att ta chansen när han dök ner bakom den låga häcken.

"Skydd. Gör er beredda på strid ifall det blir nödvändigt."

Männen hade redan tagit betäckning bakom häcken och slet fram sina vapen, bistert beslutsamma att sälja sig så dyrt som möjligt om det blev nödvändigt.

Ljudet från den vattenkylda dieselmotorn på det 12,7 ton tunga fordonet närmade sig sakta. När pansarvagnen var i jämnhöjd med Sissi-operatörerna sjönk varvtalet och BMD-3:an stannade. Antti bet ihop käkarna och gjorde sig beredd på det värsta. Den klena häckens bristfälliga majgrönska klarade knappt av att dölja dem och deras enda skydd var de fåtaliga bilar som stod parkerade längs gatan.

Han hörde hur tornluckorna slogs upp och hur vagnbesättningen stack upp huvudena och började prata med varandra. Genom ett hål i häcken såg han två man som hoppade ur vagnen och försvann på andra sidan. Med tanke på att ingen av dem medförde sina vapen, misstänkte han att de skulle uträtta sina behov bland träden på vägens motsatta sida. Problemet var bara att när de kom tillbaka och klättrade upp på vagnen skulle de för några ögonblick titta rakt ner på häcken och se de finska operatörerna. De skulle vara blinda om de missade åtta man som låg och tryckte sig mot marken. Antti gissade att inte ens inrikestrupperna var *så* outbildade.

Han drog sin kniv och nickade mot sin närmaste man som omärkligt besvarade nicken genom att dra fram sin egen kniv. När Antti såg att vagnchefen tittade åt andra hållet reste han sig snabbt och hoppade vigt över häcken, fullt medveten om att han nu blottade sig. Med några raska steg var han framme vid stridsfordonet och duckade ner bakom det. Utan att behöva titta visste han att Ikkari var bara ett steg bakom honom när han tyst klättrade upp på vagnen och fram till vagnchefen som just insåg att något höll på att hända bakom ryggen på honom. Tyvärr - för den ryska soldaten - var han inte tillräckligt snabb med att reagera på hotet och när bladet på stridskniven sjönk in i halsen på honom kunde han bara få ur sig en kort rossling innan kroppen blev slapp i Anttis armar.

De två männen som suttit av för att pissa var precis klara och vände tillbaka mot pansarfordonet. Överraskade möttes de av en man som stod upp intill tornet. I händerna höll han ett kort, trubbigt vapen och utan att säga ett ord sköt han två korta salvor som slog in i de båda männens kroppar, penetrerade de lätta splitterskyddsvästarna och stoppade deras hjärtan.

Redan när liken började falla kom fler män rusande och släpade in kropparna i skydd av träden där de dumpades i ett djupt dike intill den anslutande grusvägen. Det hela var över på någon minut.

Antti kunde direkt konstatera att bakutrymmet i BMD-3:an, som normalt rymde fem stridsutrustade soldater, nu var tomt. Snabbt vinkade han in sina män där medan han tog vagnchefens plats och Ikkari och Mika Horonen intog skytt och förarplatserna.

"Ni i bakvagnen. Byt om till uniform. Nu slutar vi med kurragömmaleken."

Sissi-operatörerna grymtade till svar och började den inte helt enkla proceduren att byta om i det trånga utrymmet medan Ikkari svängde runt vagnen och började köra tillbaka samma väg som den kommit.

***

Paavo betraktade den gyllene statyn av Samson som i fontänens mitt bröt upp lejonets käftar och sa till Kimmo:

"Vet du vad den där statyn i fontänen symboliserar?"

Kimmo slängde en ointresserad blick åt fontänen till och svarade:

"Att ryssarna gillar bling-bling?"

"Skärp dig. Den symboliserar Peter den stores seger över svenskarna vid Poltava 1709."

"1709? Då var det väl Karl XII som ledde den svenska armén?"

"Ja. Hurså?"

"Karl XII kallades aldrig Lejonet från Norden. Det var ju Gustav II Adolf, åttio år tidigare."

"Ja, men det spelar väl mindre roll. Dit jag ville komma är att det är symbolladdat att vi hämtar upp svensken här, efter att han har utdelat ett dödande slag mot Peter den stores efterkommande, tsar Potemkin. Ryssarna är mycket för symbolik, som du vet."

Kimmo flinade och höjde blicken mot det grandiosa palatset i vitt och gult som låg på en höjd ovanför den vackra parken som skapats för att efterlikna Versailles. Normalt brukade ryssar flanera i parken och njuta av de 64 fontänerna som kastade 147 vattenstrålar mot himlen, men idag var parken tom och fontänerna avstängda.

Beta-teamet hade fattat posto bland träden som skiljde havet från parken. En kort kanal mynnade i Samsonfontänen i parkens mitt och knöt ihop parken med havet. I fond på varje sida om fontänen stod två vitkalkade lusthus med gyllene kupoler på taket och det var bakom ett av dessa lusthus som Paavo och Kimmo stod med varsin kikare tryckt mot ögonen och spanade upp mot palatset.

"Och hotellet är inrymt i eremitaget?"

"Korrekt. Hotell Proba har 37 inredda rum i palatsets flygel, eremitaget. Vår man finns i ett av rummen. I alla fall hoppas vi att han gör det inom kort."

Kimmo skulle just svara när han stelnade till och tryckte kikaren hårdare mot ögonen.

"En rysk BMD-3 körde just in framför palatset", viskade han.

Kapitel 35

Kazankatedralen
Sankt Petersburg
Förmiddag, 8 maj 2017

Jeirgifs skratt ekade genom katedralens vapenhus innan han roat sa:
"Ni tror inte att vi förutsett detta? *Bratva* är alltid förberedda på sådant här."

I det ögonblicket reste sig fem bistra män från sina platser i de bakersta bänkarna och vandrade ner genom altargången, samtliga med stora duffelbagar i svart cordura i händerna. När de nådde fram till de tre männen nickade de kort, lade ner väskorna och började plocka fram det som doldes i dess inre.

Trigger kunde inte låta bli att vissla till när tre AT-4, pansarskott från Bofors, trollades fram. Jeirgif nickade sitt medhåll till den som tycktes leda de fyra andra. Det var en kort, satt karl med rakat huvud, utstående öron och ögon som knappnålar. Mannen stegade fram till porten, öppnade den och tog fem steg ut innan han gick ner med ena knät i marken, tätt följd av två av sina underhuggare som ställde sig bredvid honom på samma sätt.

Trigger drog undan Charles och även Jeirgif klev ur den farliga zonen bakom pansarskottens bakblåsområde innan männen med mindre än en sekund mellan avfyrningarna sköt mot BTR-80 fordonet.

Inne i katedralen skrek gudstjänstbesökarna skräckslaget när dånet och utblåset från vapnen fyllde kyrkan och strax därpå rullade mullret från tre simultana detonationer emot dem.

Ljudet av maskingevärseld hördes, samtidigt som de två kvarvarande Bratvamännen släpade ut väskorna. De tre skyttarna hade redan slängt ifrån sig de förbrukade skotten och drog nu upp Kalasjnikovs AK-102 ur väskorna och öppnade eld.

"Kom. Nu utnyttjar vi kaoset", väste Jeirgif, skyndade ut och tog skydd i pelargången. *Trigger* drog tillbaka skallen när en kula splittrades mot katedralporten och skickade flisor omkring sig, sedan lade han armen om Charles och störtade ut.

Snabbt skyndade de ner genom den krökta hästskogången där de möttes av fyra nya banditer som vinkade åt dem att skynda sig. Charles muttrade mellan sammanbitna tänder medan *Trigger* nästan lyfte upp honom för att komma fram fortare. Männen knuffade bryskt in dem i ett stridsfordon av modell BMD-3 som stod avskilt och väntade. Så fort luckan slagit igen och stängt ute stridslarmet, började fordonet röra sig bort från området.

"Det är tre mil till Petergof så luta dig tillbaka och njut av åkturen", sa Charles och pressade fram ett leende. *Trigger* såg sig omkring. Han hade suttit i bakutrymmet på svenska CV90 fler gånger än han kunde minnas, men detta var premiär i en rysk BMD. Inte heller ryssarna hade tänkt på komforten i första hand konstaterade han där han satt nästan dubbelvikt i det trånga, obekväma sätet.

Vagnen dundrade fram i 45 kilometer i timmen och *Trigger* tänkte just försöka räta ut sig när vagnchefen skrek något. Sekunden därpå hamrade elden från en tung kulspruta mot vagnens pansar.

* * *

Charles hade suttit framåtlutad med den skadade armen hängandes längs sidan av kroppen medan han med den friska handen stöttade huvudet mot knät.

Blodförlusten hade tagit på krafterna, men som han sagt till *Trigger*: Han hade varit med om värre! Efter att ha blivit bandagerad och fått såret tillslutet hade han sakta börjat återhämta sig och funderade nu på hur snabbt de skulle kunna ta sig ur inringningen och vidare till Petergof där del två av extraktionen skulle ta vid. Det hade tagit längre tid än beräknat att ta sig från nollpunkten tillbaka till katedralen på grund av att *Spetsnaz* hade varit så snabba med att reagera.

De hade följt efter sällskapet in i tunnlarna och Jeirgif hade tvingats ta en lång omväg för att inte leda fienden direkt tillbaka till utgångspunkten. I de återkommande eldstriderna hade en kula träffat honom och det var tur i oturen att det var ett rent direktskott som gått rakt igenom istället för en rikoschett som hade slitit upp ett större sår och även stannat kvar i kroppen.

Han drog in luft i lungorna och skulle just säga något till *Trigger* när det lät som om en jättelik hårdrocktrummis använde stridsfordonet som cymbal. Vagnen skakade under träffarna från 12,7 millimeters projektiler, men pansaret höll.

Jeirgif svor och slet fram ett pansarskott ur den väska som han fått med sig från katedralen. Därefter öppnade han en av stridsluckorna och ställde sig upp. Charles hörde ljudet från pansarskottet och sedan den efterföljande detonationen. Ryssen tjoade något som han inte uppfattade innan han dök ner och slog igen luckan efter sig.

"En Mi-24 *Hind*, men nu har inrikestrupperna en sådan mindre."

"Sköt du ner den?"

"Fullträff. Hon föll som en sten från himlen." Ryssen skrattade. "Nu fortsätter vi till ert möte med Ödet."

Kapitel 36

Kreml, Moskva
Ryssland
Lunchtid, 8 maj 2017

Så fort Pjotr Muskin satt sig tillrätta bakom sitt överdimensionerade skrivbord kallade han till sig sin andreadjutant eftersom Boris Pamerkov var kvar i Sankt Petersburg. Han bad honom att omedelbart ordna ett möte med ministerrådet.

Underlöjtnanten stammade fram att rådet redan satt i möte och hade gjort det den sista timmen. Muskin for upp, röd i ansiktet och morrade fram.

"Varför har jag inte blivit informerad om det förrän nu?"

"Det var en uttrycklig order från Vladimir Orlov att ingen fick meddela försvarsministern i förväg om mötet."

"Orlov är Potemkins man och *Siloviks* ledande auktoritet nu när Potemkin är borta. Han försöker tillskansa sig makten så att det här förbannade kriget ska kunna fortsätta i all evighet. Kalla på vaktstyrkan och be dem ansluta till ..." han tystnade och tittade på underlöjtnanten som fann sig och sa:

"Leninsalen. De är i Leninsalen."

"Nåväl. Be vakten att ansluta till Leninsalen – nu!"

Underlöjtnanten for upp i givakt och gjorde honnör innan han skyndade ut ur rummet. Muskin låste upp och drog ut en skrivbordslåda innan han plockade upp en MP-448 *Skyph* automatpistol med nio millimeters ammunition från Makarov. Efter att ha laddat med ett fullt magasin stoppade han pistolen innanför byxbältet i svanken och dolde den med kavajskörten. Sedan gick han bort mot Leninsalen.

När han stod utanför den ornamenterade dörren till den stora konferenssalen stannade han upp och drog några djupa andetag. Orlov var en mäktig man, en oligark som blivit rik – inte bara på olja och gas – utan även genom sina kopplingar till den av Moskva och Potemkin organiserade brottsligheten, vilket inte skulle förväxlas med *Bratvan*. Han var *Siloviks* självutnämnda ledare och hade flera liv på sitt samvete. Under åren före kriget som nu rasade i norden, hade Orlov legat bakom flera politiska mord på kritiker till Potemkins åtstramade maktapparat. Ett av dessa uppmärksammade dåd hade varit giftmordet på en undersökande reporter som lite för tydligt hade tagit ställning mot Rysslands president.

Jurij Ponomariov hade plötsligt en dag börjat beklaga sig inför sina arbetskamrater och närmast anhöriga över att han kände sig onormalt trött. Kort efter detta upptäckte han röda fläckar på huden och sedan slutade det ena efter det andra av hans organ att fungera, samtidigt som han tappade allt sitt hår.

Ryska staten hade förvägrat Ponomariovs anhöriga både att få utföra en obduktion och ta del av den hemliga utredning som enligt Kreml hade företagits. En utsmugglad hudbit hade dock sänts till London för analys och enligt den analysen hade Ponomariov utsatts för talliumförgiftning.

Muskin visste med säkerhet att Orlov var den som beordrat att Ponomariov skulle förgiftas med talliumet för att på så viss få tyst på en kritisk röst.

Ponomariov hade inte varit den enda mördade kritikern.

Muskin drog ett sista djupt andetag, kände efter att pistolen fortfarande satt i svanken innan han öppnade dörren och klev in i Leninsalen.

***

"Det är min övertygelse att vår president mördades med hjälp inifrån Kreml. Hur skulle annars en mördare kunnat ta sig till hjärtat av Sankt Petersburg utan att stoppas, för att där i lugn och ro kunna placera en kula i ryggen på vår ledare?"

Vladimir Orlov tittade ut över de församlade ministrarna. Hans ögon lös av en inre, fanatisk eld och hans tunga hjälpte läpparna att forma de ord som, med ministrarnas bistånd, skulle rycka makten ur den veliga försvarsministerns händer och istället placera den i hans väl förberedda famn.

Han skulle föra Ryssland till seger i detta krig och sedan skulle han fortsätta förvalta Potemkins arv och få den Store Satan – självaste USA – på knäna, bönande om nåd inför Rysslands segerrika arméer. Natos tid på jorden skulle vara utmätt och istället skulle en ny Warszawapakt resa sig likt Fågel Fenix ur den aska som Nato lämnat efter sig. Ryssland – det Nya Sovjet – skulle behärska världsaltaret på samma sätt som Nato gjort sedan det kalla kriget tagit slut i början av 1990-talet. Det var hans uppgift att leda sovjeterna till ära och berömmelse.

Orlov avbröts i sina tankar av att dörren till salen öppnades och en behärskad, men vred Pjotr Muskin trädde in.

"Varför har jag inte informerats om detta möte?"

Orlov mötte försvarsministerns blick med ett hånfullt leende.

"Kära försvarsminister, Sasja. Vi trodde du var i Sankt Petersburg."

"Som alla ser är jag här. Jag flög direkt till Moskva efter mordet och det var uppenbarligen tur det."

Orlov såg sig omkring och kunde på ministrarnas miner uppfatta att han inte hade alla på sin sida i denna maktstrid.

"På vilket sätt skulle det vara tur?"

"Då kan jag stoppa det här myteriet i sin linda."

"Myteri? Kära Sasja – det här är en krigsregering som sammanträder efter att landets ledare har dödats under väldigt ... prekära omständigheter."

"Nu ska du lyssna noga på mig, Orlov!" Muskin gick sakta genom rummet med blicken stadigt fäst på Orlovs gestalt. "För det första är successionsordningen sådan att presidenten efterträds av försvarsministern. Personliga rådgivare – sådana som du själv – kommer långt ner i hierarkin. För det andra så är jag inte *Sasja* för dig. Jag är *herr försvarsminister* till dess jag formellt har utnämnts till president. Du får nu en chans att backa. Tar du inte den blir det konsekvenser."

Muskins blick borrade sig in i Orlov som lugnt stod kvar och betraktade försvarsministerns vrede med en min av spelad underkastelse. Sedan sa han:

"Du är inte president ännu. Faktum är att du kanske inte ens är försvarsminister. Vem skulle ha mer att tjäna på Potemkins död än just du själv?"

En stöt gick genom Muskins kropp och han stannade upp.

"Du, till exempel. Du är den som skulle tjäna allra mest på att Potemkin försvann. Se, du har redan klivit ut ur skuggan för att försöka sola dig i glansen från den makt som du så länge har eftertraktat. Vi vet alla om dina kontakter med den undre världen och dina politiska mord. Vad tror du Ponomariovs släktingar skulle säga om de visste vem som låg bakom talliumförgiftningen av Jurij, eller varför inte släktingarna till Sergej Jakovlev eller Anna Kozlova med för den delen. Du har ju aldrig direkt gillat undersökande reportrar, eller hur *tsarevitj* Vladimir Orlov?"

Orlov kände hur marken gungade under honom. Här hade den förbannade försvarsministern mage att uttala namnen på dem som han för länge sedan undanröjt och som det aldrig pratades om innanför Kremls murar. Dessutom hånade han honom med att kalla honom för arvprins - *tsarevitj*. Orlov kokade och sträckte sin hand mot hölstret som han bar dolt under kavajen, men Muskin var snabbare. Utan förvarning satt en elak *Skyph* i hans hand och innan Orlov hann dra sin egen Makarovpistol hostade MP-448:an till och han kände stöten i bröstet.

Knäna vek sig under honom och det sista han såg innan medvetandet försvann var en av de antika kristallkronorna – tillverkade till tsar Nikolaj II:s kröning 1894 – som hängde från taket ovanför hans plats. Därefter gled han ner i medvetslöshet.

Kapitel 37

Han ställde lugnt ner vapenväskan på golvet och hjälpte sedan Charles till soffan där den äldre kamraten sjönk ner med en suck av välbefinnande. Först därefter lade sig *Trigger* på sängen och tittade upp i taket.

Det hade tagit dem två timmar att köra de knappa tre milen från Sankt Petersburg till Petergof och ryska stridskrafter hade varit som blodhundar efter dem större delen av tiden. Enda anledningen till att de nu kunde pusta ut på hotellrummet var att stridsvagnsbesättningen hade vetat precis vilka bakvägar de skulle ta samt att de fick upp de ryska styrkornas position i sitt stridsledningssystem.

Trots detta hade de varit i tät strid vid flera tillfällen och BMD-3:an hade tagit en fullträff från ett ryskt raketgevär, men tack och lov hade stridsladdningen inte förmått att tränga igenom pansaret och de hade klarat sig med en hårsmån från att kremeras levande.

När de slutligen hade blivit avsläppta i Alexandriaparken hade Jeirgif sorgset betraktat dem medan han sa:

"Här skiljs våra vägar för den här gången, mina vänner. Kom ihåg att ni har gjort Ryssland och *Bratva* en stor tjänst idag. Vi ska försöka dra bort uppmärksamheten från er, men nu överlåter jag till andra att ta hand om er flykt."

Därefter hade han omfamnat först Charles och därefter *Trigger* innan han blinkade mot dem och slog igen luckan. Stridsfordonet hade försvunnit i ett blått moln av dieselavgaser och *Trigger* hade stöttat Charles medan de gick det sista hundratalet meter genom skogen mot hotell Proba.

242

Han slängde en blick mot soffan. Charles hade somnat och snarkade ljudligt. *Trigger* skulle, när det här var över, gärna vilja veta mer om vem Charles egentligen var. Mannen hade medgett att han varit med under Operation MONUC, en fransk FN insats i Kongo-Kinshasa som stod för *Mission de l' Organisation des Nations Unies en République démocratique du Congo* och som etablerades i september 1999. Däremot hade han inte känt till att svenska soldater hade varit inblandade så tidigt i stridigheterna. Det han visste om de svenska insatserna var att Sverige under åren 2003-2004 deltog med flygplatsenheterna FK01 och FK02 i byn Kindu.

Det måste betyda att Charles antingen tillhört en *under cover*-enhet eller överhuvudtaget inte stridit under den blå-gula fanan. Automatiskt kom han att tänka på Främlingslegionen. Att Charles skulle ha kunnat vara en Legionär föreföll inte otroligt, men chansen att få honom att prata om det ansåg *Trigger* med stor sannolikhet var minimal. Både Charles och han själv var yrkesmän med stor integritet och tystnadslöftet var heligt.

Han avbröts i sina funderingar av tre diskreta knackningar på dörren.

***

Antti var den enda Sissi-operatören som ännu inte hade bytt om till uniform och anledningen till det var ganska enkel. De övriga höll sig gömda bland träden tillsammans med den erövrade BMD-3:an för att inte synas, medan han själv höll vakt kring palatset. Allt som oftast flög militära transporthelikoptrar av modell Mi-8 över dem och vid två tillfällen strök även ett par flygande stridsvagnar i form av Mi-24 *Hind* fram strax över palatstaket och fick honom att hålla andan.

Han var mycket väl medveten om att en enda Mi-8 hade plats för upp till 24 soldater medan *Hinden* kunde medföra – förutom sitt förödande artilleri – åtta fullt utrustade operatörer. Det var därför med viss nervositet som han varje gång följde helikoptrarnas färd över himlen, men än hade de haft tur.

Klockan började närma sig lunchtid när han såg två män komma gående längs palatsets vägg. Den äldre av männen såg svårt medtagen ut och hans ena arm hängde obrukbar längs sidan. Den andra mannen skulle ha kunnat spela Hulk i en nyproduktion av den populära 70- tals-serien. Antti drog sig undan bakom ett prång och betraktade dem när de gick in i hotellet.

Med en blick mot kollegorna, som han inte såg, bekräftade han att paketet hade anlänt. Antti visste att de betraktade honom genom kikaren, samtidigt som de var beredda på att rycka fram om det skulle visa sig nödvändigt. Med långa kliv gick han in genom hotelldörren och såg sig omkring.

Vestibulen var grandios med marmorgolv och två stora soffgrupper på var sida om entrén. Rakt fram sträckte en marmortrappa sig upp mot andra våningen och intill foten av trappan tronade en receptionsdisk som tycktes vara obemannad för tillfället. På andra sidan trappan gick en korridor och Antti visste att svensken och hans uppenbarligen sårade kamrat höll till i rum 12.

Utan att tveka sneddade han över vestibulen och slängde en försiktig blick mot receptionen. Det var fortfarande ingen där och han slank in i korridoren och gick fram till rum nummer 12 där han knackade tre gånger och sedan klev åt sidan för att vänta på respons från männen på andra sidan.

***

Trigger ställde sig vid dörren. I sin ena hand höll han automatpistolen medan den andra vilade på handtaget, sedan öppnade han sakta.

Utanför stod en ganska kort karl, strax över 170 centimeter, men med en imponerande bredd över axlarna. Det ljusa, kortsnaggade håret, blå ögonen och de höga kindbenen skvallrade om mannens ursprung, något som bekräftades när han lugnt sa:

"*Tsarevitj* finns inte mer?"

" *Tsarevitj* är död."

Finnen lös upp och tittade menande på dörrhandtaget. *Trigger* klev åt sidan och släppte in honom."

"Antti Pekkala. Finska Sissi. Vi ska bistå med din exfiltrering. Hur är det med honom?" Han nickade åt den alltjämt sovande Charles.

"Min kontakt. Han skadades under återtåget och måste också exfiltreras."

"Då så. Ivan har varit väldigt aktiv här de senaste timmarna. Kan ha något med dig att göra", han flinade åt *Trigger* och fortsatte. "Vi har skjuts på gång och jag föreslår att vi ger oss av nu direkt."

"Ska bara försöka få liv i Charles först", svarade *Trigger* innan han gick fram till den sovande mannen i soffan och ruskade honom försiktigt i den oskadda axeln. Charles vaknade ögonblickligen och fokuserade först blicken på *Trigger* och växlade sedan över till Antti."

"Finska Sissi?"

Trigger nickade.

"Vi måste gå nu. Skjuts är på väg."

Charles kvävde en gäspning och satte sig upp. Försiktigt gnuggade han sig i ögonen.

"Snälla säg att jag i alla fall fick en timme?"

"Tjugo minuter."

"Skit!"

Han reste sig, svajade till, men återfick balansen. *Trigger* räckte honom kavajen och Charles lyckades med viss möda kränga den på sig. Sedan öppnade Antti dörren och de gick ut i korridoren efter det att *Trigger* plockat upp väskan med geväret. När de kom ut i foajén såg Antti att disken fortfarande var obemannad och skulle just säga något om detta när en man i fältuniform och basker på huvudet klev fram och riktade en AK-74 mot dem.

"*Spetsnaz* FSB", stönade Charles när foajén som genom ett trollslag fylldes med ryska soldater. Detta var inga valhänta och dåligt utbildade inrikestrupper. Det här var FSB:s *Alpha*-grupp.

Sakta sträckte de tre männen händerna över huvudet när operatörerna närmade sig dem. Minsta felaktig rörelse skulle ge dem fler hål än en schweizerost.

Kapitel 38

Vakten hade, med vårdpersonalens hjälp, fört bort Orlovs kropp.

Som genom ett mirakel hade mannen överlevt skottet i bröstet då kulan från Muskins *Skyph* träffade den till hälften dragna Makarovpistolen och ändrade riktning. Från att med stor sannolikhet ha träffat hjärtat, hade kulan istället trängt in till höger i bröstkorgen och punkterat ena lungan. Orlov skulle överleva bara för att ställas inför den ryska rättvisan som i ett senare läge skulle avsluta det som Muskins *Skyph* hade påbörjat.

När Muskin nu tittade ut över ministerrådet kände han ett lugn som han inte hade känt på många år. Stilla mötte han blicken från sin närmaste minister och sa sedan med klar röst.

"Som president för den ryska republiken kommer jag att värna om Rysslands integritet och framtida plats i den europeiska intressesfären. Jag kommer att skyndsamt avsluta den väpnade konflikt som olyckligtvis har igångsatts i Norden av min företrädare, Vladimir Potemkin. En konflikt som – om den får fortgå – kommer att föra oss i krig med Nato. Ett sådant krig, mina kamrater, kan Ryssland inte vinna i dagsläget!"

Han tystnade och inspekterade ansiktena som var vända mot honom. I några kunde han se lättnad, medan andra uppvisade ett tillbakahållet raseri. Noga memorerade han vilka av ministrarna som uppenbarligen var Potemkintrogna. Dessa män skulle han tvingas ta itu med i ett senare läge.

"Vårt land har en lång historia av tyranner och envåldshärskare. När vi krossade ätten Romanov hade de brutalt styrt Ryssland i över 300 år – från Michail Romanov 1613 fram till tsar Nikolaj II 1917. Det som sedan väntade oss under Lenin och Stalins välden var etter värre. Ett arv som fördes vidare av Vladimir Potemkin. Jag avser att göra Ryssland till det stolta land som det faktiskt är. Vi ska närma oss väst, men inte bli väst! Jag ska införa demokrati – rysk demokrati. Vi ska inte upprepa 1980- och 90- talets *glasnost* och *perestrojka*-katastrofer som istället för enande kom att splittra Sovjetunionen. Vi ska ha en styrd demokrati med fria val, men med en stark, central maktapparat som utan våld kommer att nå ut till samtliga Rysslands hörn. Väst kommer att häva sina sanktioner, något som kommer bana väg för vår ekonomi och när ekonomin växer – då växer Ryssland!"

Männen runt bordet började applådera. Även de som till en början tydligt tagit avstånd. Muskin noterade dock att det var hans anhängare som applåderade ivrigast. Han fortsatte.

"Jag ska inte lura er. De närmaste åren kommer bli kännbart påfrestande. Vi kommer att dömas betala krigsskadestånd till Finland och Sverige, men vi ska betala. Vi ska hjälpa våra grannar att bygga upp sina länder efter det som våra trupper under tre dagar har rivit ner och förstört, men i det kommer vi också att plantera det frö som på sikt kommer att växa till ett ryskt världsträd. Jag delar somliga av Potemkins övertygelser. Nato har överlevt sig själv och är en organisation med stora interna problem. På sikt kommer detta att gynna Ryssland, men inte genom att vi skapar enighet genom att ge Nato en yttre fiende såsom Potemkin avsåg. Vi ska destabilisera Nato inifrån genom en *maskirovka* som gör att de inte ser hotet komma förrän det är för sent. Då, och först då, kan vi slå till."

Muskin tystnade och lyfte upp sin portfölj på bordet. Ur portföljen tog han fram en grå mapp med röda ramar och höll upp den framför det församlade ministerrådet.

"Denna mapp", sa han, "innehåller en order om omedelbart eld upphör i Norden. Samtliga våra styrkor ska dra sig tillbaka till sina förläggningar och tillåta fredsbevarande styrkor från FN att garantera en oblodig övergång från konflikt till fred och till slut även ett totalt tillbakadragande av våra trupper i Sverige och i Finland."

Han tystnade och lade ner mappen på bordet där han öppnade den och tog fram en penna. Sedan undertecknade han ordern innan han lät den gå vidare till nästa man som satte sin namnteckning under presidentens. När ordern vandrat runt bordet hade samtliga ministrar undertecknat den. Muskin nickade nöjt.

"Jag ska nu tala till nationen", sa han högtidligt, "och förkunna att kriget är över."

Därefter reste han sig och lämnade rummet. Ministrarna följde sakta efter när presidenten vek av och vandrade ner genom korridoren som ledde till Kremls pressrum där en skara av den statskontrollerade pressen redan väntade. Muskin kunde inte hålla tillbaka ett leende. Allt hade gått som han planerat.

Kapitel 39

FSB:s *Alpha-grupp* förde ut dem på gården och ställde upp dem framför den låga, vita betongmur som skiljde gården framför palatset från den lägre liggande trädgården.

Trotsigt tittade Antti på hur de ryska soldaterna ställde upp sig på led i en klassisk exekutionspluton. Han slängde ett öga på den blonda svensken som tornade upp sig mellan honom och Charles.

Ljudet av en dieselmotor hördes tillsammans med gnisslet från larvband. Antti skrattade och sa på Finlands-svenska.

"Satan. Ni kanske ska ducka – NU!"

Han kastade sig till marken i samma ögonblick som en BMD-3 infanteristridsvagn kom upp från den grusväg som sluttade ned mot skogen. Det ryska befälet vände sig om och tittade förvånat mot fordonet när Anttis operatörer dök fram från sina gömställen.

Det ilskna knattret från MP-7:orna studsade mot palatsets yttervägg och soldaterna föll som käglor. Stridsfordonets kulspruta blandade sig i leken och inom några sekunder var samtliga ryska soldater döda.

Antti lyfte på huvudet innan han reste sig upp, borstade av händerna mot byxorna och tittade strängt på Paavo.

"Var ni tvungna att vänta till allra sista sekunden. Jag trodde jag skulle få äta ryskt bly innan ni fick tummen ur och räddade er chef."

"Ja, men du vet att jag vill ta över som chef." Paavo blinkade mot Antti som ruskade demonstrativt på huvudet och vände sig mot *Trigger*.

"Får jag presentera 4. Oberoende bataljonens Sissi-operatörer. Vi ska hjälpa er hem."

Trigger tittade på de kamouflagemålade finska lejonen som stod framför honom och nickade.

"Vi bör nog komma härifrån innan de där killarnas kompisar kommer."

"Vi har understöd."

Paavo vände sig om mot Samsonfontänen och sa något på finska i sin radio. Några sekunder senare kom en svart ribbåt forsande i kanalen utifrån havet.

"Pori ligger ute på redden och väntar", Paavo log urskuldande mot Antti. "Hon var tvungen att överge plan A när det började osa för hett vid extraktionspunkten. Istället följde hon kustlinjen in i viken och anropade oss för tjugo minuter sedan för att kontrollera var vi var."

"Då skyndar vi. Upp på BMD-3:an."

Männen som inte fick rum i passagerarutrymmet bak i stridsfordonet klättrade upp på chassit och vagnen körde utan större problem ner delar av muren när den tog vägen ner för trapporna mot parken och rev upp den vackra gräsmattan.

Framför Samsonfontänen stannade de och lastade ur. Alla fick inte rum i ribbåten som först tog ombord Trigger, Charles och sju av operatörerna innan den vände och åkte ut ur kanalen, mot havet och Pori som låg och väntade.

***

Poris befälhavare, kommendörkapten Taavetti Hyytiäinen, hälsade dem välkomna ombord. När Trigger bekräftade att uppdraget varit en framgång, log kommendörkaptenen och omfamnade honom innan han bröt ut i en lång svada på finska – något som varken Trigger eller Charles förstod.

När kommendörkaptenen insåg att han återgått till sitt modermål ryckte han på axlarna och sa istället på engelska att världen hade blivit kvitt en tyrann och att han hoppades att det vakuum som skapats skulle suga till sig en mer sansad rysk ledare. Därefter vinkade han till sig en sjukvårdare som tog med Charles under däck medan Taavetti bjöd upp Trigger till bryggan.

"Vi har haft mer tur än vi förtjänar", sa han sedan. "De ryska sjöstridskrafterna verkar vara koncentrerade längs den svenska kusten och har därmed lämnat stora delar av Finska Viken fritt för sådana som oss. Du vet att den svenska marinen bjöd ett formidabelt motstånd mot den ryska ockupationsarmadan, eller hur? Samtliga landstigningsfartyg av *Ivan Gren*-klass är sänkta och där ser man nyttan av samverkan mellan ubåtar och ytstridsfartyg. Ert flygvapen var inte heller dåligt, men nu finns det inte så många Gripenplan kvar är jag rädd. I gengäld har ryska trupper terrorbombat flera svenska städer med både FAE-bomber och kluster-bomber. Karlskrona är i princip jämnat med marken och på både Öland och Gotland har det varit fanatiskt hårda strider."

Triggers blick var tillräckligt vass för att kunna skära genom stål när han såg ut över havet.

"ÖB sa att vi skulle kunna stå emot en vecka. Nu har vi gjort allt i vår makt att hålla Ivan från livet i tre dagar. Ingen kan begära mer av vare sig oss eller er."

"Du har rätt", suckade kommendörkaptenen. "Hoppas nästa man på tronen inser att Ryssland har allt att vinna och inget att förlora på att avsluta kriget."

"Om han inte inser det så blir det snart en ny resa till Ryssland", svarade *Trigger* kallt.

Kapitel 40

Finska Viken
Tidig eftermiddag, 8 maj 2017

Pavel Maksimovich flög sin Suchoj SU-34 på 2000 meters höjd över Finska Vikens vattenspegel. Snett bakom honom till höger flög hans rote-kamrat och med honom i kabinen var även hans andrepilot, Vladimir Suchomlinov.

Deras vapenlast bestod av bomber och attackrobotar, bland annat sjömålsroboten Ch-35 *Zvezda* och uppdraget var att jaga svenska och finska marina sjöstridskrafter i Finska Viken och Östersjön.

När andrepiloten ropade till att han såg kölvattenspåret efter ett fartyg, kontrollerade Pavel sin radar som visade ett nästintill tomt hav. Med andra ord hade de antingen en svensk korvett av *Visby*-klass där nere eller en finsk robotbåt av *Hamina*-klass.

Han lade om SU-34:ans roder vilket förde in planet i en vid sväng och där såg han själv det tydliga kölvattenspåret på havsytan. Från gårdagens lätta duggregn och låga molntäcke hade det nu spruckit upp och havet var – om inte blankt – så i alla fall lugnt.

Han kontaktade rote-tvåan och gav order om anfall.

***

De ryska planen hade redan synts ett tag på *Poris* radar och kommendörkapten Hyytiäinen hade meddelat finska stridsledningen om sin belägenhet, men svaret hade blivit att de måste göra sitt bästa för att försvara sig själva då inga stridskrafter fanns att avdela för understöd.

När sedan de ryska planen ändrade kurs förstod *Poris* besättning att de var upptäckta. Två luftvärnsrobotar av modellen *Umkhonto* avfyrades mot hotet och luftvärnskulsprutorna riktades in mot de anfallande planen för att om möjligt skjuta ner inkommande robotar. Två rökpuffar från det främsta flygplanet skvallrade om robotavfyrning och *Poris* målradar följde robotarna innan kulsprutorna började hacka. Sekunden därpå gick även allmålskanonen på fördäcket igång.

Den främsta *Zvezda*-roboten träffades av blystormen och förstördes, medan robot nummer två lyckades undvika motelden och dök ner mot havsytan för den sista inflygningen. *Pori* avfyrade skenmål och himlen fylldes av både starkt lysande IR-bloss och en ridå av radarreflekterande aluminiumremsor, men roboten hade redan låst på målet.

När roboten var fyrahundra meter från den finska båten låste målsökaren på det annalkande hotet och allmålskanonen dundrade iväg splittergranater. Ett splitter träffade *Zvezda*-robotens målsökare. Plötsligt var roboten blind och vinglade till innan den störtade i havet bara 30 meter från *Pori*.

När *Trigger* lyfte blicken mot himlen kunde han först inte se de ryska bombplanen, men sedan upptäckte han en reflektion av solljus som träffade en vinge och sekunden därpå fylldes en blomma av eld himlen när den ena SU-34:an träffades.

Innan någon ombord på *Pori* hunnit reagera kom två Gripenplan svepande över skeppet och avfyrade jaktrobotar mot den kvarvarande bombaren. SU-34:an hade inte en chans när de svenska jaktrobotarna låste på sitt mål. Vare sig facklor eller remsor kunde avleda de fyra Robot 99. Två av dem träffade målet och utplånade det i ett eldhav. Sedan vände de svenska planen och flög på nytt över *Pori* medan de vaggade vingarna från sida till sida innan de drog på till överljudsfart och försvann bort över Finska Viken, i riktning mot Östersjön. Kvar lämnade de vilt hurrande sjömän.

När ljudet av Gripenplanens jetmotorer hade dött ut kom en matros uppspringande på bryggan med ett leende som hotade klyva huvudet på mitten.

"Kriget är slut. Rysslands nya president har beordrat villkorslöst eld upphör och tillbakadragande av ryska trupper. Han har även bett att FN ska sätta in fredsbevarande styrkor som står mellan rysk trupp och våra egna. Vi vann och Potemkin är död!"

Epilog

Militärpolisen utanför rum 14 på Botkinsjukhuset säkerhetsavdelning i Moskva tittade slött på de två vårdarna som närmade sig, dragandes på en säng i vilken en person låg nedbäddad med slutna ögon. Han hade varit i tjänst sju timmar och det enformiga vaktarbetet bjöd på enbart tristess då avdelningen var lugnare än ett pensionat för döv-blinda. Det hände att ointresserade läkare och sköterskor vandrade genom korridoren för att pliktskyldigt se till de patienter som staten hade skickat till dem.

Det rörde sig mest om småkriminella eller oppositionspolitiker som av någon anledning oförklarligt hade kommit till skada – den senare kategorin hade minskat drastiskt efter Pjotr Muskins maktövertagande månaden innan. Dock var patienten på rum 14 ett undantag och anledningen till att han stod där han stod.

Den skarpladdade AK-74:an hängde i sin slinga, men mynningen var riktad nedåt och vapnet var säkrat. På det hela taget var den 33-åriga vakten ofokuserad och hade börjat längta efter avlösningen.

De två vårdarna med sängen kom upp och stannade i korridoren framför honom. Den ena mannen plockade fram en skrivplatta och tycktes kontrollera något som stod på pappret som var fäst i en klämma överst på plattan, sedan tittade han på dörren och sa:

"Här är det."

Någonstans i vaktens bakhuvud började varningsklockorna att ringa, men han hade bara hunnit höja vapnet halvvägs när den medvetslösa patienten i sängen vaknade till liv och slängde undan täcket. En ljuddämpad pistol hostade till och vaktens huvud kastades bakåt när en niomillimeters kula trängde in i gropen mellan ögonen och fastnade längs bak i kraniet efter att ha slitit sönder hjärnan på sin väg igenom.

Ljuddämparen och den reducerade krutladdningen borgade för att ljudet inte hördes av någon som befann sig i de angränsande rummen. De båda vårdarna fångade snabbt upp kroppen och la den i sängen som nu blivit ledig när mannen som skjutit hoppade ur.

De öppnade dörren och rullade in sängen.

Den lilla sjukhussalen rymde bara en patient, en man som låg fastspänd i sin säng. Mannen var nedsövd och låg med slutna ögon. Snabbt bytte de två före detta vårdarna ut de båda sängarna och täckte mannen med ett lakan innan de rullade ut honom ur rummet.

Ingen stoppade dem och vid den låsta dörren in till avdelningen drog de det stulna passerkortet. Dörrarna öppnades med ett svagt väsande av komprimerad luft och de kunde rulla ut sitt byte och in i en hiss som tog dem ända ner till garaget eftersom man ville undvika att rulla säkerhetsklassade fångar genom hela sjukhuset.

Vid den svarta skåpbilen väntade ännu en man som snabbt undersökte den medvetslösa patienten innan han nickade mot de övriga. Kroppen lyftes över på en bår som sköts in i skåpbilen.

När de körde ut ur garaget såg sig föraren noga omkring, men inget hot kunde upptäckas och snabbt, men med laglig hastighet, rullade skåpbilen ut i Moskvatrafiken.

Tre timmar senare svängde bilen in framför ett förfallet hus på landet. Dörren öppnades av en kvinna i fyrtioårsåldern som gick fram till förarsidan och tittade på mannen bakom ratten.

"Vi har honom, fru Orlova", sa han och blinkade. "Vi har Vladimir Orlov och det var inga problem att hämta honom."

Författarens efterord

Denna bok är ett naturligt komplement till händelserna som beskrivs i *Mare Balticum* 1 och 2 där *Triggers* krigsavgörande uppdrag behandlas endast med korta ord.

Idén till boken fick jag under arbetet med *Mare Balticum II: Blodröd Gryning* och därför valde jag att skapa denna nya serie, *Särskilda Operationsgruppen,* som från och med nu kommer att handla om nationen Sveriges öde efter det förödande kriget och de prövningar som kommer att drabba riket.

Jag har under arbetet med boken haft stor hjälp av en före detta specialsoldat som velat vara anonym, men som beskrivit vapen och taktik. Jag vill därför omedelbart ta på mig skulden för eventuella felaktigheter – dessa är helt mina egna!

Jag vill också rikta mitt tack till övriga som stöttat mig under arbetet med boken, speciellt Åsa som bistod med ovärderlig hjälp gällande korrektur.

Samtliga vapen och vapensystem, fordon etcetera som beskrivs i boken finns på riktigt. Däremot har jag tillåtit min litterära fantasi att skapa vissa saker som *inte* finns i verkligheten, däribland transformatorstationen utanför Karlsborg som jag byggde upp från grunden i mitt huvud och placerade i skuggan av Klevaberget. Vidare har jag själv skapat bergrummet under Karlsborgs fästning samt att Moss flygplats vid Rygge, sextio kilometer söder om Oslo, skulle vara en amerikansk Natobas. Visserligen finns flygplatsen där och sant är att den stängdes ner i oktober 2016, endast nio år efter att den öppnades 2007, men jag har inga belägg för att bokens uppgifter stämmer.

Inte heller hotell Proba finns i verkligheten – det gör dock palatset Petergof som finns med på Unescos världsarvslista med sina berömda fontäner.

En ständigt återkommande uppgift, eller utmaning, som jag springer på när jag gör research för mina böcker är den om Sveriges dåliga civilförsvarsberedskap. Från att under Kalla Kriget ha haft världens bästa och mest utbyggda civilförsvarsorganisation till att under 90-talet totalt montera ner densamma har gjort Sverige extremt känsligt för störningar.

Den inhemska matproduktionen har sedan 1980- talet minskat och i händelse av krig – i Sverige eller i vårt närområde – som avbryter, minskar eller helt stoppar vår matimport så kommer det ta max en vecka innan svenskarna börjar svälta. Det finns helt enkelt inte längre några beredskapslager av mat, olja och liknande. Det innebär att den enda mat som finns är den som ligger på olika centrallager hos ICA, Coop med flera, men utan olja kommer lastbilarna snart att stanna och de livsviktiga leveranserna att upphöra.

Därför är det extremt viktigt att alla skaffar sig ett eget beredskapsförråd för att klara av de inledande dygnen innan eventuellt bistånd kan komma fram.

Glädjande är dock att debatten om vår försvarsförmåga äntligen har kommit igång och att ÖB har tagit några historiska initiativ i och med att det nu åter finns svensk militär – om än i blygsam skala – på Gotland, att museiställda kustrobotar har tagits tillbaka till där de hör hemma och att tongångar höjts för att man inte ska skrota de nyare JAS Gripen C/D när den nya generationen 39E/F kablas ut på förbanden.

Vidare har MSB gått ut med uppmaningen till Sveriges kommuner att omedelbart avbryta avvecklingen av de militära bergrum som ännu finns kvar och man har även börjat se över skyddsrumskapaciteten i landet.

Hotbilden i vårt närområde har ökat. Risken för krig är kanske inte överhängande, men den är definitivt större idag än för tio år sedan. Risken för förödande terrorattentat – liknande dem som Europa redan har sett – har även den ökat och då Sveriges roll i krigförande områden har varit hög under de senare åren är frågan snarare *när* vi kommer att drabbas – inte *om* vi kommer att drabbas!

Om detta kommer SOG 3 att handla då *Trigger, Jaden* och de övriga i Särskilda Operationsgruppen är tillbaka i *Shaitans Eld*.

Roger Skagerlund
www.skagerlundbooks.se